Theodor Fontane

Ein Sommer in London

1854

„Die knapp drei Dutzend Reflexionen über London entstanden zwei Jahre nach Fontanes fünf Monaten Aufenthalt in der Stadt. Seine Erkundungen lesen sich durchaus ambivalent – immerzu vergleicht er die Hauptstadt des Empire mit seiner preußischen Heimat und gestattet sich dabei durchaus eine gewisse Inkonsistenz in Stil und Form.“ *Redaktion Gröls-Verlag* (Edition I Werke der Weltliteratur)

Redaktionelle Hinweise und Impressum

Das vorliegende Werk wurde zugunsten der Authentizität sehr zurückhaltend bearbeitet. So wurden etwa ursprüngliche Rechtschreibfehler regelmäßig *nicht* behoben, denn kleine Unvollkommenheiten machen das Buch – wie im Übrigen den Menschen – erst authentisch. Mitunter wurden jedoch zum Beispiel Absätze behutsam neu getrennt, um den Lesefluss zu erleichtern.

Wir sind bemüht, ein ansprechendes Produkt zu gestalten, welches angemessenen Ansprüchen an das Preis/Leistungsverhältnis und vernünftigen Qualitätserwartungen gerecht wird. Um die Texte zu rekonstruieren, werden antiquarische Bücher von leistungsfähigen Lesegeräten gescannt und dann durch eine Software lesbar gemacht. Der so entstandene Text wird von Menschen gegen eine Aufwandsentschädigung gegengelesen und korrigiert – Hierbei können gelegentlich Fehler auftreten. Wenn Sie ebenfalls antiquarische Texte einreichen möchten, wenden Sie sich für weitere Informationen gerne an

www.groels.de

Informieren Sie sich dort auch gerne über die anderen Werke aus unserer

Edition | Bedeutende Werke der Weltliteratur

Sie werden es mit 98,068 %iger Wahrscheinlichkeit nicht bereuen.

Die Deutsche Nationalbibliothek verzeichnet dieses Werk in der Deutschen Nationalbibliografie.

Verleger: Marcel Hermann-Josef Gröls, Poelchaukamp 20, 22301 Hamburg.
Externer Dienstleister für Distribution und Herstellung: BoD, In de Tarpen 42, 22848 Norderstedt

Inhalt

Von Gravesend bis London

Das ist die englische Küste! Durch den Morgennebel schimmern die Türme von Yarmouth. Ein gut Stück Weges noch in der Richtung nach Süden, und die Themsemündung liegt vor uns. Da ist sie: Sheerneß mit seinen Baken und Tonnen taucht auf. Nun aber ist es, als wüchsen dem Dampfer die Flügel, immer rascher schlägt er mit seinen Schaufeln die hochaufspritzende Flut, und die prächtige Bucht durchfliegend, von der man nicht weiß, ob sie ein breiter Strom oder ein schmales Meer ist, trägt er uns jetzt, an Gravesend vorbei, in den eigentlichen Themsestrom hinein.

Alles Große wirkt in die Ferne: wir fühlen ein Gewitter lange bevor es über uns ist; große Männer haben ihre Vorläufer, so auch große Städte. Gravesend ist ein solcher Herold, es ruft uns zu: "London kommt!" und unruhig, erwartungsvoll schweifen unsere Blicke die Themse hinauf. Des Dampfers Kiel durchschneidet pfeilschnell die Flut, aber wir verwünschen den saumseligen Kapitän: unsere Sehnsucht fliegt schneller, als sein Schiff – das ist sein Verbrechen. Und doch lebt London schon rings um uns her. Gravesend liegt nicht im Bann von London, aber doch in seinem *Zauberbann.* Noch fünf Meilen haben wir bis zur alten City, noch an großen volkreichen Städten müssen wir vorbei, und doch sind wir bereits mitten im Getriebe der Riesenstadt; Greenwich, Woolwich und Gravesend gelten noch als besondere Städte und doch sind sie's nicht mehr; die Äcker und Wiesen, die zwischen ihnen und London liegen, sind nur erweiterte Hyde-Parks; von Smithfield nach Paddington, quer durch die Stadt hindurch, ist eine schlimmere Reise wie von London-Bridge bis Gravesend; nicht mehr Miles-end ist die längste Straße Londons, sondern der prächtige Themsestrom selbst: statt der Cabs und Omnibusse befahren ihn Hunderte von Booten und Dampfern, Greenwich und Woolwich sind Anhaltepunkte, und Gravesend ist letzte Station.

Der Zauber Londons ist – seine *Massenhaftigkeit.* Wenn Neapel durch seinen Golf und Himmel, Moskau durch seine funkelnden Kuppeln, Rom durch seine Erinnerungen, Venedig durch den Zauber seiner meerentstiegenen Schönheit wirkt, so ist es beim Anblick Londons das Gefühl des Unendlichen, was uns überwältigt - dasselbe Gefühl, was uns beim ersten Anschauen des Meeres durchschauert. Die überschwengliche Fülle, die unerschöpfliche Masse – das ist die eigentliche Wesenheit, der Charakter Londons. Dieser tritt einem überall entgegen. Ob man von der Paulskirche, oder der Greenwicher

Sternwarte herab seinen Blick auf dies Häusermeer richtet – ob man die Citystraßen durchwandert und von der Menschenwoge halb mit fortgerissen, den Gedanken nicht unterdrücken kann, jedes Haus sei wohl ein Theater, das eben jetzt seine Zuhörerschwärme wieder ins Freie strömt –, überall ist es die *Zahl,* die *Menge,* die uns Staunen abzwingt.

Überall! aber nirgends so wie auf der großen Fahrstraße Londons – der Themse. Versuche ich ein Bild dieses Treibens zu geben. Gravesend liegt hinter uns, noch sehen wir das Schimmern seiner hellen Häuser und schon taucht Woolwich, die Arsenalstadt, vor unsern Blicken auf. Rechts und links liegen die Wachtschiffe; drohend weisen sie die Zähne, hell im Sonnenschimmer blitzen die Geschütze aus ihren Luken hervor. Vorbei! Wir haben nichts zu fürchten: Alt-Englands Flagge weht von unserm Mast; friedlich nur dröhnt ein Kanonenschuß über die Themse hin und verhallt jetzt in den stillen Lüften der Grafschaft Kent. – Weiter schaufelt sich der Dampfer, an Ostindienfahrern vorbei, die jetzt eben mit vollen Segeln und voller Hoffnung in Meer und Welt hinausziehen; seht, die Matrosen drüben und schwenken ihre Hüte! Wenn wieder Land unter ihren Pulsen ist, so ist es des Indus oder des Ganges Ufer. Glückliche Fahrt! Und jetzt, ein Invalidenschiff sperrt uns fast den Weg. Alles daran ist zerschossen – *es selbst und seine Einwohner.* Ein Dreidecker ist's; seine Kanonenluken sind friedliche Fenster geworden, hinter denen die Sieger von Abukir und Trafalgar, die alte Garde Nelsons, ihre traulichen Kojen haben. –

Aber lassen wir die Alten! Das junge, frische Leben jubelt eben jetzt an uns vorüber. Eine wahre Flottille von Dampfbooten, eine friedliche Schärenflotte, nur heimisch im Themsefahrwasser, kommt unter Sang und Klang den Fluß herunter. In Gravesend ist Jahrmarkt oder ein Schifferfest, da darf der Londoner Junggesell, der Kommis und Handwerker nicht fehlen; die halbe City, scheint es, ist flügge geworden und will in Gravesend tanzen und springen und sich einmal gütlich tun nach der Melodie des Dudelsacks. Kein Ende nimmt der Festzug: bis hundert hab' ich die vorbeifliegenden Dampfer (die keine Masten und nur einen hohen eisernen Schornstein in der Mitte tragen) gezählt, aber ich geb' es auf: sie sind eben zahllos. Und welche Jagd! wie beim Wettrennen suchen sich die einzelnen zu überholen; eine nordische Regatta ist es; welch' prächtige Lagune, diese Themse – welch' flüchtige Gondel jedes keuchende Boot! Greenwich taucht auf vor uns, immer reger wird das Leben, immer bunter der Strom; – wie wenn Ameisen arbeiten, hier hin – dort hin, rechts und links, vor und zurück, aber immer rastlos, so lebt und webt es zwischen den Ufern. Noch haben wir kein Wort Englisch gehört und schon haben die Spiegel und Flaggen der vorbeisausenden Schiffe einen ganzen Sprachschatz vor uns aufgeschlagen; wie in Blättern eines Riesenlexikons hätten wir darin lesen können. Noch hat unser Fuß London nicht betreten, noch liegt es *vor* uns, und schon haben wir ein Stück von ihm im Rücken – auf hundert Dampfbooten eilte es an uns vorbei. Die Bevölkerung *ganzer Städte* ist ausgeflogen aus der *einen* Stadt, und doch die Tausende, die ihr fehlen – *sie fehlen ihr nicht.* – Was ein Stück Infusorienerde unter dem Ehrenbergschen Mikroskop, das ist London vor dem menschlichen Auge. Zahllos wimmelt es; man gibt uns Zahlen, aber die Ziffern übersteigen unsere Vorstellungskraft. Der Rest ist – Staunen.

Ein Gang durch den leeren Glaspalast

Es ist ein Etwas im Menschen, was ihn den Herbst und das fallende Laub mehr lieben läßt als den Frühling und seine Blütenpracht, was ihn hinauszwingt aus dem Geräusch der Städte in die Stille der Friedhöfe und unter Efeu und Trümmerwerk ihn wonniger durchschauert als angesichts aller Herrlichkeit der Welt. Ein ähnliches Gefühl mocht' es sein, was mich zum Glaspalast zog. Kaum zwei Stunden in London– und schon saß ich wieder auf meinem alten Lieblingsplatz, hoch oben neben dem Omnibuskutscher und das vor mir ausgeschüttete Füllhorn englischen Lebens wie einen langentbehrten Freund nach rechts und links hin grüßend, rollt' ich Regent-Street und Piccadilly hinab bis zu seinem Schlußstein, Apsley-House. Ich trat in den Hyde-Park; die Sonne stand in Mittag und unter ihrem Strahlenstrom glühte die noch ferne Kuppel des Kristallhauses auf wie ein "Berg des Lichts", wie der echte und einzige Kohinur. Es brauchte kein Fragen und Suchen nach ihm: er war sein eigener Stern. Aber welche Stille um ihn her! verlaufen der bunte Strom der Gäste, kein Fahren und Rennen, kein Drängen am Eingang; gähnend vor Langerweile hält ein einziger Konstabel die nutzlose Wache und zerlumpte Kinder lagern am Gitter und bieten Medaillen feil oder betteln. Keiner künstlichen Vorrichtung bedarf es mehr, um die Eintretenden zu zählen; die Augen und das Gedächtnis einer alten Frau würden ausreichen, die Kontrolle zu führen, aber niemand kümmert sich um die Handvoll Nachzügler, die wie letzte Funken eines niedergebrannten Feuers, hier und dorthin den weiten Raum durchhuschen. Wir treten ein. Wie eine Riesenleiche streckt sich dieser Glasleib aus, dessen Seele mit jenen farbenreichen Shawls und Teppichen entflohn, die einst wie Phantasien ihn durchglühten und dessen geistiges Leben mit jenen tausend Meß- und Rechenkräften dahin ist, die eisern und unbeirrt ihr Urteil fällten. Es ist etwas Eigentümliches um die bloße Macht des Raums! Das Meer und die Wüste – sie haben diesen Zauber, und leise fühlt' ich mich von ihm berührt, als mein Auge die ungeheueren Dimensionen dieses Palastes durchmaß. Der Eindruck mag schöner, erquicklicher gewesen sein, als eine ganze Welt ihr Bestes hier ausgebreitet hatte – imposanter war er nicht. Und als ich nun von Säule zu Säule diesen Raum durchschritt, und fast ermüdet durch die völlige Gleichheit und stete Wiederkehr aller einzelnen Teile, doch nicht aufhören konnte, das riesenhafte Ganze zu bewundern, da erschien mir dies Glashaus wie das Abbild Londons selbst: abschreckende Monotonie im einzelnen, aber vollste Harmonie des Ganzen.

Nur weniges erinnert noch an die Bestimmung des Gebäudes; die Tafeln und Inschriften sind abgebrochen, und nur in der Nähe der Kuppel – wie um dem späteren Beschauer als Fingerzeig zu dienen – lesen wir in großen Lettern "Van Diemensland". Aber, daß dem Ernsten der Humor nicht fehle: eben hier wo der rote Federmantel eines neuseeländischen Häuptlings, oder wohl gar ein ausgestopfter Kasuar die Blicke Neugieriger auf sich gezogen haben mochte, hier saß im Schmucke lang herabhängender Locken, den unvermeidlichen meergrünen Schleier halb zur Seite geschlagen, eine blasse Tochter Albions und war eifrig bemüht, die Welt mit der tausendundeinten Abbildung des "Exhibition-Houses" zu beglücken, noch dazu in Öl. Ich nannte das Glashaus einen Leib, dessen Seele entflohn. Aber es ist nicht der Leib der schönen Fasterade, der Geliebten Kaiser Karls, die einen Zauberring trug und im Tode blühte wie im Leben. Unsere Zeit eilt schnell: sie ist rasch im Schaffen wie im Zerstören; noch ein Winter und – das Glashaus ist eine Ruine. Schon dringen Wind und Staub durch hundert zerbrochene Scheiben, schon ist das rote Tuch der Bänke verblaßt und zerrissen, und schon findet die Spinne sich ein und webt ihre grauen Schleier, die alten Fahnen der Zerstörung. Sei's! auch die Bäume grünen schon wieder, die Paxtons kühne Hand mit in seinen Glasbau hineinzog und sprechen von Verjüngung; und möge Wind und Sand durch die Fensterlücken wehn, auch die Schwalben flattern mit herein und erzählen sich unter Trümmern von dem Leben und der Liebe, die nicht stirbt.

Long Acre 27

Von welcher Stelle Londons aus glaubst Du diese Zeilen zu erhalten? Gib es auf, die Antwort darauf zu finden. Und riefest Du von der Kuppel St. Pauls an bis in den letzten Winkel des Themsetunnels hinein, just an *der* Stelle würdest Du vorübergehn, von der aus ich mich anschicke, Dir diese Zeilen zu schreiben. Vernimm denn, ein Zufall hat sich meiner Neugier erbarmt und mich ohne Wissen und Wollen zu einem Mitbewohner der Flüchtlings-Herberge gemacht. Gestern z. B. bin ich ein Tischgenosse *Willichs* gewesen und schon mehrfach hatt' ich die Ehre mit dem *Grenadier Zinn* eine längere Unterredung zu führen. Laß Dir erzählen, wie ich in die Höhle des Löwen gekommen bin.

Auf dem Steamer, kurze Zeit nachdem wir in die Themse eingefahren waren, trat ein blonder und rotbackiger junger Mann mit entschieden gutmütigem Gesicht an mich heran und äußerte den Wunsch, da ich des Englischen mächtiger zu sein schiene als er, mich seiner anzunehmen. Ich verbeugte mich und versprach zu tun, was in meinen Kräften stehe. So kamen wir einander näher, und noch eh' der Steamer Londonbridge erreicht hatte, wußt' ich aus dem überreichen Fluß seiner Rede, daß er ein Landwirt aus Hessen-Kassel sei und vor Übernahme eines väterlichen Gutes sich entschlossen habe, noch einen Ausflug nach London und Paris zu machen. Auf dem Zollamt (custom house), während unsere Koffer durchsucht wurden, richtete er die Frage an mich, ob ich bereits ein bestimmtes Unterkommen in der Stadt habe, und als ich wahrheitsgemäß diese Frage verneinte, empfahl er mir das german coffee house Long Acre 27, an das er brieflich empfohlen sei und das sich, wie er schon in Kassel gehört habe, durch Billigkeit und freundliches Entgegenkommen auszeichnen solle. Ich hatte keinen Grund, in die Stichhaltigkeit seiner Empfehlung den geringsten Zweifel zu setzen und da es begreiflicherweise was Verlockendes hat, seinen Einzug in das London-Labyrinth an der Seite eines Landsmanns zu halten, so schlug ich mit tausend Freuden ein, und vor Ablauf einer Viertelstunde rollte bereits unser gemeinschaftlicher Cab, an St. Paul vorbei, Ludgate-Hill und Fleet-Street hinunter.

Du magst Dir meinen Schreck denken, als endlich der Wagen hielt und gleich der erste Blick auf das german coffee house mich leise ahnen ließ, wohin das Schicksal in Gestalt meines hessenkasselschen Landwirts mich geführt hatte. Unsre Koffer wurden abgeladen und zwei Treppen hoch in das Fremdenzimmer gebracht. Zögernd folgt' ich. Mit unverkennbaren Zeichen der Ungeduld durchschritt ich das Zimmer und endlich vor meinem Reisegefährten stehen bleibend, fragte ich mit einem Tone, der wenig Zweifel über meine äußerste Enttäuschung ließ: Sagen Sie, Bester, wo sind wir eigentlich? Der Angeredete geriet in sichtliche Verlegenheit und antwortete beinah stotternd: "Sie befinden sich im Flüchtlings-Hotel; wenn Ihnen der Aufenthalt darin, wie ich fast glauben muß, mißhagt, so bitt' ich um Entschuldigung Sie hierher geführt zu haben." Diese Worte entwaffneten mich; als er aber schließlich gar versicherte, daß er selber ein andres Unterkommen gewählt haben würde, wenn ihm die leiseste Ahnung davon gekommen wäre, daß die Gastzimmer seines Freundes *Schärtner* im Stil einer pennsylvanischen Zelle hergerichtet seien, schwand auch die letzte Falte des Unmuts von meiner Stirn und ich beschloß so lange zu bleiben, bis es mir geglückt sein würde, in einem eleganteren Stadtteil eine paßliche Wohnung ausfindig zu machen. Das ist nun geschehn. Morgen zieh' ich nach Burton-Street, in die unmittelbare Nähe von Eaton-Square; bevor ich aber dahin abgehe und dem deutschen Flüchtlings-Hôtel ein für allemal den Rücken kehre, kann ich nicht umhin, Dich mit der Festung und ihrer üblichen Besatzung bekannt zu machen.

Long Acre an und für sich ist eine der rußigsten Straßen in London, und Long Acre Numero *siebenundzwanzig*vermeidet es durch unzeitige Schönheit und Sauberkeit die Schornsteinfegerphysiognomie der ganzen Straße zu unterbrechen. Das Haus hat zwei Fenster Front und drei Stockwerke. Parterre befindet sich ein Ale- und Porter-Laden, wo eine Art Eckensteher-Publikum seine Pinte Bier trinkt, auch gelegentlich wohl sich bis zu Gin und Whisky versteigt. Die ganze erste Etage besteht aus einem einzigen, saalartigen, aber finstren Zimmer. Dem Fenster zunächst steht ein schwerer runder Tisch, darauf demokratische Zeitungen aus allen Weltgegenden– meist alte Exemplare – aufgespeichert liegen. An den Wänden entlang, in Form eines rechten Winkels, laufen zusammengerückte Tische, darauf in den Vormittagsstunden einige stehengebliebene Bierkrüge sich langweilig angucken, während hier am Abend die künftigen Präsidenten der einigen und unteilbaren deutschen Republik sich lagern und ihre Regierungsansichten zum besten geben. Ich führe Dich später in ihre Gesellschaft. Zwei Treppen hoch teilen sich die Schlafgemächer des Hôtelwirts und das mehrerwähnte Fremdenzimmer in den vorhandenen Raum und von hier aus ist es, daß ich die Freude habe, Dir ein Bild der vielgefürchteten Flüchtlingswirtschaft zu entwerfen. Es gewährt mir eine gewisse Befriedigung, daß dieselbe Tischplatte, von der aus so manche Verwünschung dessen, was uns heilig gilt, in die Welt gegangen ist, nun meiner altpreußischen Loyalität als Unterlage dienen muß und es macht mich wenig irre, daß der Wind beständig an den alten klapprigen Fenstern rüttelt, als wollt' er mir drohen oder mich mahnen: laß ab!

Ich habe nie ein ungemütlicheres Zimmer bewohnt; nur wer eben die Kasematten Magdeburgs hinter sich hat, mag sich hier verhältnismäßig wohl und heimisch fühlen. Der vielgerühmte englische Komfort ist durch einen Fetzen

Teppich vertreten, der den Boden notdürftig bedeckt; kein Kamin, kein Fenstervorhang, kein Bild an den Wänden, mit Ausnahme einer grasgrünen, hier und da gelbdurchkreuzten Pinselei, dran die Inschrift prangt: "Plan des neuen Victoria-Parks". Von Möbeln nur das notdürftigste: ein paar Wandschränke rechts und links, ein Klapptisch, drei Binsenstühle, und zwischen den Fenstern ein bleifarbner Spiegel, drin man noch trauriger aussieht, als diese Umgehung einen ohnehin schon macht. Vielleicht tu' ich Unrecht, meinen Groll in dieser Weise auszulassen, da das german coffee house schwerlich beabsichtigt, unter den Hotels der Stadt genannt zu werden, aber das Unbehagen wägt nun mal die Worte nicht ab und ich friere so jämmerlich, wie man selbst in einer Ausspannung, und daß ich's rund heraus sage, selbst in Long Acre 27 nicht frieren sollte.

Die Bewirtung ist erträglich genug; nur der Kellner, ein desertierter Soldat, der bei Iserlohn zu den Aufständischen überging, verdirbt einem durch seine Süffisance den Appetit. Sein Benehmen gegen die renommiertesten Gäste dieses Zirkels ist das eines Spital-Beamten, der armen Leuten einen Teller Suppe reicht. Nur wenige verstehn es, sich in Respekt zu setzen; der Rest wird tyrannisiert, im günstigsten Falle protegiert. Gestern mittag aß ich in Gesellschaft von Schärtner, Heise, Willich, Zinn und einigen Diis minorum gentium. Ich hielt es für überflüssig oder gar unwürdig, aus dem bloßen Zufall, der mich in ihre Mitte geführt hatte, irgendein Hehl zu machen und bekannte mich freimütig zu Ansichten, die den ihrigen schnurstracks entgegen seien. Man respektierte diese Erklärung nicht nur, sondern zeigte auch, im Gespräch mit mir, eine Ruhe und Gemessenheit, die mich um so mehr frappierte, als sie den Streitenden, bei ihren Streitigkeiten *unter einander,* durchaus nicht eigen war. "Komm ich heran, der erste, den ich erschießen lasse bist *Du*" zählte zu den oft und gern ausgespielten Bekräftigungs-Trümpfen.

Der gemütlichste Paladin der ganzen Tafelrunde ist unbedingt der Wirt selbst. *Schärtner,* dieser vor Zeiten vielbesprochne Führer des Hanauer Turner-Korps, hat längst den klugen Einfall gehabt, seinen unbrauchbar im Stall stehenden Republikanismus zur milchenden Kuh zu machen und lebt jetzt in vollster Behaglichkeit von dem unverwüstlichen Renommee eines längst aufgegebenen Prinzips. Er hat sich zum Eheherrn einer blassen Engländerin gemacht und unter reichlichem Verbrauch seines eignen Ales und Porters arrondiert er sich immer mehr und mehr zum vollen Gegensatz jener Cassius-Naturen, deren Magerkeit dem Caesar so bedenklich war.

Schärtners ganzer Radikalismus ist ein bloßer Zufall; in Stettin oder Danzig statt in Hanau geboren, wäre er der loyalste Weinhändler von der Welt geworden, und hätte am 15. Oktober die Toaste auf den König ausgebracht.

Anders verhält es sich mit *Dr. Heise,* einem ehemaligen Mitredakteur der "Hornisse", der mein Tischnachbar war. Das stechende Auge, die etwas spitze Nase, dazu seine Redeweise, gleich scharf an Inhalt wie Ton der Stimme, sagen einem auf der Stelle, daß man es hier mit keinem Revolutionär aus Zufall, sondern mit einer jener negativen Naturen zu tun hat, deren Lust, wenn nicht gar deren Bestimmung das Zerstören ist. Ohne besonders viel zu sprechen, war er doch die Seele der Unterhaltung und gab das entscheidende Wort. – Neben ihm saß *Willich,* beredt sonst wie ich vernehme, aber schweigsam an diesem Abend. Man schätzt ihn allgemein, und doch zählt Achtung nicht eben zu den Dingen, mit denen die Bewohner von Long Acre 27 besonders verschwenderisch umgehn. Das Urteil über ihn lautet: verrannt, aber ehrlich.

War *Willich* schweigsam, so war Grenadier *Zinn* (jetzt Setzer in einer Buchdruckerei) desto muntrer. Als ich vor kaum einem halben Jahre von ihm las, hatt' ich mir stets einen alten zopfigen Gefreiten, ich weiß nicht aus welchem Grunde vorgestellt. Wie war ich erstaunt, jetzt einen rotbackigen, kaum 24jährigen Springinsfeld vor mir zu sehn, der lachend von einem zum andern ging und das verzogne Kind der ganzen Versammlung zu sein schien. Keine Spur von Ernst in seinem ganzen Wesen, und wie sein Auftreten, so auch seine politische Tat. Sie besticht durch ihre Kühnheit, und bei dem Haß, den alle Welt gegen die Kasselsche Wirtschaft hegt, auch durch ihren Erfolg; in ihren Motiven aber ist sie klein. Mein Reisegefährte erzählte mir beim Zubettgehn, wie das blonde Grenadierchen es selber kaum leugne, daß die Lorbeeren des Carl Schurz ihn nicht hätten schlafen lassen und daß er den Dr. Kellner überwiegend nur deshalb befreit habe, um ein Seitenstück zu der Befreiung Kinkels zu liefern. Das ist ihm gelungen. Man darf Heldentaten nicht in der Nähe betrachten.

Das wäre das Offiziers-Korps der Besatzung von Long Acre 27; von den Gemeinen laß mich schweigen. In der Nacht vom Sonnabend auf Sonntag ist hier allwöchentlich ein großes Meeting. Dann gesellen sich die französischen Flüchtlinge zu den unsren, und bei Bier und Brandy wird die Brüderlichkeit beider Völker proklamiert und beschworen. Vorgestern nacht hörte ich den Jubel bis zum Morgen hin. Es war ein Lärmen ohnegleichen: deutsche und französische Lieder bunt durcheinander, dazwischen Gekreisch und Gefluch;

mitunter flog eine Tür und man hörte Gepolter treppab; – ein wahres Höllentreiben!

Fragst Du mich noch, was ich von dieser Wirtschaft halte? Meine Darstellung des Erlebten ist zugleich eine Kritik. Das Ganze (eine einzelne Tüchtigkeit gern zugegeben) ist widerlich und lächerlich zugleich; bliebe noch Raum für ein drittes Gefühl, so wär' es das des Mitleids. Da sitzen alltäglich diese blassen verkommenen Gestalten, abhängig von der Laune eines groben Kellners und der Stimmung ihrer englischen Wirtsleute daheim, da sitzen sie, sag' ich, mit von Unglück und Leidenschaft gezeichneten Gesichtern und träumen von *ihrer* Zeit und haben für jeden Neueintretenden nur die *eine*Frage: regt sich's? Geht es los? Dabei leuchtet ihr Auge momentan auf, und erlischt dann wieder wie ein Licht ohne Nahrung. – Ihr Regierungen aber, zum mindesten ihr *deutschen* Regierungen, tut ab die kindische Furcht vor einem hohlen Gespenst und besoldet nicht eine Armee von Augen, die dies Jammertreiben verfolgen und von jedem hingesprochnen Wort Bericht erstatten soll. Ihr verdientet zu fallen, wenn dieser Abhub euch je gefährlich werden könnte.

Die öffentlichen Denkmäler

Es ist mit der englischen Kunst wie mit dem englischen Leben überhaupt: die Straße, die Öffentlichkeit bietet wenig von beiden. Man könnte sagen, das sei das Wesen des Nordens; indes man braucht nicht nach dem Süden zu gehen, um es anders zu finden. In München, Berlin und Brüssel trifft das Auge angenehm überrascht, an Giebeln hier und unter Arkaden dort, auf die Vorläufer des Freskobildes, das Miene macht, über die Alpen bei uns einzuwandern, und beschränken wir uns gar auf das Monumentale und eine Vergleichung dessen, was die Straße hier dem Beschauer bietet und was bei uns, wie reich sind wir Armen da. Jeder Fremde, der Berlin besucht und überhaupt ein Auge mitbringt für die Werke der Skulptur, wird auf einem einzigen raschen Gange durch die Stadt, vom "Kurfürsten" ab bis zur Quadriga des Brandenburger Tores hin, mehr Anregungen und Eindrücke mit nach Hause nehmen, als nach *der* Seite hin ganz London ihm zu bieten vermag. Wer die englische Bildhauerkunst bewundern, oder wenn ihm Zweifel an ihrer Existenz gekommen sein sollten, sich wenigstens von ihrem Dasein überzeugen will, der suche Zutritt zu den Galerien der Großen und Reichen zu erlangen, oder gehe, wenn er das Bequemere vorzieht, nach St. Paul und Westminster: der erste Schritt in die Kirche, der flüchtigste Umblick darin, wird ihm Gewißheit geben, daß es eine englische Meißelkunst gibt.

Richten wir für heute unser Augenmerk lediglich auf die *öffentlichen* Denkmäler und beginnen wir mit der City. Wir kommen von der Londonbrücke und haben zur Rechten das "Monument", die berühmte Denksäule, die im Jahre 1677 zur Erinnerung an das große City-Feuer (dem Londonbrücke und Paulskirche zum Opfer fielen) errichtet wurde. Ich habe nichts gegen diese Säule – wiewohl ich nicht recht fasse, was man mit ihrer Aufstellung und der steten Vergegenwärtigung eines großen Unglücks bezweckte – muß aber feierlichst protestieren gegen die 42 Fuß hohe Flammenurne, womit eine konfuse Pietät und der barste Ungeschmack den Knauf jener Säule geschmückt haben. Die vorgeblichen Flammenbüschel dieser Urne sind alles Mögliche, nur eben keine Flammen, und da es dieser goldenen Kuriosität gegenüber, ähnlich wie beim Bleigießen in der Neujahrsnacht, der Phantasie jedes einzelnen überlassen bleiben muß, was sie aus diesen Ecken und Spitzen herauszulesen für gut befindet, so mach' ich kein Hehl daraus, daß ich die Flammenurne für ein riesiges Kissen mit hundert goldnen Nadeln und in Folge davon die berühmte Säule selbst für ein Wahrzeichen der ehrsamen Schneiderzunft gehalten habe, dessen historische Begründung mir leider nicht gegenwärtig sei. Das Piedestal trägt neben Basreliefs, die sich's angelegen sein lassen den komischen Eindruck des Ganzen nicht zu stören, die Anzeige: daß es erlaubt sei, gegen Zahlung eines Sixpence, die Säule zu besteigen. Hat diese Erlaubnis den Zweck, die wunderliche Flammenurne auch in der Nähe bewundern zu können, so wird man durch solch humane Fürsorge in seiner guten Laune nicht wenig bestärkt; indes es handelt sich wohl um die Aussicht, um das London-Panorama, dessen man von oben genießen soll, und hier wolle mir der Leser erlauben abzuschweifen und ihn vor dem Erklettern von Türmen und Säulen ein für allemal zu warnen. Während meines Aufenthalts in Belgien hab' ich mir diese Erfahrung mit manchem Frankenstück, mit Beulen an Kopf und Hut und schließlich mit dem jedesmaligen äußersten Getäuschtsein erkaufen müssen. Woran liegt das? Der Turm führt uns nur dem Himmel näher, und diesem denn doch nicht nah genug, um eine Reiseausbeute davon zu haben; von allem andern entfernt er uns, die Ferne bleibt Ferne, und die Nähe wird zur Ferne. In Brüssel bestieg ich den Rathausturm: der Führer streckte seinen dicken Finger aus, wies auf einen schwarzen Punkt am Horizont und sagte ernsthaft: voilà le Lion de Waterloo! In Antwerpen mußt' ich einen blinkenden Streifen bona fide als das Meer hinnehmen, so daß man, zur Besinnung gekommen, sich eigentlich schämt, Punkte und Striche als Sehenswürdigkeiten ernsthaft beobachtet zu haben. Und blickt man nun in die Nähe, was hat man? Dächer! wenn's hoch kommt, flache und schräge, schwarze und rote, aber doch immer nur Dächer. Unsere Bauten nehmen, wie billig, noch Rücksicht auf den Menschen, der geht. Wenn wir erst fliegen werden, dann wird das Zeitalter der Dächer gekommen sein; aller Schmuck der Fassaden: Reliefs und Bildsäulen (natürlich alle liegend, wie auf Grabmälern) werden ihren Platz dann auf dem Dach, der neuen Front des Hauses, einnehmen, und der Reisende mag *dann* Türme erklettern oder wenigstens auf ihnen– rasten.

Doch kehren wir zurück in die City. Wenig hundert Schritte von der Säule entfernt, wo sich die King-Williamsstraße zu einem kleinen Platze erweitert, finden wir das neueste öffentliche Denkmal Londons: die Statue König Wilhelms IV., das neueste und zugleich beste. Aber das beste ist kein gutes oder gar ein bedeutendes; seine relativen Vorzüge bestehn in dem Fehlen alles Störenden und Geschmacklosen. Ruhig blickt der König zur französischen Küste hinüber, als wollte er mit unterdrücktem Gähnen sagen: "kommt ihr – gut! kommt ihr nicht – noch besser!" und mit ähnlicher Gleichgültigkeit geht der Beschauer an dem Denkmal selbst vorbei, das allenfalls befriedigen, aber nicht anregen und entzünden kann. Das Interessanteste der Statue ist ihre Ausführung in Granit. Das englische Klima, dem Marmor wie dem Erz in gleichem Maße ungünstig, wies darauf hin, ein Auskunftsmittel zu suchen. Man wählte den Granit, und das Geschick, mit dem sich die englische Skulptur diesen spröden Stoff dienstbar zu machen verstand, hat um so mehr Anspruch auf Dank, als bei der vollständigen Unleidlichkeit jener Patina, womit Luft und Rauch alles Erz hier, und zwar in kürzester Zeit, umkleiden, erst von jetzt ab an öffentliche Denkmäler, die sich des Anblicks verlohnen, zu denken sein wird.

Wir schreiten weiter, lassen vorläufig eine Wellington-Statue zur Rechten unbemerkt, und gelangen an St. Paul vorbei, durch Fleet-Street und Strand auf den Trafalgar-Square. Hier blickt es uns an, rechts und links, von Kapitälern und Piedestalen herab, und wir machen halt. In der Mitte des Platzes erhebt sich die 170 Fuß hohe Nelson-Säule; auf ihr der Sieger von Abukir selbst. Ob die Statue gut ist oder schlecht, mag ein anderer entscheiden als ich; auf eine Entfernung von 170 Fuß bescheidet sich mein Auge jeder Kritik und überläßt es den Teleskopen, Nachforschungen anzustellen. Nur so viel: Nelson trägt Frack und Hut, aller Gegnerschaft zum Trotz, auf gut napoleonisch, und die Statue, wie sie da ist, auf den Vendome-Platz zu Paris statt auf den Trafalgar-Square in London gestellt, sollt' es ihr nicht schwer fallen, vielen tausend Beschauern gegenüber, den englischen Admiral zum französischen Kaiser avancieren zu lassen. Man hat keine andren Anhaltepunkte, als den schlaff herabhängenden Rockärmel, drin der Arm fehlt, und das Gewinde von Schiffstau, dran der Rücken sich lehnt; das einzige, was jeden Zweifel lösen könnte, entzieht sich der Beobachtung– das Gesicht. Ich möchte hieran ketzerischerweise überhaupt die Frage nach dem Recht der künstlerischen Zuverlässigkeit dieser Säulen knüpfen. Sie geben nicht, was sie geben wollen, und deshalb hab' ich Bedenken gegen die ganze Gattung. Eine Nelsonsäule z. B., die sich faktisch, wie die vor uns befindliche, nicht mit dem Namen des Mannes begnügt, den sie verherrlichen will, sondern dadurch, daß sie ihn in effigie auf ihren Knauf stellt, auch die Absicht ausspricht, mir sein Bild einprägen zu wollen, bleibt hinter einem bloßen Gedenkstein in so weit zurück, als sie das Plus ihrer Aufgabe nicht erreicht und bei 170 Fuß Höhe nie erreichen kann. Die Skulptur tut ihr Werk dabei sozusagen umsonst und wird selbst da zum "Jüngern Sohn", wo sich, dem Prinzip nach, die künstlerische Ruhmeserbschaft wenigstens teilen sollte. Vor der Nelsonsäule, das Antlitz nach Whitehall gewandt, steht die Reiterstatue Karl Stuarts. Wohl ist er's: der feine Kopf, in dem sich Majestät mit jenem wunderbaren Zuge mischt, der auf ein tragisches Schicksal deutet. Er ist es, aber so klein wie möglich. Er reitet nach Whitehall hinab, als drücke ihn immer noch die Schmach, die seiner dort harrte, und als fühl' er, daß das Schwert ihm fehle, das – o bittres Spiel des Zufalls! – die Hände eines Straßenbuben vor Jahr und Tag ihm raubten: Wie wenig ist diese Statue und wie viel hätte sie sein können, wie viel hätte sie sein *müssen* in dem loyalen, königlichen England. Es war ein poetischer, glücklicher Gedanke, den Platz der Schmach nicht zu scheuen und das Haupt des Königs gerade dorthin blicken zu lassen, wo es fiel, aber dann müßte dieses Haupt ein andres sein und der ganze Reiter dazu, dann müßte Sieg und Hoheit von dieser Stirne leuchten und jede Fiber nach Whitehall hinunterrufen: "ich bin doch König!" Ein Rauchsches Denkmal an dieser Stelle wäre eine Verherrlichung des Königtums gewesen; was der Platz jetzt bietet, ist eine Fortsetzung der alten Demütigung.

Nach dieser Seite hin leisten die öffentlichen Denkmäler Londons überhaupt das Mögliche. Was ist die Reiterstatue Georgs III. (in unmittelbarer Nähe des Trafalgar-Square), was ist sie anders, als eine öffentliche Bloßstellung, eine Verhöhnung. Ein wohlbeleibter Mann mit einer schrägen, höchstens zwei Zoll hohen Stirn, krausem, fast negerhaftem Haar, einem wohlangebrachten Zopf im Rücken und dem Ausdruck der Gedankenlosigkeit im Gesicht, sitzt, den Hut in der Hand, nicht nur nicht als König, sondern geradezu als Karikatur zu Pferde, und das mitten im Trab zurückprallende Tier legt einem die Vorstellung nahe, daß es in einer Wasserlache am Wege plötzlich seines eignen Reiters ansichtig und vor solchem Bilde scheu geworden sei. Wenn ein König für die Kunst nichts bietet, so ehre man ihn, so lang er lebt und begrabe ihn, wenn er tot ist; die erzne Verewigung einer königlichen Unbedeutendheit kann niemandem ungelegener sein, als dem Königtum selbst. Soll ich noch von der Yorksäule sprechen, deren erznes Herzogsbild, zu äußerster Lächerlichkeit, die goldne Spitze eines Blitzableiters wie einen bankrotten Glorienschein trägt, dessen anderweitige Strahlen nach rechts und links hin fortgefallen sind? Nein! überlassen wir es einer Feuer-Versicherungs-Gesellschaft, an dieser Vorsichtsmaßregel Gefallen zu finden und wenden wir uns lieber zum Herzog Wellington, dem Manne der ausschließlichen Denkmalberechtigung. Jede Malerakademie hat ihr Modell und die Londoner Bildhauerkunst – ihren Herzog. Wir begegnen ihm auf unsrer Wanderung dreimal: in der City als "jungen Feldherrn", als "älteren Herrn" vor Apsley-House und als "Achill" im Hyde-Park. Dieser "Achill", laut Inschrift eine Frauenhuldigung in Kanonenmetall, ist eine längst verurteilte Geschmacklosigkeit und steht auf der Höhe jener lyrischen Liebesgedichte, die schamhaft ihren rechten Namen verleugnen und sub rosa von Damon und Phyllis sprechen. Was die Ausführung angeht, so erinnert sie an den Apoll von Belvedere unseres Tiergartens. – "Der junge Feldherr" in der City ist ein anständiges Mittelgut, zu gut für den Spott und zu schlecht für die Bewunderung; was bleibt da anders als – schweigen. – Der "ältliche Herr" bietet schon mehr: es ist ganz ersichtlich, daß er die Gicht hat, daß es ihm die größte Anstrengung kostete, in den Sattel zu kommen und daß er ohne seinen weiten Regenmantel so früh in der Morgenluft unrettbar verloren wäre. Sein Federhut und der Marschallsstab in der Hand machen eine verzweifelte Anstrengung, ihm ein Feldherrn-Ansehen zu geben, allein vergeblich, es ist und bleibt das langweilige Bild eines Mannes, der doppelte Flanelljacken trägt. Nur eines übertrifft ihn an Steifheit, das ist das Pferd, welches er reitet. – Die Mitwelt hat ihre großen Männer durch undankbare Unterschätzung nur allzu oft verbittert; in Herzog Wellington haben wir ein Beispiel vom Gegenteil: die Liebe der Zeitgenossen mochte der Nachwelt nichts zu tun übriglassen. Wenn nichtsdestoweniger dem Gefeierten Zweifel kommen sollten an dem unbedingten Glück *solcher* Verewigung, so haben wir als Trost für ihn das Horazische Wort, daß Lied und Geschichte, drinnen er fortlebt, "dauernder sind als Erz".

Die Musikmacher

Die Musik, wie jedermann weiß, ist die Achillesferse Englands. Wenn man sich vergegenwärtigt, welche musikalischen Unbilden das englische Ohr sich von früh bis spät gefallen läßt, so könnte man in der Tat geneigt werden, dem Engländer jeden Sinn für Wohlklang abzusprechen und auf die Seite Johanna Wagners oder besser ihres Vaters zu treten, der mit mehr Wahrheit als Klugheit die ihm nicht verziehenen Worte sprach, "daß hier viel Gold, aber wenig Ruhm zu holen sei". Man wolle indes aus dem Umstand, daß England des musikalischen Gehörs entbehrt, nicht voreilig schließen, es entbehre auch der musikalischen Lust; gegenteils, die alte Wahrheit bewährt sich wieder, daß der Mensch am liebsten das treibt, was ihm die Götter am kärgsten gereicht. Die große Forte-piano-Krankheit hat längst auch diese friedliche Insel ergriffen, und da bekanntlich starke Organismen von jeder Krankheit doppelt heftig befallen werden, so herrscht denn auch das Klavierfieber hier in einem unerhörten Maße. Aber dies ist es nicht, was einen Veteranen, der viele Jahre lang die Nachbarschaften einer Berliner Chambre-garnie getragen und vom rasenden Lisztianer an bis zur Skala-spielenden Wirtstochter herunter alles durchgemacht hat, was bei ihm zu Lande einem menschlichen Ohre begegnen kann– dies ist es nicht, was einen bewährten Mut bricht; das eigentliche Schrecknis Londons sind die *Straßenvirtuosen.*

Man ist aufgestanden, sitzt beim Breakfast und liest, keines Überfalls gewärtig, die "Times", vielleicht gerade die vaterländische und nie überschlagne Spalte: "Prussia; from our own correspondent". Da schnarrt und klimpert es heran, immer näher und näher, faßt endlich Posto dicht am Gitter des Hauses und blickt, immer weiter drehend, mit dem braunen Gesicht so treuherzig ins Fenster, als hab' er die feste Oberzeugung, mit seiner Drehorgel alle Welt glücklich zu machen. Es ist "povero Italiano", wie er leibt und lebt; auch die Orgel ist echt mit ihren dünnen Hackbrettönen, und nur die tanzenden Puppen fehlen und der Affe, der an den Dachrinnen hinaufklettert. Ich kenn' ihn wohl, er kommt heute nur eine Stunde früher– es ist eine treue Seele, so treu, so unveränderlich, wie seine Stücke. Ach, wie oft hab' ich sie schon gehört und je mehr ich sie hasse, je mehr verfolgen sie mich. Thackeray erzählt gelegentlich von einem 68jährigen Manne, der eines Morgens ganz ernst beim Frühstück sagte: "Mir träumte diese Nacht, Mr. Robb züchtige mich." Seine Seele hatte die Schreckens-Eindrücke der Schule noch immer nicht ganz los werden können. Ich stehe nicht mehr in erster Jugend, aber ich halt' es nicht für unwahrscheinlich, daß mir noch nach dreißig Jahren "povero Italiano" im Traum erscheint und mich züchtigt – mit seiner Orgel.

Musik war seit Rizzios Zeiten oft die Brücke zwischen Italien und Schottland; auch heute reichen sie sich auf ihr die Hand: der Savoyarde ist fort und der Hochländer tritt an seine Stelle. Er ist nicht allein; die Hauptsache, den Dudelsack nicht einmal mitgerechnet, sind es ihrer fünf: Vater, Mutter und drei Kinder. Walter Scott hatte bekanntlich einen Dudelsackpfeifer im Hause, der ihm die Stimmung geben mußte, wenn er zur Feder griff. Diese Tatsache beweist nur den alten Satz, daß jeder große Mann an einer bestimmten Geschmacksverirrung leidet. Aber lassen wir Sir Walter und wenden wir uns wieder zu der Familie vor uns, der trostlosen Karikatur alles dessen, was meiner entzückten Phantasie vorschwebte, wenn ich das "Herz von Midlothian" las, oder mit Robert Burns, am Bergwasser entlang, zu einer seiner vielen Marys oder Bessys schlich. Diese älteste Tochter, die jetzt heiser ein altes Stuart-Lied "Charles my darling" durch die Straßen schreit, ist alles in der Welt, nur nicht das "schöne Mädchen von Perth", der Kilt des Vaters ist so schmutzig, daß er die Farben keines oder jedes Clans zur Schau trägt, und meinen mitgebrachten Vorstellungen entspricht nichts, als allenfalls – die nackten Knie.

Doch ich habe nicht Zeit, schlechten Tönen und trüben Gedanken nachzuhängen; um die Ecke herum lärmt es schon wieder von Pauken und Trompeten, und nach wenig Augenblicken hält der seltsamste Aufzug vor meinem Fenster, den ich all' mein Lebtag sah. Auf einem Handwagen steht ein sieben Fuß hohes Blatt- und Zweiggeflecht, halb unsern Weihnachts-Pyramiden und halb jenen Kronen ähnlich, die Maurer und Zimmerleute auf den First eines gerichteten Hauses setzen. Goldblech, Fahnen und bunte Bänder schmücken das Machwerk. Drum herum tummeln sich verkleidete Burschen, Clowns mit weißen Pumphosen und weißen Kitteln, über und über mit Mehl bestreut. Welche Wirtschaft das! Jetzt umtanzen sie den Baum, aber plötzlich stieben sie wie rasend auseinander, der eine schlägt auf die Pauke los, ein zweiter steht Kopf, der dritte überschlägt sich in der Luft, ein vierter sammelt Geld ein, und der Rest, der zu gar nichts anderem zu gebrauchen, muß – singen. Es geht über die Beschreibung, was solche Notsänger dem menschlichen Ohr zu bieten vermögen. Wie oft hab' ich solche Dinge in alten Robin-Hood-Balladen bewundert, aber meine Verehrung hat den Teufel an die Wand gemalt. Da hab' ich sie nun leibhaftig vor mir, die poetischen Schlagetots aus Nottinghamshire und dem Sherwood-Wald, und mein sehnlichster Wunsch ist – von ihnen wieder zu *lesen*. Doch ich bin ungerecht gegen mich selbst; die Äußerung wahrer, herzlicher Freude würd' ich im Leben so gut verstehn wie im Gedicht, aber das ist nicht das merry old England, was da vor mir Purzelbäume schlägt und in die Hanswurst-Trompete stößt, das ist das money-making Volk des neunzehnten Jahrhunderts, das, wie es jede Empfindung ausbeutet, gelegentlich auch von der Lust den Schein borgt um – eines Sixpence willen. Das Maß meiner Geduld ist voll, ich greife nach Hut und Stock, um mir in Hyde-Park oder Kensington-Gardens ein ruhiges Plätzchen auszusuchen. Aber es muß heut' der Namenstag der heiligen Cäcilie sein, denn Musik überall. Ich passiere Eaton-Square – ein Palast-umbautes Oblong von einer Ausdehnung und Schönheit, wie es unser Exerzierplatz zu werden verspricht– aber auch hier unter den Fenstern der Aristokratie baut der Vogel sein Nest. Gott sei Dank, es ist kein Singvogel darunter; indessen zwei Becken, ein Triangel, ein Tambourin und eine Geige tun das Ihre. Es sind fünf Neger, Weißes fast nur im Auge, mit wolligem Haar und karminroten Lippen. Der geeignete Schauplatz ihrer Tätigkeit wäre allerdings die Wüste, aber nichtsdestoweniger glaube der Leser an alles eher, als an die Echtheit dieser Mohren. Sie sind nichts als die Kehrseite jener albinohaften Clowns: dort alles weiß, hier alles schwarz, jene eine Schöpfung des Mehlkastens, diese des Schornsteins. Es sind Tagediebe; mit Ausnahme des Violine-spielenden Kapellmeisters, der einen schwarzen Frack, eine Brille und eine graue Perücke trägt und Kopfbewegungen macht, als wäre er Paganini selber, hat keiner auch nur eine Ahnung davon, daß es überhaupt Noten gibt: aber Tambourin und Triangel sind keine schwierigen Instrumente und – die Kapelle ist fertig. Und glauben Sie nicht, daß man vor diesem erbärmlichen Gelärm seine Ohren mit Wachs verschließt; keineswegs! Nicht nur Käth' und Jenny sind aus der Küche gekommen und lauschen am Gitter, auch Miß Constanze ist mit drei Busenfreundinnen auf den Balkon getreten und ergötzt sich an einer Musik, die, wenn sie wirklich afrikanisch wäre, mich die Reiseschicksale Barths und Overwegs mit doppelter Teilnahme würde verfolgen lassen.

Der Abend bricht herein. Machen wir noch einen Besuch in "Evans-Keller". Er befindet sich am Coventgarden-Markt unter einer sogenannten "Piazza", die, wenn sie begierig nach einem fremden Namen war, mit "Stechbahn" vollauf honoriert gewesen wäre. In Evans-Keller ißt man zu Abend und erhält Musik als Zubrot. Die Spekulation muß gut sein, denn die Tische sind besetzt. Zehn ziemlich gewandte Finger spielen die Ouvertüre am Flügel und kaum ist der letzte Ton verklungen, so rückt eine "Abteilung Waisenhaus", eine Nachbildung und Karikatur unseres wackeren Domchors (der hier bekanntlich Sensation machte) auf die Bühne. Blasse, skrofulöse Gesichter, täuschend ähnlich jenen Gestalten, wie sie die Feder Cruikshanks in seinen Nicolas-

Nickleby-Ilustrationen uns überliefert hat. Sie singen Lieder, Sonette, Madrigals, Arien, wie's eben kommt, und singen das alles mit jener unzerstörbaren englischen Zähigkeit, fünf volle Stunden hindurch, nur unterbrochen durch Solos, die gerade um eine Stimme zu viel haben und durch teils patriotische, teils zweideutige Deklamationen, die jedesmal mit einer Beifallssalve begrüßt und beschlossen werden. Hierher gehört auch der Zigarrenhändler des Kellers, ein Liebling der Versammlung. Er ist nur Dilettant und, wie ein Quäker, die Begeisterung abwartend, stellt er von Zeit zu Zeit seinen Kram beiseite, ergreift den ersten besten Stock oder Regenschirm und, die improvisierte Flöte an den Mund führend, pfeift er die Barkarole aus der Stummen mit einer Meisterschaft, die eines besseren Gebietes würdig wäre. Bescheiden wie ein alter Römer, kehrt er von der "Jagd auf den Meertyrannen" zu seiner friedlichen Beschäftigung zurück, und sich rechts und links hin wendend, spricht er die historischen Worte: "Zigarre gefällig?"

Warum hab' ich den Leser noch zu Evans geführt? Lediglich um ihm den Beweis zu geben, daß der englische Geschmack mittelmäßige Musik nicht nur erträgt, sondern sie auch sucht. Der Piazza-Keller ist keine Taverne gewöhnlichen Schlages, sie ist der Versammlungsort Gebildeter, und die mäßige Musik, die dort gemacht wird, ist eben nicht besser, als sie ist, weil sie dem vorhandenen Bedürfnis durchaus entspricht. Da liegt's! Ein Tor nur kann sich durch solche Erfahrungen in der Bewunderung eines großen Volks, unter dem er lebt, irgendwie stören und beirren lassen, aber es bleibt nichtsdestoweniger wahr, daß wir in Sachen des Geschmacks um einen Siebenmeilenstiefel-Schritt den hiesigen Zuständen voraus sind und daß z. B. Evans-Keller, der wohlverstanden mehr sein will, nur allenfalls auf gleicher Höhe steht mit jenen Sebastiansstraßen-Lokalen, die vor Zeiten die Anzeige brachten: "Heut Abend, Gesang und Deklamation von Herrn Frey".

Straßen, Häuser, Brücken und Paläste

London ist nicht das, was man eine "schöne Stadt" nennt. Es hat nichts aufzuweisen, was sich unserm Opernplatz oder gar dem place de la concorde in Paris vergleichen ließe. Die Zahl seiner durch Schönheit ausgezeichneten Gebäude steht in keinem Verhältnis zu der Zahl seiner Häuser überhaupt. Auch das Haus des Privatmannes bleibt äußerlich hinter dem zurück, was die Mehrzahl unsrer Straßen dem Auge zu bieten pflegt. Namentlich in der City und mehr noch in jenem volkreichen Stadtteil, der den Namen der "Tower-Hamlets" führt, finden sich zahlreiche Gassen, auf die das Wort jenes spöttelnden Franzosen noch immer paßt, der ganz London mit kreuz und quer gezogenen

Mauer-Linien verglich, drin sich große und kleine Löcher statt der Türen und Fenster befänden.

Unsre Häuser weichen in Bau und Einrichtung mehr oder minder voneinander ab; es dürfte schwerfallen auch nur ein halbes Dutzend zu finden, die sich vollständig glichen. In London ist es umgekehrt. Ganze Stadtteile bestehen aus Häusern, die sich so ähnlich sehn, wie ein Ei dem andern. Es ist mithin nichts leichter als das "englische Haus" als Kollektivum zu beschreiben. Das englische Haus hat zwei oder drei Fenster Front, ist selten abgeputzt, meist durch ein Eisengitter von der Straße getrennt, und hat ein Souterrain mit der Küche und den Räumlichkeiten für das Dienstpersonal. Parterre, und zwar nach vorn heraus, befindet sich das Sprech- oder Empfangzimmer (parlour), dahinter ein sitting-room, in dem das Diner eingenommen zu werden, auch wohl der Hausherr seine Times zu lesen und sein Nachmittagsschläfchen zu machen pflegt. Die teppichbedeckte Treppe führt uns in die drawing-rooms, zwei hintereinander gelegene Zimmer von gleicher Größe, beide durch eine offenstehende, scheuntorartige Tür in stetem Verkehr miteinander. Hier befindet sich die Dame vom Hause; hier streckt sie sich auf diesem bald und bald auf jenem Sofa; hier steht der Flügel, auf dem die Töchter musizieren; hier sind die cup- und china-boards (offene Etageren mit chinesischem Porzellan); hier stehn Humes Werke und Addisons Essays in endloser Reihe; hier hängen die Familien-Porträts; hier sitzt man um den Kamin oder am Whisttisch, und beschließt den Tag in stillem Geplauder beim Tee, oder im lauten Gespräch, wenn die Gentlemen das Feld behaupten und ihren selbstgemischten Nachttrunk nehmen. – In der zweiten Etage sind die Schlafzimmer – noch eine Treppe höher die Wohn- und Arbeitszimmer für die Kinder, auch wohl ein Gastbett für Besuch von außerhalb.

So sind Hunderttausende von Häusern. Ihre Einförmigkeit würde unerträglich sein, wenn nicht die Vollständigkeit dieser Uniformität wieder zum Mittel gegen dieselbe würde. In vielen Fällen wird nämlich von den Bauunternehmern nicht *ein* Haus, sondern ein Dutzend gleichzeitig und nebeneinander aufgeführt, wodurch diese Gesamtheit von Häusern oftmals das Ansehn eines einzigen großen Gebäudes gewinnt. Gesellt sich dann noch an jener Stelle, wo die einzelnen Häuser aneinander grenzen, eine säulenartige Fassade, oder gar an den ersten Etagen entlang ein zierlicher Balkon hinzu, so werden hier und da Resultate erzielt, die sich dem nähern, was unsere hübschesten Straßen aufzuweisen haben.

Eins aber haben Londons Straßen und Häuser vor uns voraus, das ist ihre äußerste Sauberkeit. Man gewahrt dies nicht ohne ein Gefühl der Beschämung, wenn man dabei des Schmutzes gedenkt, der namentlich zur Winterzeit in unsern Straßen souverän zu herrschen pflegt und sich auftürmt, als sei das so sein Recht. Jedes Londoner Haus hat bis in seine zweite und dritte Etage hinauf den unschätzbaren Vorteil eines nie mangelnden Wasserstroms, der ihm, nach Gefallen, aus Dutzenden von Röhren entgegenströmt. Alles schmutzige Wasser fließt sofort wieder ab und ergießt sich in eine tief unter jedem Straßendamm gelegene Kloake, deren Hauptkanäle mit der Themse in Verbindung stehen. Die Straßen selbst zeigen eine Reinlichkeit, die nur von der niederländischen übertroffen wird. Trottoirs (meist von Sandstein) nehmen gemeinhin die ganze Breite des Bürgersteiges ein, und das eigentliche Straßenpflaster (auf den Hauptverbindungslinien makadamisiert) befindet sich selbst hei Regenwetter und trotz des unglaublichen Verkehrs in stets passierbarem Zustand. Eigentümliche Fuhrwerke, die, ähnlich wie unsere Eggen auf dem Felde, einen breiten Besen hinter sich führen, fahren bei schmutzigem Wetter auf und ab, und säubern so die aufgeweichten Straßen.

Ich bin ins Loben gekommen, fast wider meinen Willen; so sei denn auch vor allem und eh' der Tadel wieder in sein Recht tritt, der fünf gewaltigen Brücken (zu denen sich die Hängebrücke als sechste gesellt) Erwähnung getan, die das eigentliche London mit Southwark oder was dasselbe sagen will, die Grafschaften Middlesex und Surrey miteinander verbinden. Diese Brücken sind meiner Meinung nach weitab das Bedeutendste, was London an Baulichkeiten aufzuweisen hat. Ich glaube den Grund dieser eigentümlichen Erscheinung darin gefunden zu haben, daß das englische Volk alles hat, was zu einem *imposanten* Baue ausreicht: Berechnung, Reichtum, Ausdauer, Kühnheit – aber *das*entbehrt, was zur Schöpfung des *künstlerisch* Vollendeten nötig ist: Geschmack und Schönheit. So oft ich auch die Themse hinauf und hinunter fahre, immer wieder beschleicht mich ein Staunen, wenn die Southwark-Brücke mit ihren drei Riesenbögen, deren jeder eine Spannung von 240 Fuß hat, plötzlich vor mir auftaucht, und dies Staunen schwindet nur, wenn ich weiter stromabwärts gleite und die Londonbrücke, schwer und massig wie ein Gebirgsstück, über den Fluß geworfen sehe. Es läßt sich nichts Solideres denken, und wenn ich aufgefordert würde einem Fremden in London *den*Punkt zu zeigen, der mir am meisten geeignet schiene, den Charakter dieser Stadt und dieses Landes zur Anschauung zu bringen, so würd' ich ihn nicht nach St. Paul und nicht nach Westminster, sondern an die granitne

Brüstung dieser Brücke führen und ihn dem Eindruck dieser festen und kühn gewölbten Masse überlassen.

Wend' ich mich jetzt zur Besprechung öffentlicher Gebäude, wie Kirchen und Paläste, so ist es ein unverhältnismäßiger Mangel an derartigen Bauwerken, der sich dem Urteil sofort aufdrängt. Das neue London, besonders auf dem Waterloo-Platz – wo sich zu den schönen Baulichkeiten des Platzes selbst, die eleganten Clubhäuser Pall-Malls und einzelner Nachbarstraßen gesellen –, präsentiert eine Anzahl von Gebäuden, auf denen auch das Auge des Architekten mit Anerkennung verweilen wird, aber diese Bauten, wie zum Teil vollendet an und in sich, haben doch überwiegend den Charakter von Privathäusern und bieten, wenn mir diese Wendung gestattet ist, nicht Masse genug dar, um den Baumeister so recht als einen Meister zu zeigen. Erst in voller Bewältigung massenhaften Stoffs, im Innehalten der Schönheit auch innerhalb der größten Dimensionen, offenbart sich der Meister. Alle diese Gebäude sind, vielleicht nicht ihrem Wert, aber ihrer Gattung nach, zweiten Ranges. Großartige Bauten von mindestens relativer Makellosigkeit hat London nur zwei: St. Paul und das Britische Museum. St. Paul, wenngleich nur eine Nachahmung St. Peters, wird unter diesen Nachahmungen immer den ersten Rang einnehmen. Es ist im höchsten Maße bedauerlich, daß die Beengtheit des Platzes, auf dem dieser Riesenbau steht, einen Totalanblick unmöglich macht, aber auch was wir sehen reicht aus, um uns den Namen Christoph Wrens mit Ehrfurcht sprechen und jener Grabschrift desselben (in der Kirche selbst) beipflichten zu lassen, die da heißt:

Si monumentum requiris – circumspice!

Das britische Museum zeigt den in London wenig vertretenen Stil der Antike. Es ist ein mächtiges Gebäude, mit zwei kurz vorspringenden Flügeln. Ionische Säulen tragen den Portikus des Haupteinganges sowohl, wie der Seitenteile. Überall Einfachheit und Symmetrie; die gewaltige Masse durch Schönheit belebt, wirkt erhebend und bewältigend zugleich.

Hiermit ist das Verzeichnis Londoner Schönheit erschöpft. *St. James* ist nur noch die Karikatur eines Königsschlosses. Aus rotem Backstein aufgeführt, klein, niedrig und mit zwei abgekappten Türmen am Eingangstor, gleicht es eher dem verrotteten Herrenhause eines heruntergekommenen alten Squires in Yorkshire oder Westmoreland, als dem Palast englischer Könige, und es bedarf das Auge dessen, der hinter den herabgelassenen Rouleaux das dicke rotbärtige Antlitz Heinrichs VIII. erkennt, wie er zur Anna Bulen flüstert, um diesen Platz wiederholt zu besuchen. *Buckingham-Palace,* die gegenwärtige

Residenz der Königin ist minder häßlich als St. James, aber doch nicht um so viel schöner, daß es die Langeweile tilgte, die ihm auf der Stirne steht. Sollt' ich zwischen beiden entscheiden, so ward' ich, der Königin Victoria zum Trotz, von zwei Übeln das kleinste wählen. – *Somerset-House* ist stattlich, aber nichts weiter; seine Front markiert sich wenig, der Hof ermüdet durch Monotonie, und nur nach der Themse hinaus imponiert es durch seine Lage und seine Masse.

Und nun die Kirchen! Welch ein Verbrechen, von der Westminster-Abtei bis hierher geschwiegen und seinem Anhängsel, der Kapelle Heinrichs VII. noch keine pathetische Lobrede gehalten zu haben! Aber ich zähle nun mal zu den Unglücklichen, die es tragen müssen, keine gebornen Engländer zu sein und infolgedessen zu der blasphemistischen Ansicht neigen, daß Westminster mehr interessant als schön sei und daß seine beiden Türme (zu denen der arme Wren, kein Freund der Gotik, nolens volens gepreßt wurde), die Linie des Lächerlichen nur notdürftig vermeiden. Ich liebe Westminster und das Zauberblau seiner prächtigen Mittelfenster, ich lieb' es auch, mich in einen Chorstuhl der Kapelle Heinrichs VII. zu setzen und die Wappenbanner der Ritter des Bathordens über mir hin und her schwanken zu sehen, aber es ist die *Geschichte* dieses Platzes und nicht seine *Schönheit,* die mich an ihn fesselt und ich kann nicht mit einstimmen in den Glaubenssatz jedes alten und echten John Bull, daß dieser Platz "das Wunder der Welt" sei.

Der echte John Bull hat auch noch einen andren Spleen, der jedenfalls unverzeihlicher ist als die Bewunderung des "wonder's of the world", das ist die Bewunderung seiner neuen houses of parliament. Diese Parlamentshäuser sind da und haben viel Geld gekostet, das beides steht fest. Namentlich der letztere Umstand läßt den Gedanken gar nicht aufkommen, daß sie vielleicht doch nichts taugen könnten. Der praktische Sinn des Engländers sträubt sich dagegen, so viele Pfund Sterling vergeblich ausgegeben zu haben. Er wiederholt dir Mal auf Mal, daß das Gebäude 900 Fuß lang und einer seiner vielen Türme, zunächst noch in der Intention, 340 Fuß hoch sei, er weist dir nach, daß die Ornamente am Dach und an den Türmchen dem wonder of the world getreulich nachgebildet seien, und ruft dir, wenn nichts mehr helfen will, mit komischem Eifer zu: "Nun, da hätten Sie erst die alten sehen sollen." Aber freilich, es werden auch Gegenstimmen laut und sprechen unumwunden aus, daß die Sache äußerlich und innerlich total verdorben sei. Es ist ein Mißverhältnis da zwischen der Höhe des Gebäudes und der Höhe des großen Südwest-Turms; endlose Ornamente, die überall sich vordrängen, nehmen ihm den Charakter schöner Einfachheit und lassen das Ganze trotz seiner riesigen Dimensionen kleinlich und fast unwürdig erscheinen. Man forscht nach einem Zweck dieser Schnörkeleien und kann keinen andern finden als den, daß sie da seien um Staub und Rauch zu schlucken und den Raum herzugeben für viele tausend Schwalbennester. Die Verbindungsgänge innerhalb des Gebäudes entbehren aller Übersichtlichkeit und machen mehr den Eindruck von Irrgängen eines Labyrinths, als von Verbindungsgängen eines Palastes. – Wenn das am grünen Holze geschieht, was soll am dürren geschehn!

London ist kein Sitz architektonischer Schönheit. Wenn einst die Hand der Vernichtung über diese Häusermasse kommen wird, wird ein meilenweiter Steinhaufe von der Weltstadt erzählen, die hier sich hinzog, aber das Fehlen von Säulentrümmern und ionischen Kapitälern, von Torso und bildgeschmücktem Fries – wird daraufhindeuten, daß es keine Welt voll Schönheit war, die hier dem Zeitlichen erlag.

Zu Haus

Da sitz' ich in meiner chambre garnie mit der Aussicht auf einen endlosen Tag. Es ist kaum elf und schon hab' ich mein Frühstück samt allen vier Leitartikeln der Times zu mir genommen – was fang ich an?

Flieh! Auf! Hinaus ins weite Land!
Und dies geheimnisvolle Buch,
Von Mr. Blanchards eigner Hand,
Ist dir es nicht Geleit genug?

ruft mir der freundliche Leser zu und weist mit seinem Zeigefinger erst auf die Straße draußen und dann auf Adam's pocket guide, der vor mir liegt, aber er weiß nicht, daß seit meinem letzten Schreiben die Wasser der Sündflut über London gekommen sind und daß nun schon seit vollen vier Tagen ein endlos niederströmender Regen alle Waterproofs und Gummigaloschen und selbst die Wißbegierde eines Touristen verspottet. Seit vier Tagen nicht aus dem Hause! Statt der dampfenden Roastbeef-Schüsseln des Mr. Simpson (gegenüber von Drury-Lane) bringt mir die Mittagsstunde nichts als ein Hammel-Kotelett aus der räuchrigen Küche meiner Wirtin, und an Stelle der Vernon-Galerie, die ich sonst wohl vormittags zu besuchen liebe, bietet mir die Kunst, wie zur Verhöhnung, nichts als einen schwarzen, lithographierten Steinadler, der an der Wand mir gegenüber unaufhörlich gen Himmel steigt und ein Kind in seinen Hängen mit sich schleppt. Die Mutter, mit gelöstem Haar und talergroßen Augen, ergibt sich der üblichen Verzweiflung. Auch jetzt starr' ich wieder zu dieser eingerahmten Beilage eines Londoner Pfennig-Magazins in die Höh' und gleichzeitig den Regen vernehmend, der draußen auf die Steine niederklatscht, ist es mir, als sei das Ganze eine bildliche Darstellung meiner eignen Situation und als trüge der Adler mein Glück und alle sonnigen Tage in die Wolken hinein.

Und doch ist Posttag heut, und doch erwartet Ihr einen Brief und kümmert Euch wenig darum, ob die ausgesandte Taube mit oder ohne Ölblatt heimgekehrt ist. So sei es denn; da aber niemand über sein Können hinaus verpflichtet ist, so begnügt Euch für heut mit einer Reminiszenz aus meinen Tagen in Flandern und laßt Euch erzählen

vom Beginenhof in Gent.

Gent ist ruhig! Die Arteveldes sind nicht mehr; Weber und Walker, die alten Todfeinde fassen jetzt grüßend an den Hut, statt sich, wie sonst, bei den Köpfen zu fassen; das Patriziertum ist abgetreten vom Schauplatz, seit Karl V. dreißig ihrer stolzen Nacken vom Henker beugen ließ, und die "tolle Grete", das riesige Geschütz, wirft keine zentnerschweren Steine mehr aus ihrem Schlund, seit dieser selbst zur Zielscheibe für die Steine der Straßenjugend wurde. Die alte "Rebellenstadt" heißt jetzt die "Blumenstadt" und statt der goldnen Rittersporen des Kortrijktages zählt man nur noch die Arten des blauen Rittersporns. Gent ist ruhig!

Aber das ruhige Gent hat einen Fleck, der der allerruhigste ist– den *Beginenhof.* Wie bezeichn' ich ihn? Kloster, Asyl, Spital – von allen dreien ist er etwas, ohne eines ausschließlich zu sein. Er wäre ein Kloster – aber die Eintretenden leisten kein Gelübde; er wäre ein Asyl – aber der Eintritt ist an Bedingungen, sogar sehr äußerlicher Natur geknüpft; er wäre ein Spital – aber Jugend und Schönheit wohnen in ihm neben der Hinfälligkeit des Alters. So müssen wir's denn umschreiben, was es mit dem Beginenhof auf sich hat: es ist eine Frauen-Gemeinde, die zwanglos, unter Arbeit, Gebet, Waisen- und Krankenpflege ihre Tage verbringt; ein Städtchen innerhalb der Stadt, das eine der sechsundzwanzig Inseln, auf denen Gent, gleich einem nordischen Venedig, erbaut ist, für sich in Anspruch nimmt und durch Tor und Mauer den natürlichen Schutz noch gesteigert hat, den ihm diese Insellage gewährt. Der Beginenhof (la beguinage) hat eine Kirche, hat Straßen und Plätze, Klöster und Häuser und eine Bewohnerschaft von ohngefähr 700 Frauen. Die oberste Leitung führt eine unabsetzbare Oberin (la Superieure), der in den sechs oder sieben vorhandenen Couvents (wir werden gleich sehn, was darunter zu verstehen ist) eben so viele Sous-Superieures (die durch einmütige und begründete Opposition ihrer Untergebenen abgesetzt werden können) zur Seite stehen. Die "Couvents" sind nur insoweit "Klöster", als sie innerhalb eines hohen Mauer-Vierecks liegen und eine größere Genossenschaft umschließen; im übrigen würde man sie richtiger "Schul- und Prüfungshäuser" nennen. In ihnen macht nämlich die Novize, überwacht von der "Mutter" und den ältern "Schwestern", eine mehrjährige Probezeit durch, und nur wenn ihre Führung untadelig gewesen, wird ihr nach dieser Frist die Übersiedlung in die eigentlichen Häuser des Beginenhofes gestattet. Diese sind ungemein klein, meist nur von zwei oder vier Personen bewohnt und ziehen sich in ziemlich langen, nicht allzu geraden Straßen die ganze Insel entlang. Sie stehen unter keiner unmittelbaren Kontrolle des "Couvents" und der "Sous-Superieure", entbehren aber auch des Reizes und jener Vorzüge, welche eine größere Gemeinschaft mit sich bringt.

Ich hatte Gelegenheit, in eines der "Klöster" einzutreten. Ein altes Mütterchen öffnete auf unser Klopfen und ihr wohlwollendes Gesicht lachte zu uns hinauf, noch freundlicher fast als die Krokus und Veilchen, die ringsum aus den Gartenbeeten sprossen. Prächtig-rote Granatblüte überdeckte das Mauerspalier und steigerte den Eindruck der Frische und Freudigkeit. Wir traten ins Haus; das Empfangszimmer zur Rechten bot wenig Eigentümliches dar, außer der ziemlich guten Kopie eines Van-Dyckschen Bildes, die Kreuzigung Christi, die an so schlichtem Platze immerhin überraschen mochte; zur Linken aber, im Arbeitssaal, ging einem das Herz auf: da sah man zwölf alte Hände in stiller Tätigkeit, wie sie emsig spannen und strickten, zupften und nähten, je nachdem die Kraft und das Auge reichte, und nur einer schien noch fröhlicher als sie – der muntre Spatz, der Liebling des Hauses, der bald auf dem Spinnrad, bald auf dem Wollflock saß, und in gar nicht spatzenhafter Vornehmheit der Eintretenden kaum zu achten schien.

Das Interessanteste des Hauses indes waren: Küche und Speisezimmer. Die Beginen haben zwar einen gemeinschaftlichen Kochraum, doch ist jede gebunden, für ihre Beköstigung selbst Sorge zu tragen, und so gewahrten wir denn auch bei unserm Eintritt in die Küche eine lange Reihe von Eisenöfchen, noch kleiner, als unsere heimischen Kohlenbecken, an denen jung und alt stand, um nach Geschmack und Laune sich den Mittagstisch herzurichten. Ich lege hierauf Gewicht und erblicke in dieser Eigentümlichkeit nichts Zufälliges. Ganz abgesehen davon, daß ein Wechsel in der Arbeit Leib und Seele frisch erhält, so ist das sprichwörtlich gewordene "Schalten in Küche und Keller" und die Lust, man könnte sagen die Bestimmung dazu, etwas echt Weibliches, und diesen Zug in vollem Maße gewürdigt zu haben, muß wie hundert anderes uns für den feinen Geist einnehmen, der die Gesetze und Regeln dieses Ordens schrieb.

Im Speisezimmer herrscht dieselbe Gesondertheit und verirrt sich bis ins Komische. So viel Schwestern nämlich, so viel Schränke, in denen jede einzelne ihren Miniatur-Haushalt: Messer und Gabel, Teller und Tischzeug in sorglicher Sauberkeit aufbewahrt. Diese Schränke, alle unmittelbar nebeneinander, öffnen um die Essenszeit ihre Türen im rechten Winkel und bilden dadurch eine fortlaufende Reihe von Nischen, jede ungefähr von der beschränkten Räumlichkeit eines preußischen Schilderhauses; –das unterste, schiebbare Brett des Schrankes wird vorgezogen und – der Tisch ist fertig. Die Begine nimmt in zellenhafter Abgeschiedenheit daran Platz. Man kann sich dabei des lustigen Gedankens nicht erwehren: das böse Gefühl etwa aufkeimenden Neides solle so viel wie möglich unterdrückt werden. Die Beginen sind stolz auf ihren Orden, und als mein Begleiter, ein Rheinländer, der Sous-Superieure in schlechtem Französisch auseinanderzusetzen suchte, daß seine Schwester auch eine Begine sei (im Rheinland nennt man hie und da die Nonnen überhaupt *Beginen)*, sah sie ihn scharf an, als wolle sie sagen: "Du lügst!" und als sich schließlich das Mißverständnis aufklärte, lachte sie ganz eigentümlich-selbstbewußt und setzte uns dann in rapider Rede auseinander: "daß es mit den *echten* Beginen was auf sich habe". Ich glaub's ihr, nicht nach ihren Worten, aber nach dem, was ich gesehen. Was mir das Klostertum im allgemeinen so verleidet, das ist das Beten nach der Uhr, das Kommandieren einer Empfindung, die so frei sein muß, wie irgendeine, wenn sie Wert haben soll, das ist das Aufgehen – günstigsten Falles – in unfruchtbarer Betrachtung. Von alledem findet sich bei den Beginen nur das rechte Maß; es sind fromme Frauen, aber sie wähnen nicht, gearbeitet zu haben, wenn sie einen Tag hindurch gebetet und meinen vielmehr: Kinderzucht und Krankenpflege sei echtes Gebet vor Gott. Und wenn ein langes Leben ein Geschenk Gottes ist, das er denen gibt, die er liebt, so liebt er die Beginen, wie sie ihn lieben. Im Kloster befand sich ein rüstiges Mütterchen von 85 Jahren, die 64 Jahre lang in demselben Hause gelebt hatte. Sie sah nicht aus, als würde sie bald abberufen werden.

Wir schieden: die Alten knicksten, die Jungen kicherten, der Spatz selbst drehte den Kopf und entließ uns in Gnaden. Eine flüchtige halbe Stunde Aufenthalt – und doch schied ich wie von etwas Liebem. Der Beginenhof und sein Frieden lag hinter uns; wie empfing uns draußen die Welt? Trommelwirbel und Signalhörner! Belgische Voltigeurs marschierten vorüber, ein Kürassier-Regiment hinterdrein. Wir standen auf Flamands Boden – wer sagt uns, ob nicht noch einmal hier (wie bald vielleicht!) die Würfel der Entscheidung fallen; doch wie sie fallen mögen – Friede liegt über dem Beginenhof. Noch immer regnet's; aber sei es drum, der Abend ist da, und der Wind, der durch die Straßen fegt und die Gaslaternen fast erlöschen macht, spricht von zerstobenen Wolken und hellem Sonnenschein am kommenden Tag. Ich schließe die Fenstervorhänge und schütte frische Kohlen auf den Kamin. Hei, wie das prasselt und flammt. Gemütliche Wärme erfüllt das Zimmer, nur eines fehlt noch: der Teekessel und sein magischer Gesang. Da tritt Jane ein und setzt das riesige Brett auf den Tisch. " Good evening sir! a bad day to day." Ich aber schneide mir Schnitte auf Schnitte von dem blendenden Weißbrot, röst' es am Kohlenfeuer, und während der Duft des halbverkohlten Brotes das Zimmer würzt, gedenk' ich Deutschlands und lausche dem singenden Kessel mir zur Seite, wie lieben, leisen Stimmen aus der Heimat.

Die Docks-Keller

Unter "Docks" versteht man im allgemeinen *die Häfen eines Hafens:* kleine abgezweigte Buchten, oder auch gemauerte Bassins, in denen man die rückkehrenden Schiffe gleichsam beiseite nimmt, um sie zunächst auszuladen, und – wenn's nottut – auszubessern. Die London-Docks charakterisiert man am besten, wenn man sie *Fluß-Häfen* nennt. Sie verhalten sich zur Themse, mit der sie in unmittelbarster Verbindung stehen, wie große Privatgehöfte zu einer daran vorüberführenden allgemeinen Heerstraße.

Man unterscheidet Katharinen-, London-, Westindien- und Ostindien-Docks. Alle vier befinden sich am linken Themseufer, die ersteren auf der Strecke zwischen *Tower* und *Tunnel,* die letztern beiden, weiter stromabwärts, in der Nähe des Fleckens *Blackwall,* eine Stunde von London. Die Ostindien-Docks sind, wie es schon ihr Name an die Hand gibt, die Ruhe- und Erholungsplätze für die großen Ostindienfahrer, die Heilanstalten, wo man die Hartmitgenommenen wieder flickt und bekupfert; auch Teer und Pech auf all die Wunden gießt, die ihnen das Sturmkap mit Wind und Wellen geschlagen.

Ich gedenke heut nur von den eigentlichen London-Docks zu sprechen, ganz besonders aber die Docks *-Keller* in Augenschein zu nehmen, von denen im voraus bemerkt sei, daß sie, in Gemeinschaft mit Speichern, Remisen und Lagerhäusern, die unmittelbare Nachbarschaft, sozusagen einen integrierenden Teil der Docks selber bilden. Denken wir uns eine Durchschnittszeichnung zwischen der mit der Themse parallellaufenden Citystraße und der Themse selbst, so ist die Reihenfolge *diese:* zuerst das Handelshaus mit seinen Comptoiren, dann geräumige Höfe mit Speichern aller Art, *unter diesen die Docks-Keller,* und schließlich, unmittelbar an der Themse, die Docks selbst. Die Höfe und die Keller verhalten sich zueinander wie zwei Etagen, und je nachdem die Ladung des eben angekommenen Schiffes aus Wein, Öl und Rum auf der einen, oder aus Reis, Zucker, Wolle und Baumwolle auf der anderen Seite besteht, wälzt man die Fässer und Ballen direkt vom Bord des Schiffes entweder auf die Speicherhöfe, oder eine Etage tiefer, in die Docks-Keller hinein. Unter diesen spielen die Weinkeller, die (vermutlich ein Kompagniegeschäft) nicht nur unter dem Speicherhofe *eines* Grundstücks, sondern unter einem ganzen Citystadtteil hinlaufen, die größte Rolle.

Der Freundlichkeit eines deutschen Kaufmannes verdankte ich es, daß mir Gelegenheit wurde, diese ungeheuren Räumlichkeiten in Augenschein zu nehmen. Er gab mich für einen jungen Deutschen aus, der nicht übel Lust habe, mehrere Oxhoft Port und Sherry gegen Barbezahlung sofort zu entnehmen, eine Rolle, die zu viele Vorteile und Annehmlichkeiten versprach, als daß ich hätte geneigt sein sollen, mich gegen sie zu sträuben.

Bevor wir in die Keller hinabsteigen, sei über "Port" und "Sherry" etwas vorausgeschickt. Beide Worte sind Kollektiva für alle möglichen Sorten süßen und feurigen Weins geworden. Unter all' den hunderttausend Oxhoften Port und Sherry, die alljährlich in England getrunken werden, ist vielleicht kein einziger, zu dem Oporto und Xeres (Sherry ist eine Mißbildung dieses Wortes) ausschließlich und unvermischt den Saft ihrer Trauben beigesteuert haben. Die Küsten des mittelländischen Meeres liefern diese ungeheuren Weinmassen, die – wenn von *roter* Farbe – unter dem Namen Port, von *goldgelber,* unter dem Namen Sherry in die Welt geschickt werden. Die Keller der London-Docks sind übrigens schon das zweite Lager, das diese köstlichen Weine bezieht: zuerst begegnet man ihnen auf der Westküste von Sizilien und zwar im Städtchen Marsala, wohin die aufkaufenden Engländer zunächst Ladung auf Ladung dirigieren, um von dort aus, je nach Bedürfnis, die englischen Keller zu speisen. Um sich von der Größe dieser sizilianischen Weinniederlagen einen Begriff machen zu können, führe ich das Faktum an, daß allein die alljährliche *Verdunstung* achttausend Gallonen beträgt.

Aber lassen wir Marsala und steigen wir heute in die Keller der *englischen* Docks. – Wir fahren ein, wie in den Schacht eines Berges. Zwei rußige Burschen mit kleinen blakenden Lichtern schreiten uns vorauf. Nun denn: Glück auf! und lustige Bergmannsfahrt. Was sollten wir nicht? *Unser* Gewinn ist sicher: der Port, wie flüssiger Rubin, wird bald in unsern Gläsern blinken. Wir sind unten: vor unsern erstaunten Blicken liegt eine Stadt. Wir haben schöne Sagen und Märchen, die von Städten auf dem Grunde des Meeres, oder von Schlössern in der Tiefe unserer Berge sprechen – diese Wunder sind Wirklichkeit geworden. Über uns lärmt und wogt die City mit ihren hunderttausend Menschen, und hier unten dehnen sich gleicherzeit die erleuchteten, unabsehbar langen Straßen einer unterirdischen Stadt. Rechts und links wie Häuser liegen übereinandergetürmt die mächtigen Gebinde: jedes Faß – eine Etage. Wir sind in die eine Straße eingetreten, und schreiten weiter. Alle fünfzig Schritt begegnen wir einer Quergasse, die, um kein Haar anders oder gar kleiner als die Straße, die wir gerade durchmessen, nach rechts und links hin sich endlos fortzieht. Immer weiter geht es: neue Gänge, neue Tonnen, neue Lichter, immer Neues, und doch immer das Alte wieder; unser Auge entdeckt nichts, das ihm als Merkmal, als Wegweiser aus diesem Labyrinthe dienen könnte, und eine namenlose Angst überkommt uns plötzlich. Wir denken an die Irrgänge des Altertums, an die römischen Katakomben, und ein unwiderstehliches Verlangen nach Luft und Licht erfaßt unser Herz.

Aber schon ist die Heilung bei der Hand. "There 's a first rate Sherry, Sir! indeed, a very fine one", so trifft es plötzlich unser Ohr, und schon der ruhigsichere Klang der Stimme überzeugt uns, daß kein Grund zur Furcht vorhanden. Den letzten Rest davon spült der Sherry fort. Mit unermüdlichem Diensteifer werden jetzt rechts und links die Fässer angebohrt: hier spritzt es wie ein Goldstrahl aus dem Faß hervor, dort strömt der blutrote Port ins Glas. Wir kosten und nippen, wie wenn es Nektar wäre; die rußigen Burschen aber schätzen's nicht höher wie abgestandenes Wasser und schütten das flüssige Gold an die Erde. Der Wein hat längst aufgehört, ihnen eine Himmelsgabe zu sein; sie teilen sich schweigsam, gewissenhaft in ihre Arbeit: der eine bohrt die Löcher, der andere verstopft sie, wozu er sich kleiner Holznägel bedient. – Wir mußten in diesen Kellern schon viele Vorgänger gehabt haben, denn der

Boden manchen Fasses sah wahrlich aus wie die Sohle eines neumodisch-gestifteten Stiefels.

Eine Stunde war um. Aus den unterirdischen Gassen stiegen wir lachend ans Tageslicht und schwankten in lautem Gespräch der Blackfriars-Brücke zu. Menschen und Häuser schienen uns zuzunicken, die finsteren Straßen waren wie verwandelt.

Ich habe die City von London so schmuck nicht wiedergesehn.

Tavistock-Square und der Straßen-Gudin

Vor einer Woche habe ich meine Wohnung gewechselt. Ich konnt' es nicht mehr aushalten in Burton-Street und in dem ganzen Stadtteil, den ich vollauf bezeichnet habe, wenn ich Dir sage, daß er Pimlico heißt. Klingt das nicht geziert und geckenhaft? Denkt man nicht an eine Mischung von Langeweile und Lächerlichkeit? Und so ist es auch.

Ich wohne nun Tavistock-Square, mitten in London, nah an Oxford-Street und nicht weit vom Trafalgar-Platz. Daß ich Dir sagen könnte, wie reizend es hier ist und wie glücklich mich der Wechsel macht, zu dem ich mich, bei meiner unglücklichen Anhänglichkeit auch an die schlechtesten Wirtsleute, nur schwer entschlossen habe. Der Stadtteil, den ich jetzt bewohne, besteht überwiegend aus großen und kleinen Plätzen, so daß die Straßen, die sich vorfinden, weniger um ihrer selbst, als vielmehr um der Verbindung willen, die sie zwischen den zahllosen Squares unterhalten, da zu sein scheinen. Bedford- und Fitzroy-, Bloomsbury- und Torrington-Square halten gute Nachbarschaft mit uns, und Rüssel- und Euston-Square sind so nah, daß wir uns mit ihnen begrüßen können. Die ganze Gegend hat was Herrschaftliches; das macht, sie war das Westend Londons in der zweiten Hälfte des vorigen Jahrhunderts, und dieselbe Aristokratie, die jetzt auf Belgrave- und Eaton-Square ihre town-residences hat und sich des Bekenntnisses schämen würde, östlich von Grosvenor-Place und Hyde-Park-Corner zu wohnen, lebte vor 80 Jahren, nicht minder selbstbewußt, hier auf Tavistock-Square und baute jene Fassaden-geschmückten Häuser und jene hohen Zimmer, die jetzt nicht mehr passen wollen zu der meist bürgerlichen Schlichtheit ihrer Bewohner. Ich sage "meist", denn wir haben auch Notabilitäten in nächster Nähe, keine Lords und Viscounts, aber Ritter von Gottes, statt von Königs Gnaden, und Namen, die schwerer wiegen, als die Stammbäume von sechs irischen Lords. Sprich selbst, ob ich übertrieben habe, wenn ich Dir sage, daß Boz-Dickens mein nächster Nachbar ist und zehn Schritt von mir einen reizenden, gartenartigen Einbau bewohnt, der zwischen der Pancras-Kirche und unsrem Hause gelegen ist. Ich habe noch nicht den Mut gehabt, ihn aufzusuchen und werd' es vermutlich auch in Zukunft nicht, um so weniger, als ich weiß, daß er von Deutschen überlaufen und mit den üblichen Bewundrungs-Phrasen gelangweilt wird. Nur den Park vor seinem Hause besuch' ich öfters, und niemals ohne den frommen Wunsch zu hegen, daß die frische Luft, die da weht, mir von dem Geiste leihen möge, der eben an dieser Stätte heimisch und tätig ist.

Die Villa meines Nachbars Dickens ist nun freilich reizender als das alte herrschaftliche Eckhaus, dessen oberste Spitze ich mit einem jungen Herrn aus Pembrokeshire gemeinschaftlich bewohne; nichtsdestoweniger aber schwör' ich auf die Schönheit meiner Wohnung, und wenn ich Dich abends nach dem Diner mal in die drawing-rooms dieses Hauses führen und dann durch die geöffneten Fenstertüren mit Dir auf den Balkon hinaustreten könnte, so würdest Du mit mir fühlen, daß der Moment etwas Zauberhaftes hat. Ein Ahornbaum bildet mit seinen Zweigen ein Laubdach über uns, auf den Balkonen der Nachbarhäuser stehen die schlanken Ladies und schauen mit vorgehaltner Hand in die untergehende Sonne, auf dem Rasenplatz des Square spielen und lachen die Kinder, und fern, von der Nordgrenze Londons her, schauen dunkelblaue Hügel, wie Wolkenstreifen am Horizont, auf die Stadt und auch auf uns hernieder. Die ersten Gaslichter mischen ihr mattes Licht dem Halbdunkel, das über dem Platz liegt, der Lärm der weitab gelegenen großen Straßen schlägt wie ferne Brandung an unser Ohr und ein Gefühl süßer Befriedigung beschleicht uns und lullt auf Augenblicke die schlaflosen Wünsche ein.

Doch ich wollte Dir vom Straßen-Gudin und nicht von der Schönheit meiner Wohnung erzählen. Beides gehört insofern zusammen, als ich die Bekanntschaft meines seltsamen Seemalers ohne meinen Wohnungswechsel vielleicht niemals gemacht hätte; denn wie ich vernehme, findet man ihn im St. Pancras-Kirchspiel häufiger als an andren Orten, vielleicht weil die stillen Squares dieses Stadtteils und die verhältnismäßig wenig benutzten Trottoirs ihm die beste Gelegenheit zu Ausübung seiner Kunst und zum Erwerbe bieten. Zuerst sah ich ihn an einer Ecke von Torrington-Square. Ich geriet in ein Staunen, das weit das übertraf, mit dem ich die genialsten Rubens und die fromminnigsten Murillos irgendwelcher Galerie jemals betrachtet habe. Kniend auf dem Trottoir, neben sich ein Stück schmutziger Pappe, auf dem die Bröckel von Pastellstiften lagen, zeichnete ein blasser, zwanzigjähriger Mensch Seestücke auf den Sandstein, so rasch, so genial, so meisterhaft, daß mir's gleich durch den Kopf schoß: ein Straßen- *Gudin*! Die englische Südküste schien er vorzugsweise bereist zu haben. Da war der Hafen von Lyme; der Hastingsfelsen mit seinem zerfallenen Kastell, und vor allem die Dover-Bucht bei Mondschein. Dunkelblau lag sie da, ein heller Lichtstreif lief drüber hin, von rechts und links aber sprangen die Schatten dunkler Klippen und diese selber dann weit ins Meer hinein. Ich war ganz Bewundrung, nur ein Gefühl rang mit meinem Staunen um den Vorrang – die Entrüstung. Als ich mich satt gesehn, steckt' ich dem Maler und – Bettler zugleich eine halbe Krone in die Hand und ging schimpfend über England und die Herzlosigkeit seiner Pfeffersäcke in vollster Aufregung nach Haus.

Diesmal hatt' ich Unrecht gehabt. Andren Tags war ich bei P. in Brixton, deutsche Kaufleute waren geladen und nach dem Supper, als die Datteln und Malaga-Rosinen reihum gingen und jeder von uns, aus Brandy und siedendem Wasser, sich seinen Nachttrunk selber mischte, lieh ich wie öfters meinem Unmut über die shop-keeper laute Worte und mit einem "seht her!" erzählt' ich meine Geschichte vom Straßen-Guddin. Allgemeine Heiterkeit war die Antwort; jeder kannte das junge Genie mit der schmutzigen Pappe und dem fadenscheinigen Rock, jeder hatte schon mal seine Bilder bewundert und war einverstanden mit mir, daß solches Talent der liebevollsten Pflege wert sei. "Aber" – so hieß es weiter – "diese Pflege ist ihm zehnfach angeboten worden, er hat sie verschmäht, denn er ist ein *Spekulant*. 50000 Fremde treten täglich das Londoner Pflaster, und, Ihre halbe Krone in Ehren, Sie sind nur einer der vielen, die, in Bewundrung und Entrüstung gleich Ihnen, auch ein Gleiches tun. Ihr Straßen-Gudin wird ein reicher Mann; ob er's würde, wenn er Bilder auf die Ausstellung schickte, ist mindestens fraglich. Wir sind ein money-making people."

Das ist die Geschichte vom Straßen-Gudin. Ich frage Dich, ob deutsches Leben ein Seitenstück dazu liefert!

Der englische Zopf

Bei uns ist der Zopf zur Mythe geworden, er existiert nur noch als Spitz- und Geißelwort für alles, was, wie die österreichische Landwehr, "nicht mitkommen kann", und wenn Heine gelegentlich von unseren Soldaten singt:

"Der Zopf, der ihnen sonst hinten hing,
Der hängt jetzt unter der Nase",

so können wir uns diesen Witz, dessen Pointe etwas dunkel bleibt, immerhin gefallen lassen. Anders ist es mit England: es darf mit China darum streiten, wer ihn am längsten trägt. Nach den Gründen forsche wer will; ich werfe für den Liebhaber nur so hin, daß der Kaffee zu emanzipieren, der Tee zu konservieren scheint. Der englische Zopf ist faktisch noch vorhanden, oder doch mindestens die Perücke (auf den Köpfen einer ganzen Armee von Kanzlern und Richtern), die schlecht gerechnet das Geschwisterkind des Zopfes ist. Doch verbreiteter als dieser und in Wahrheit noch Gemeingut der ganzen Nation ist der innerliche Zopf, den ich nachstehend zu besprechen und in drei große Abteilungen zu bringen gedenke. Ich unterscheide drei Arten: erstens den guten oder Erbweisheits-Zopf, zweitens den indifferenten oder Familien-Zopf, drittens den bösartigen oder Weichsel-Zopf.

Es ist Mode geworden, die politische Weisheit der englischen Nation, ihr praktisches Festhalten am Hergebrachten und ihren Argwohn gegen alles, was Neuerung heißt, zu bewundern. Es mag gewagt erscheinen, an diesem zum Teil wohlverdienten Lorbeerkranze herumpflücken zu wollen, aber nichtsdestoweniger werf ich die Frage auf, ob man nicht der Stetigkeit des englischen Charakters gelegentlich zu viel Ehre erwiesen und ununtersucht gelassen hat, wie viel an diesem praktischen Festhalten wirklich Weisheit und wie viel bloßes Kleben am Alten gewesen ist. Wenn durch die Jahrhunderte hindurch der Beweis zu führen wäre, daß England jedem als gut erkannten Neuen offen und nur allem Probieren, aller Projektmacherei verschlossen gewesen sei, wenn sich aus der Geschichte nachweisen ließe, daß es stets Kritik geübt, die Spreu vom Weizen gesondert, nie Schlacke für Gold, aber auch nie Gold für Schlacke genommen habe, so möchte man es bei uneingeschränkter Bewunderung bewenden lassen. Aber neben einer Habeas-Corpus-Akte existiert noch immer ein Irland und neben einem Gesetz der Freiheit noch immer ein Gesetz der Intoleranz, und so mag man es mir verzeihen, wenn ich den Baum der englischen Erbweisheit (unsere Tugenden wurzeln so oft in unsern Schwächen und Fehlern!) auf eine Wurzel zurückführe, die sich Zopf nennt und die zum guten Teile Zopf ist und bleibt, wenn sie auch hundertfach auf den Spruch verweisen mag: an ihren Früchten sollt ihr sie erkennen. Ohne das Beispiel Frankreichs wäre England nie zu jenen Ehren gekommen, die jetzt verschwenderisch darüber ausgeschüttet werden, und dennoch ist es gerade so schuldig, wie jenes, eben weil es das *volle* Gegenteil davon ist. Frankreich verändert – auch das Gute; England konserviert – auch das Schlechte.

Der indifferente oder Familienzopf findet seine Deutung am besten durch eine Schilderung. Ich lebe hier in einem liebenswürdigen, häuslichen Kreise, der seiner ganzen Haltung, seiner Frömmigkeit und Bildungsstufe nach mich wie eine Landprediger-Familie berührt, die das heimatliche Dorf verlassen und ihren Aufenthalt in der Stadt genommen hat. Das Haus, das sie bewohnen, ist schön und geräumig; nichtsdestoweniger müssen ihre Mittel gering sein, denn zwei ältliche Damen leben auf Leibrente unter ihnen, und die obern Zimmer des Hauses sind an allerhand junge Leute, Fremde wie Einheimische, vermietet. Einzelne von diesen sind auch Tischgenossen der Familie; zu diesen zähle ich. Lassen Sie mich in möglichster Kürze schildern, wie ein Tag verläuft. Nach abgehaltener Morgenandacht versammelt sich alles beim Frühstück: Kaffee und Tee, Hammelbraten und Eier, Speckschnitte und geröstetes Weißbrot machen die Runde am Tisch, und unter Essen und Trinken, Sprechen und Lachen vergeht eine volle Frühstücksstunde. Es ist zehn Uhr; die Damen des Hauses, darunter zwei Töchter, begeben sich in die Drawing-Rooms, zwei schöne hohe Zimmer, und nehmen Platz, teils am Fortepiano, teils am Tisch, teils auf dem Kanapee. Bei Klavierspiel und Gesang, unter Briefschreiben und Zeitungslesen kommt die Stunde zum zweiten Frühstück (lunch) heran und dehnt sich gemächlich hin, bis gegen 3 Uhr nachmittags die Damen zu ihrer Arbeit süßen Nichtstuns zurückkehren. Man macht einen Gang in die Stadt: nach Hyde-Park zum Korso, oder nach Trafalgar-Square in die Gemälde-Galerie. Sechs Uhr findet alles im Wohnzimmer; mit dem Glockenschlag ergreift der Herr des Hauses den Arm der einen Leibrenten-Lady, ich wie Blitz spring an die linke Seite der zweiten, Mr. Blunder, ein junger Kaufmann aus der Provinz, mit blassem Gesicht und roten Händen, macht ohne aufzublicken vor der älteren Tochter seine linkische Verbeugung, und im nächsten Augenblick begibt sich der ganze Zug die mit doppeltem Teppich belegte Treppe hinab, um im Parlour (Sprech- und Eßzimmer: nur in *diesem* darf gegessen werden) die Mittagsmahlzeit einzunehmen. Wir treten ein; links auf einem Büffet blitzt es von Silberzeug und geschliffenen Karaffen, von chinesischem Porzellan und Apfelsinen; an den Wänden hängen Familienbilder, und unter dem breiten Spiegel, zu beiden Seiten des Kamins, stehen zwei hübsche Hausmädchen, unseres Winkes gewärtig. Es ist ganz wie bei Hofe, oder wie bei Leuten von wirklicher Vornehmheit und Bedeutung: ein unablässiges Wechseln von Tellern, von Messern und Gabeln, und sich selbst bedienen wollen wäre ein Verstoß, Verbrechen. Mr. Blunder hat eben den letzten

Bissen seiner Kartoffel in den Mund gesteckt, aber schon hat es der Adler-Blick unserer Dame vom Hause bemerkt. Die Kartoffelschüssel steht unmittelbar vor dem blassen Kaufmann; die Lady jedoch, mit einer Würde, als gälte es den Großmogul zu bedienen, ruft von ihrem Platz aus: "Mary, potatoes for Mr. Blunder!" und die hübsche Marie, deren Mund viel vornehmer aussieht, als die erfrornen Hände des unglücklichen Provinzialen, muß apportieren und präsentieren – so verlangt es die Regel des Hauses. Von Tisch geht es zum Tee, vom Tee zur Andacht und von der Andacht zu Bett. – Überall das Mißverhältnis zwischen untergeordneter gesellschaftlicher Stellung auf der einen und aristokratischem Gebaren auf der andern Seite. Welche deutsche Familie von gleichem Rang, gleicher Bildung und gleichen Vermögens-Verhältnissen hätte den Mut und den Geschmack, ein ähnliches dolce far niente-Dasein zu führen! Die Mutter und die älteste Tochter würden in Küche und Waschhaus das Regiment führen, und die Nadeln der jüngeren würden am Stickrahmen auf- und niederblitzen bei Plattstich und Petit-point. Ländlich – sittlich! denkt mancher meiner Leser und nennt Komfort, wohl gar gesteigerte Kultur, was ich Zopf genannt habe; aber ich kann ihm nicht zu Willen sein, *es ist Zopf.* – Es geht ein tiefer Zug nach Erwerb durch den englischen Charakter; die Wahrheit "Geld ist Macht" zählt seit Lord Burleighs Tagen nirgends so viel Anhänger, wie eben hier, und nirgends ist das Verlangen größer: zu sparen, aufzuspeichern und weiter zu vererben. Ich wette zehn gegen eins, dieser Zug nach Erwerb lebt und webt in den Gemütern meiner englischen Familie so gut wie irgendwo, aber diese altbritischen Herzen umschließen noch eine andere Leidenschaft: das brennende Verlangen nach Repräsentation. Die Colburns sind ein altes Geschlecht; nachweislich seit drei Jahrhunderten hat nie ein Colburn sein Diner an anderem Platz als im Parlour des Hauses zu sich genommen, und es wäre Verrat an einer großen Vergangenheit, von dieser Sitte abzugehn. Nie, seit den Tagen der Königin Elisabeth, hat ein Colburn bei Tische sich selbst bedient, und wenn sich's nach Gottes unerforschlichem Ratschluß fügen sollte, daß die Colburns zu Bettlern würden, so würden sie sich nach einem Unter-Bettler umsehen, der ihnen auch dann noch die geschenkten potatoes präsentierte. – Liebhaber mögen sich an dieser Ausdauer freuen; aber auch sie werden nicht leugnen können, daß das Ganze nach Don Quixote schmeckt und einen Zopf trägt von leidlicher Länge.

Wir kommen nun zum Weichselzopf. Beginnen wir mit seiner harmlosesten Erscheinung – in der Kunst. Welche Stadien hat nicht z.B. in Frankreich und Deutschland die Schauspielkunst seit Talma und Iffland durchgemacht! Es gehört nicht hierher, zu untersuchen, ob man weitergekommen ist; "es irrt der

Mensch, solang er strebt", aber jedenfalls war Bewegung da: Ludwig Devrient, Seydelmann und vor allen die Rachel waren neue Erscheinungen. Nicht so hier; man ist noch immer bei Garrick. Dieser hat sich traditionell (ich kenne nicht all' die Pfeiler der Brücke) auf Kean und von Kean auf Macready und von Macready auf ein halb Dutzend moderner Lear- und Macbethspieler fortgeerbt, und wo Garrick schrie und tobte, tobt auch heute noch sein jüngster künstlerischer Enkelsohn auf einem beliebigen Vorstadt-Theater. Das Genie wird hier sozusagen eingepökelt, und noch nach hundert Jahren verschmäht man das schönste frische Fleisch und greift nach dem gesalzenen, das doch nachgerade steinhart geworden ist.

Schlimmer schon ist der Zopf, den die englische Themis trägt. Zahlen beweisen: es schwebt jetzt ein Prozeß zwischen einem Privatmann und einer Eisenbahn-Gesellschaft, dessen bloße *Vorarbeiten,* insonderheit die Aufnahme des Tatbestandes, 41 Foliobände füllen, zu deren Herstellung eine dreijährige Arbeit und ein *vorläufiger* Kostenaufwand von 10000 Rtlrn. nötig gewesen ist. Das Recht ist teuer in England und sollte doch überall billig sein, wie das tägliche Brot.

Der schlimmste Zopf aber ist der, den die Armee trägt. Jeder Zeitungsleser weiß, daß – was die Marine angeht – Admiral Charles Napier seit Jahren schon rastlos gegen das eingefrorene Wesen eifert, das selbst schreienden Mißbräuchen gegenüber jeder Neuerung unzugänglich ist, und indem ich ihm auch heute ein Feld überlasse, auf dem er um einiges besser bewandert ist, als ich, beschränke ich mich auf den Armeezopf, der zur Kenntnisnahme aller Welt offen vorliegt.

Die englische Armee ist dieselbe wie vor fünfzig Jahren. Die Erfindungen und Verbesserungen eines beinahe vierzigjährigen Friedens sind spurlos an ihr vorübergegangen, sie träumt von ihren Siegen und wiegt sich in Sicherheit. Die Offizierstellen bis zum Major sind noch immer käuflich, die Fuchtel ist nach wie vor der Lehrmeister der Disziplin, der rote, geschmack- und taillenlose Frackrock herrscht immer noch absolut, und Exerzitium und Bewaffnung (mit Ausnahme des nun schon wieder veralteten Perkussionsschlosses) sind unverändert dieselben geblieben. Wollte man alle Anekdoten über das *englische Infanteriegewehr* sammeln, es gäbe ein ganzes Buch. Nach allem, was ich höre, soll ein sicherer Schuß damit eine bare Unmöglichkeit sein; es ist nur verwendbar auf Massen, und sein Bestes ist nach wie vor – das Bajonett. Aber – alle Achtung vor dem englischen Bajonettangriff – die europäische Kriegskunst entfernt sich immer mehr von der bloßen Rauferei, und Führung im ganzen, Geschick und Bewaffnung im einzelnen werden, bei versteht sich gleicher Zahl, über kurz oder lang ausschließlich den Ausschlag geben. Der englische Soldat, als rohes Menschenmaterial noch immer unvergleichlich, entbehrt völlig des Geschicks und der Bewaffnung, wodurch sich die Armeen des Kontinents, namentlich die preußische und französische, mehr denn je auszeichnen; das englische Heer hat keine Jäger von Vincennes, die beim Sturme Leitern aus sich selber machen, und hat keine Zündnadelgewehre, die auf 6 – 800 Schritt in die Kolonne treffen und, neunmal unter zehn, jedes Bajonettangriffes spotten – denn man greift nicht an mit totgeschossenen Leuten. Die stolze Insel mag sich vorsehn; so fest überzeugt ich bin, daß ihr keine Gefahren von jenseits des Kanals drohen, so fest überzeugt bin ich auch, daß sie diesen Gefahren unterläge, wenn sie jemals Wirklichkeit würden.

Die Manufaktur in der Kunst

England ist das Land der Manufaktur. Ich gedenke nicht, Bäume in den Wald zu tragen, und das hundertmal Bewiesene noch einmal zu beweisen. Zweck dieser Zeilen ist es, auf eine ganz besondere Manufaktur, auf jene bis zu erstaunlicher Höhe getriebene Nachahmekunst hinzuweisen, die von einem oft eben so genialen wie betrügerischen *Substituieren* lebt, und Fach daraus macht, die Begriffe von Echt und Unecht, von Sein und Scheinen, nach Kräften zu verwirren. Ich spreche dabei nicht von jener untergeordneten Nachahmekunst, die sich darauf beschränkt, Wein aus Wasser, Havannablätter aus Kohlabfällen und chinesische Tusche aus dem Rauchfang dessen zu bereiten, der sie nachher verbraucht. Nein, worauf ich heute die Aufmerksamkeit des Lesers hinlenken möchte, ist die Manufaktur, *die Nachahmekunst in der Kunst selbst.*

Byrons Don Juan ist unvollendet. Was liegt für einen Manufakturisten in der Kunst näher, als bei passender Gelegenheit die Versicherung: er sei vollendet, Märchen werden ersonnen und durch Schrift und Rede geflissentlich verbreitet, warum der edle Lord mit der Veröffentlichung gerade dieser genialsten und formvollendetsten Gesänge gezögert habe, und endlich, wenn es geglückt ist, die Aufmerksamkeit des Publikums aufs höchste zu spannen, ja sogar eine liebenswürdige Minorität mit vollem Glauben an die Echtheit des Fabrikats vorweg zu erfüllen, so erscheint es endlich mit geschicktester Nachahmung alles dessen, was überhaupt nachzuahmen ist, und gleichviel ob schließlich der Betrug entdeckt wird oder nicht, die Manufaktur hat ihren Zweck erreicht – Gewinn.

Shelley, der Beschimpfte, durch die öffentliche Meinung vom Vaterland Verbannte, war nichtsdestoweniger vor Jahr und Tag (wer verziehe nicht den Toten!) in der Mode; man las Queen Mab und heimlich sogar die Cenci. Shelleys Freundschaft mit Byron war bekannt; es wäre unnatürlich gewesen, wenn sich kein Manufakturist für eine intime Shelley-Byron-Korrespondenz gefunden hätte. Eines Tages erscheint die Anzeige: "Briefwechsel (Originale) zwischen Percy Bysshe Shelley und Lord Byron." Es ist kein Zweifel. Handschrift, Siegel, Postzeichen, alles trägt den Stempel der Echtheit; die Personen befanden sich, wirklich und nachweislich, um die angegebene Zeit an den angegebenen Orten; Autographensammler, Schreibverständige und Buchhändler, alle sind zustimmender Meinung; und endlich der Inhalt selbst löst jedes letzte Bedenken: dieser Rückhaltslosigkeit, dieses Feuereifers gegen überkommene Sitte und Satzung waren nur zwei Köpfe fähig: Shelley und Byron. Zufällig gerät die Shelley-Korrespondenz in die Hände eines älteren Herrn, der die literarischen Fehden seiner Jugend und die leidenschaftliche Hingebung, mit der er einst zur Seite jener Vorkämpfer stand, in ländlicher Zurückgezogenheit und im stillen Glück des Familienlebens halb vergessen hat; er liest und – findet sich selbst; es sind seine Worte, äußerlich und innerlich – alles Betrug, Manufaktur!

Das ergiebigste Feld indes bleibt doch immer die *Malerei*. Es gibt geradezu Fabriken, die sich mit der Anfertigung von Murillos, Rubens und Tizians beschäftigen. Was England beherrscht, und zwar mehr als sein Parlament, das ist die *Mode*. Die "Fashion" fordert jetzt alte Bilder, gleichviel ob gut oder schlecht, nur alt, nachweislich alt, und versteht sich von einem Maler von Ruf. Da wachsen denn die Van Dycks, de Crayers, Snyders und Rembrandts aus der Erde, und wundert sich der Käufer, in leiser Ahnung eines Betruges, über den verhältnismäßig niedrigen Preis (das böse Gewissen läßt die höchsten Forderungen denn doch nicht zu), so heißt es: "ein glückliches Ohngefähr, die Unkenntnis des Vorbesitzers, setzen uns in den Stand usw." Ich hörte noch gestern von einem Galerie-Inhaber sprechen, der seine wirklich schöne Sammlung zehnmal verkauft und schließlich doch noch die Originale besessen habe.

Mir liegt ein Buch Theophile Gautiers vor: "Ein Zickzack durch England"; das Buch ist nicht eben neu, aber seine Wahrheiten gelten heut wie damals. Die unglaubliche Anzahl von Murillos, Raffaels und Tizians, denen er auf englischen Galerien begegnete, machte ihn stutzig; er forschte nach und spricht als Resultat seine unumstößliche Überzeugung aus, daß Dreivierteile jener englischen Sachen, die mit einem großen Namen prunken, nichts sind als

Kunstprodukte in einem anderen Sinne: schlechte Bilder, mit einem halben Dutzend angeblakter Firnis-Schichten und einem – Goldrahmen, der nichts zu wünschen übrigläßt. Die Besitzer sind übrigens in ihrem Glauben nicht weniger glücklich und erfreuen sich an einer eingebildeten Schönheit, die sie mit Hilfe einer guten Phantasie bis zur Höhe der Sixtinischen Madonna steigern können, fast mehr noch als an einer Wirklichkeit, die eben nicht mehr bietet, als sie hat.

Aber neben dieser groben Art des Betruges existiert auch eine wirkliche Nachahme *kuns*t. Betrug bleibt freilich Betrug; aber ebenso gewiß, wie das Genie eines Cartouche zu allen Zeiten zu interessieren wußte, ebenso unmöglich ist es, ein bestimmtes Maß von Bewunderung jener Geschicklichkeit zu versagen, mit der diese Manufaktur gehandhabt wird. Die englische Literatur weist zwei berühmte Namen auf, die große Poeten, aber noch größere Manufakturisten waren: Chatterton und Macpherson; und das imitative Talent einzelner moderner Maler will kaum minder bewundernswert erscheinen: Sie kennen und beherrschen ihren Gegenstand vollkommen: Stil, Farbe und Eigentümlichkeiten, charakteristische Fehler und Vorzüge der Meisterwerke, alles ist ihnen gegenwärtig, und es bleibt oftmals zu bedauern, daß ein Talent diese doppelt traurige Fährte traben muß, das imstande gewesen wäre, seinen eigenen Weg zu gehen.

Ihr beleidigten Künstlergeister aber zürnt nicht länger! Was läge jenseits der Schöpferkraft englischer Manufaktur? Indien, China und Ägypten werden von hier aus mit ihrem "Götter-Bedarf" versehen. Ein Reisender brachte von den Pyramiden einen ägyptischen Gott mit nach Hause und übersandte ihn als Merkwürdigkeit einem befreundeten Fayence-Fabrikanten. Der Freund dankte herzlich für so viel Aufmerksamkeit, fügte aber hinzu, daß ihm die "Ware" selbst nichts Neues sei, da gerade seine Fabrik die Götterlieferung für den ägyptischen Markt habe. – Nichts ist so hoch oder niedrig, daß es nicht zum Gegenstande englischer Spekulation werden könnte, und die Manufaktur in der *Kunst* ist noch nicht die schlimmste.

Richmond

Die großen Tyrannen sind ausgestorben; nur in England lebt noch einer – der Sonntag. Er wird auf die Nachwelt kommen wie Cambyses und Nero; nur zündet er die Städte nicht an, denn die Flamme ist Geist; Wasser aber ist *sein*-Wesen und *seine* Gefahr – das Element der Langeweile. Womit vergleich' ich einen Londoner Sonntag? Leser, hast Du jemals einen Abschiedsschmaus gefeiert: feuriger Wein und feurige Rede, Rundgesang und Lichterglanz, Freunde mit blauen und Schenkinnen mit schwarzen Augen, Lust und Leben, Liebe und Leidenschaft um Dich her – so schliefst Du ein. Du erwachst: die Morgensonne fällt ins Zimmer, alles öd und leer, im Winkel Scherben, ein niedergebranntes Licht spricht von vergangener Lust, und eine verschlafene Magd kehrt aus – *das* ist ein Londoner Sonntag.

Wir gehen den "Strand" hinunter; Glockenklang und Sonnenschein sind in der Luft und bieten uns die Wahl. Wir sind nicht von den Unkirchlichen: aber die Sonne ist seltner in London als die Kirche, und wir fürchten die Eifersucht jener fast mehr noch als dieser: so denn hinaus in Wald und Feld. Aber wohin? Da rollt zu guter Stunde ein Omnibus an uns vorüber und wir lesen in goldnen Lettern *"Richmond"*. Ja, Richmond! doch wir sind Deutsche, und eh wir uns noch bestimmt entschieden haben, ist Kutscher und Kondukteur uns aus dem Gesicht, und nur das goldne "Richmond" leuchtet noch von fern wie ein Stern der Verheißung.

Ja, nach Richmond! aber zu Wasser. Wir biegen, nach Süden zu, in die Wellington-Straße ein, erreichen die Waterloo-Brücke, werfen einen flüchtigen aber bewundernden Blick auf diese steinerne Linie, die über den Fluß läuft, und steigen dann rasch die Stufen zu einer jener schwimmenden Inseln hinab, die, aus Pontons gezimmert, rechts und links an den Ufern der Themse auftauchen und die Stationen bilden für eine Flotte von Steamern. Schon läutet's; beeilen wir uns. Es ist die "Wassernixe", die eben anlegt; das Billett ist rasch gelöst und der nächste Augenblick sieht uns unter viel hundert geputzten Menschen, alle entschlossen, wie wir selbst, die "Wassernixe" zur Arche Noah zu machen, die uns der Sündflut einer Londoner Sonntagslangweil entführen soll.

Wir nehmen Platz an der Feueresse und haben alsbald nicht Ursach, unsere Wahl zu bereuen: vor uns auf grüner Bank sitzt eine echt englische Familie, Vater und Mutter, zwei Töchter und ein Bräutigam – alles Vollblut aus der City, weniger dem Gelde, als der Abstammung nach. Der Alte, Seifensieder oder Talglichtfabrikant, trägt viel von jenem Selbstbewußtsein zur Schau, das nur ein alter und unbefleckter Stammbaum leiht, und seine Stirne erzählt von jenem Ahnherrn, der schon Lichte zog, als Katharina von Arragonien ihren Einzug hielt und die City illuminiert war, wie nie zuvor. Die Töchter sind hübsch, wie – alle englischen Töchter. Die ältere ist Braut: sie trägt einen krausen Scheitel, ein hohes schwarzes Seidenkleid, worüber in fast vornehmer

Schlichtheit sich der schmale, weiße Halskragen legt, und ihre Hände und ihre Blicke ruhen nebeneinander auf ihrem Schoß. Sie ist bräutlich-verstimmt, oder bräutlich-sentimental, oder – beides. Vor ihr steht der Erwählte, noch jung an Jahren, aber alt an Weisheit und Verstand. Seine magre Blässe verweist auf Eagle-Tavern und manche durchtanzte Nacht; im übrigen ist er Engländer von Kopf bis zu Fuß. Er trägt glanzlederne Stiefel, eine blaue Krawatte und die Vatermörder von der vorschriftsmäßigen Sonntagshöhe; die Taille seines Fracks sitzt noch um zwei Zoll tiefer, als die seines Wochenrocks, und vorn im Knopfloch trägt er die ganze Poesie seines Lebens – eine Rose. Er zupft an den Vatermördern und neigt sich flüsternd zur Braut; sie aber schweigt noch immer. Da fällt plötzlich, wie Friede bittend, die Rose in ihren Schoß, und siehe da, das blaue Auge blickt schelmisch auf, als sprach' es: "Das war es, was ich wollte." Die jüngere Schwester ist allein und – ist es nicht. Wind und Sonne sind um sie her. Sie spielt mit dem zierlichen Schirme, wie mit einem Fächer, und während sie vor dem Himmel und seiner Sonne sich schützt, bleibt uns Irdischen noch eben Raum genug, uns an dem Lächeln ihres Mundes zu erfreuen. Ich tu's; aber dreister ist der Wind: er faßt ihre langen Locken und löst sie auf, und wenn sein Glück nicht so flüchtig wäre, man könnte ihn drum beneiden. Die beiden Alten aber sitzen steif und regungslos, wie ägyptische Königsbilder, nebeneinander und halten einen baumwollenen Regenschirm gravitätisch in ihrer Hand. Von Zeit zu Zeit blicken sie auf ein Wölkchen, das über die lachende Stirn des Himmels zieht, und ihren Schirmstock fester fassend, sehen sich ihre Seelen voll Einverständnis an, als wollten sie sagen: auch unsere Stunde wird kommen.

Der Steamer inzwischen hält Wort: er ist eine "Nixe" und die Flut sein befreundet Element. Durch die Brücken hindurch geht es stromauf, vorbei an Palästen und Kirchen, die ihre Türme im Wasser spiegeln, vorbei an Westminster und Parlament, an Vauxhall und Chelsea, bis endlich die dichte Steinmasse zu armen, vereinzelten Häuschen wird, ähnlich der kleinen Münze, die weit über den Tisch läuft, wenn irgendwo ein Reichtum ausgeschüttet wird. Endlich verschwinden auch diese; nur Wiesen und Weiden noch zu beiden Seiten, bis plötzlich der Steamer hält: wir sind in Kew.

Von hier bis Richmond ist nur ein Spaziergang. Wir haben kein Auge für das Winken des Omnibuskutschers, der eben an uns vorüber fährt: Gärten rechts und Hecken links, so machen wir uns auf den Weg. Keine Stunde – und Weg und Stadt liegen bereits hinter uns; noch wenig Schritte bergan, noch dieses

Tor, und wir sind in Richmond-Park. Unter allen Weibern sind das die reizendsten, die sich zu verschleiern und zu rechter Stunde, wie Turandot, auszurufen wissen: "Sieh her, und bleibe deiner Sinne Meister!" Es ist mit den Landschaften wie mit den Weibern; wer das nicht glauben will, der verliebe sich oder gehe nach Richmond. Wir sind in den Park getreten; der Kiesgang vor uns, die Buchen- und Rüsterkronen über uns verraten nichts Außergewöhnliches; gleichgültig, mit unsern Gedanken weit fort, gleiten unsere Finger an dem Eisengitter entlang, bis plötzlich ein Luftzug uns anweht und wir aufblicken. Wir stehen an einem Abhang, der ein "hängender Garten" ist. Weiß- und Rotdorn, mit ihrer Blütenfülle das dunkle Grün ihres Blatts verdeckend, tauchen wie Blumen-Inseln aus dem leisebewegten Grasmeer auf; wie ein Sinnbild des Reichtums dieser Fluren webt der Goldregen seine üppig gelben Trauben in dies Bild, und Fußpfade schlängeln sich rechts und links wie ausgestreckte Arme, die Dich einladen, teilzunehmen an all dem Glück. So reich die Nähe, aber reicher noch die Ferne. Am Fuß des Abhangs dehnt sich ein weites Tal, drin Rasen und Ginster sich um den Vorrang streiten, Laubwald, hoch und dicht, umschreibt einen grünen Kreis um so viel Lieblichkeit, und das blaue Band der Themse, bedeckt mit Inseln und Böten, gleitet mitten hindurch wie ein Streif herabgefallenen Himmels. Frischer weht der Wind, würziger wird die Luft, tiefer sinkt die Sonne, aber immer noch stehst Du, die Hand am Gitter, und blickst hinunter und atmest und träumst.

Der Park ist weit und groß; Du durchwanderst ihn nach allen Seiten, freust Dich an den Herden, die darin lagern, an den Schmetterlingen, die ihn durchfliegen, und den bunteren Menschen, die ihn durchziehn, aber in Deiner Seele lebt immer noch jenes erste Bild, wie die Klänge einer bewältigenden Melodie, die man am Abend hörte und noch am Morgen summen muß, man mag wollen oder nicht. Die fröhliche Menge eilt zu Ball- und Kricketspiel, zu Jahrmarkt und Polichinell: Du aber steckst, wie die Plantagenets taten, einen Ginsterzweig an Deinen Hut, und, im Vorübergehen, aus dem Becher dieses Richmond-Tales noch einmal trinkend und Dich mühsam losreißend wie aus Freundesarm, kehrst Du zurück an das große Schwungrad der Welt, das sich London nennt, und gibst Dich aufs neue ihm hin, mutig, aber Dir selber unbewußt, ob es Dich fördern oder zermalmen werde.

Zahlen beweisen!

"Abwechslung hat den Reiz!" Ich hatte in meinem letzten Briefe einen poetischen Anlauf genommen, komm ich drum heut mit – Zahlen. "Londres n'est plus une ville: C'est une province couverte de maisons!" hat ein berühmter Franzose gesagt, und er hat Recht. Auf einem Flächenraum von 16 englischen Quadratmeilen erheben sich gegen 300000 Häuser mit einer Gesamt-Einwohnerzahl von über 2 Millionen. Hierunter befinden sich 30000 Schuhmacher, 24000 Schneider, 4000 Doktoren und Apotheker und 170000 Dienstleute.

Von der Gesamt-Einwohnerschaft wohnen 350000 auf der Südseite der Themse in Southwark und Lambeth; das eigentliche London, der fünfmal größere Teil, liegt nördlich. Die Verbindung zwischen beiden Stadtteilen wird – den Tunnel uneingerechnet – durch sieben Brücken bewerkstelligt, deren Bau zwischen 5 und 6 Millionen Pfd. St., also gegen 40 Millionen Taler gekostet hat. Die Seele Londons ist der Handel. Eine Schöpfung dieses Handels und wiederum auch sein Erzeuger ist die *Bank*. Ihre Fonds (Assets) belaufen sich – mir liegt ein Bericht aus dem Jahre 1850 vor, und, wie ich vernehme, sind diese Zahlen nicht konstant – auf mehr als 42 Millionen Pfd. St.; übersteigen also die preußische Staats-Einnahme um das Dreifache. Ihre Verpflichtungen (liabilities) erreichen nicht voll die Höhe von 39 Millionen Pfd. St., worunter 20 Millionen Banknoten. Der Handel selbst bietet folgende Zahlen: in den Londoner Hafen laufen alljährlich – eine Durchschnittszahl angenommen – 30000 Schiffe ein, darunter 8000 aus fremden Häfen und 22000 englische Küstenfahrzeuge. Unter jenen 8000, die den Weltverkehr Englands unterhalten, fahren wiederum 5000 unter britischer Flagge; – die Zahl der fremdländischen Schiffe zusammengenommen beträgt nur 3000, darunter (1849) 153 preußische und 351 deutsche.

Die jährlichen Londoner Zoll-Einkünfte belaufen sich auf über 11 Millionen Pfd. St. und erreichen genau die halbe Höhe der englischen Zoll-Einnahme (22½ Millionen) überhaupt. Das tägliche Brot für den Geist, Unterhaltung und Zerstreuung liefern Zeitungen und Briefe. Von den 84 Millionen Zeitungsbogen, die alljährlich in England gestempelt werden, kommen nah an 50 Millionen auf London selbst, und von den 163000 Pfd. St., welche die Annoncen-Steuer einbringt, zahlt London allein 70000 Pfd. St. Die Einnahme an *Briefporto* ist enorm: sie beträgt 880000 Pfd. St. oder zirka 6 Millionen Taler.

Die leiblichen Bedürfnisse geben folgende Zahlen: London verbraucht in Küche und Kamin, in Werkstatt und Fabrik 3½ Millionen Tons Kohlen. Aufgegessen werden jährlich: 240000 Rinder, 1700000 Hammel, 28000 Kälber,

35000 Schweine und ein unbestimmbares Quantum von Speck und Schinken. Die Zahl des wilden und zahmen Geflügels, einschließlich Hasen und Kaninchen (von letzteren, die man bei uns verschmäht, werden 680000 konsumiert) erreicht die Höhe von 4024400. Außer den Eiern, die England selbst liefert, werden noch weitere 75 Millionen verbraucht, die von Frankreich und Deutschland kommen. Mit welchen Gefühlen würde John Falstaff diese Zahlen überflogen haben! Und trotz seiner Vorliebe für Sekt hätt' er mindestens gestutzt, von 170 Millionen Quart Porter und Ale zu hören, die jetzt jahraus jahrein in London getrunken werden. Es macht das für *jeden* ¼ Quart täglich.

Wir kommen nun zu der Schattenseite des Bildes, zu Krankheit, Verbrechen und Tod. Die Verbrecherliste ist alt (vom Jahre 1838) und mangelhaft: 220 Diebe mit Gewalt (burglars and housebreakers), 5000 gewöhnliche Diebe und 136 Bettelbrief-Betrüger. Der Prostitution (nach einer Zählung von 1850) sind 50000 verfallen, darunter 5000 Kinder unter 15 Jahren. – 853mal brach in demselben Jahre Feuer aus. – Der Gesundheitszustand war in früheren Jahren trostlos; in dem Pestjahre 1665, wo sich die Bevölkerung Londons auf nicht volle 400000 belief, starben nah an 69000 Menschen, also von sechsen einer. Bis zu Anfang dieses Jahrhunderts starb jahraus jahrein von zwanzigen einer, also 5 Prozent der Bevölkerung. Erst in den letzten Dezennien hat sich dies Verhältnis günstiger gestaltet (25 von 1000 oder 2½ Prozent) und sogar günstiger als in manchen andern großen Städten, z.B. Paris, wo 33 von 1000, also 3½ Prozent sterben. Nichtsdestoweniger sind es alljährlich 50000 (also ungefähr ein *Potsdam),* die auf den Kirchhof hinausgetragen werden. – Doch mögen ganze Städte aus dieser Stadt verschwinden, sie wächst und wächst, und ihre Größe eben wird zur Ursache immer neuen Wachstums. Die Riesenstädte des Altertums sind lange überflügelt; wann wird sie deren Schicksal teilen? Weit, weit! Nur "Cidher, der ewig junge" wird Korn auf ihr wachsen oder Schiffe über sie hinfahren sehn. –

The Poets' Corner

"Sieg oder Tod", so klingt es bei uns, wenn, Mann gegen Mann, die Schlachtenwürfel fallen; aber "victory or Westminster-Abbey!" ruft Alt-England, wenn's über die Enterbrücke hinweg zum Sturm auf die feindlichen Schiffe schreitet. Wie anders das! An die Stelle des Knochenmannes tritt sein glänzender Tempel und die Schlacht wird zu einem Spiel, drin jede Nummer gewinnt: – "Sieg oder – Ruhm."

Es gibt ihrer viele (auch in England), die in Sachen des Ruhmes wie John Falstaff denken und von der Ehre sprechen: "sie ist kein Wundarzt". Aber welcher Brite nur den schwächsten Ruhmeskeim im Herzen trägt, der muß ihn wachsen und gedeihen sehen, wenn er unter dem stolzen Marmor der Westminster-Abtei dahinschreitet und in dem steinernen Gedenkbuch blättert, das Volk und Land ihrer Größe errichtet haben. Wer er auch sein mag, dieser Tempel hat Raum für ihn: keiner, ob eines Bettlers oder eines Herzogs Kind, ist von der Mitbewerbung ausgeschlossen, und ob er ein Pitt sei, der von der Rednerbühne die Geschicke des Landes, oder ein Garrick, der von der Schaubühne herab die Empfindungen des Menschenherzens leitet – Westminster forscht nicht nach dem Weg zum Ruhme, es kennt keine Grade, keine Stufen, es kennt nur den Ruhm selbst.

Es sind so heiße Tage jetzt, und im Vorübergehen an dem alten Prachtwerk der englischen Baukunst lieb' ich es einzutreten in das kirchenkühle Schiff, und mich satt zu trinken an jenem wunderbaren Blau, das ich Mal auf Mal aus den hohen glasbemalten Fenstern wie eine wirkliche Flut auf mich herniederströmen fühle. Laß uns einen Rundgang machen, Leser, erst durch das Schiff der Kirche, wo der Kriegsruhm seine Lieblinge gebettet, oder einen Gedenkstein zur Erinnerung an die weitab Gefallenen errichtet hat. Alle Punkte der Erde, alle Zonen, wohin britischer Unternehmungsgeist jemals vordrang und seine Eroberungen mit Blut besiegelte, klingen hier an unserem Ohr vorüber, und die Worte jenes spukhaften Liedes:

Und die in kaltem Norden
Erstarrt in Schnee und Eis
Und die in Welschland liegen,
Wo ihnen die Erde zu heiß...

werden an dieser Stelle lebendig in uns und steigern die Schauer des Orts. Wir haben den Hauptgang durchschritten. An der Kapelle Eduards des Bekenners vorüber, die neben dem Totenschrein des frommen Fürsten den schmucklosen Thron der englischen Könige beherbergt, eilen wir jetzt rascheren Fußes der Kapelle Heinrichs VII. zu, weniger um die Pracht des ganzen Baues, die phantastische Schönheit der Decke, oder gar die herniederhängenden Banner der englischen Ritterschaft zu bewundern, als vielmehr um rechts und links (zu beiden Seiten der eigentlichen Kapelle) die Marmorbildnisse jener königlichen Frauen zu betrachten, die jetzt, an einer Stelle fast, auf ihren Sarkophagen ruhen, während ihnen ganz England einst zu klein erschien, um beieinander Raum zu haben. Aus ihren Zügen spricht kein Haß mehr, nur

Schönheit und Ruhe. Sie blicken uns nicht an wie aufgefaßt in ihrer Sterbestunde, von Alter und Tod jedes Reizes entkleidet, nein *jene* Elisabeth ist es, zu deren Füßen sich der Mantel Walter Raleighs breitete, und *jene* Maria, an deren Auge die Jugend Schottlands hing. Jakob I. bestattete beide hier, von denen ihm die eine den Thron, die andre das Leben gab.

Noch andere Plätze lieb' ich im Fluge zu berühren (die Grabmäler James Watts und Wilberforces und Warren Hastings), aber das Ziel solchen Umgangs bleibt doch immer Poets' Corner, *der Poeten-Winkel,* wo ich auf einer der hölzernen Kirchenbänke Platz nehmend, den Orgelklängen zu lauschen pflege, die während des Nachmittag-Gottesdienstes die Kirche durchbrausen. Dann ist mir's oft, als belebe sich der Marmor um mich her, und als horche *Händel* von seinem Piedestal herab mit gespanntem Ohr und gehobenem Finger, und zähle die Takte und probe die Klänge – seines eigenen Chorals vielleicht. Die Orgel schweigt, nur ein Zittern geht noch durch die Luft, aber die Geister des Orts haben mich bereits in ihrem Bann, und wie Flüstern naher und ferner Stimmen summt es um mich her. Es winkt von hier und dort und zieht mich heran, näher und näher. Da lacht *John Gay* mich an, der Fabel- und Lustspieldichter, zu dessen Füßen Maske, Dolch und Flöte ruhen, und dessen selbstverfaßte Grabinschrift:

Eine Posse das Leben! so stellt sich's dar; –
Einst hab' ich's geglaubt, nun seh' ich's klar.

den Mann gibt, wie er war: kurz und scharf, Epigramm und Satire. Da ist wenig Schritte von ihm *Thomas Gray*, der berühmte Verfasser der "Elegie auf einem Dorfkirchhof", der Vorläufer und das Vorbild unseres Hölty und der schuldlose Vater jener Sentimentalität, die sich noch immer durch alle englische Kunst hindurchzieht und ihren krassesten Ausdruck in den Gesichtern der englischen Stahl- und Kupferstiche findet. – Zur Seite des Grayschen Bildes und deutungsreich ihn überragend steht *Milton,* der Dichter des Verlorenen Paradieses, und um die Leier ihm zu Füßen, anspielend auf sein unsterbliches Werk, windet sich die Schlange mit dem Apfel. Dryden schrieb die Inschrift in der elegant-pathetischen Weise seiner Zeit:

Homer und Dante – eurem Dichtertum
Gesellte Milton seinen größern Ruhm:
Des einen Schwung, des andern Majestät
In unserm Dichter beieinander steht.
Natur tat alles, des sie fähig war,
Als aus den zwei'n – den dritten sie gebar.

Da grüßen vielberühmte Namen noch, von Chaucer an, "dem Vater der englischen Dichtkunst", bis nieder zu Robert Southey, dem letzten lorbeergekrönten Haupte, das Einzug hielt in den Poets' Corner. Und zwischen diesem Anfangs- und Ausgangspunkt welche Reihenfolge glänzender Talente! *Ben Jonson,* mit der sprechenden Grabschrift: o rare Ben Jonson; *Spenser,* der Schöpfer jener Strophe, die unter Lord Byrons Meisterhand zu neuem Ruhme erstand; *Samuel Butler,* der Verfasser des Hudibras, dieses auf englischen Boden verpflanzten Don Quixote; und *Oliver Goldsmith* auch, dessen Pfarrer von Wakefield unser aller Jugendgefährte und der eiserne Bestand unserer Schulmappe war.

Aber vor allem sind es zwei Bildwerke doch, die immer wieder und wieder die Aufmerksamkeit unseres Auges erzwingen: *Garrick* und *Shakespeare.* Zu der Berühmtheit der Namen gesellt sich eine besondere Tüchtigkeit der Kunstwerke selbst. Eine faltenreiche Gardine nach beiden Seiten hin zurückschlagend, tritt der geniale Verkörperer Shakespeareschen Wortes hinter derselben hervor. Sinnig hält über seinem Haupte das Brustbild Shakespeares, wie eine Agraffe, die beiden Flügel des Vorhangs zusammen, und während die tiefere Idee der Darstellung auf ein Entschleiern, gleichsam ein Auseinanderschlagen der Shakespeareschen Schönheit hinausläuft, gibt der Bildhauer zu gleicher Zeit die einfachste und möglichst charakteristische Situation für die Vorführung eines dramatischen Künstlers überhaupt, in den Zügen des Kopfes paart sich das Geistvolle mit dem freundlich Wohlwollenden auf eine herzgewinnende Art, und die Worte am Piedestal lauten wie folgt:

Ein Zeichner der Natur – in seiner Hand
Den Zauberstift – kam Shakespeare in dies Land,
Doch seinen Ruhm verschwenderisch zu verbreiten
Trat Garrick auf; die Welt sah keinen zweiten.
Die Kunstgebilde, die der Dichter schuf,
Belebten neu sich auf des Mimen Ruf,
Und was in Schutt und Nacht begraben lag,
Es stieg in hell'rem Glanze an den Tag.
Drum bis die Ewigkeit einst, unbewegt,
Die Sterbestunde aller Stunden schlägt,
Soll wie ein Zwillings-Sternbild anzusehn
Shakespeare und Garrick uns zu Häupten stehn.

Schrägüber seinem Jünger und Apostel steht Shakespeare selbst in ganzer Figur. Er lehnt an einem Säulenabschnitt, der die Büste Elisabeths, als der

Pflegerin seiner Kunst, und die Köpfe Heinrichs V. und Richards III., als hervorragender Gestalten seiner Dramen trägt. Shakespeare selbst, nach Sitte seiner Zeit gekleidet, mit vollem Bart um Mund und Kinn, schaut ohne den leisesten Zug jener espritvollen Heiterkeit auf uns hernieder, die den Kopf Garricks so augenfällig charakterisiert. Deutsch-tief, ruhig, fast träumerisch und nur angeflogen von jenem lachenden Humor, der doch zur Hälfte das Kind des Schmerzes ist, blickt dies Antlitz vor sich hin, und die Größe des Mannes erschließt sich uns, je mehr und mehr wir uns in dies träumerische Steinbild versenken. Kaum bedarf es einer Inschrift zum vollen Verständnis dieser Züge, aber es sind berühmte Worte (Worte Miltons), und ich gebe sie:

Mein Shakespeare Du, Dein heiliges Gebein,
Was braucht es Marmor und granitnen Stein?
Was brauchst Du Säulenschaft und Säulenknauf
Und Pyramiden bis zum Himmel auf?
Du Ruhmes Erb' und der Erinnrung Kind,
Was brauchst Du Zeichen, die nur flüchtig sind?
In unsrer staunenden Bewunderung
Ersteht Dein Denkmal immer neu und jung,
Die Seele liest Dich mit entzücktem Bangen,
Wir werden selber marmorn im Empfangen,
Und unsre Herzen sind Dein Sarkophag,
Um den manch' König Dich beneiden mag.

Ich habe die Worte niedergeschrieben; Orgelklänge durchbrausen aufs neue das Schiff der Kirche; der Nachmittag-Gottesdienst ist aus, und der kleinen Versammlung mich anschließend, die eben jetzt an mir vorüberhuscht, eile ich mit hinaus, über die hundert Grabsteine hinweg, die an der Nordseite von Westminster, Stein an Stein den Kirchhof bedecken. Ich habe nicht Zeit und Muße mehr bei ihren Inschriften zu verweilen, und aufatmend im hellen Sonnenlicht, dem ich vor einer Stunde geflissentlich entfloh, schreit' ich jetzt dem nördlichen Gitter des Green-Parks zu, um, Platz nehmend auf einer jener hundert Bänke, das buntbewegte Leben Piccadillys wie einen endlosen Strom an mir vorüberziehen zu sehn. Welch' Fluten! Zu Roß und zu Wagen jagt der schimmernde Glanz des Tages dahin; die lachende Schönheit, das beneidete Gold, die am Ruder befindliche Macht – aber wie reich sich dieses Leben erschließen mag, wie wenige gehören ihm an, die von der Hand des Todes nicht gleichzeitig hinweggewischt werden von der Tafel des menschlichen Gedächtnisses, und wer ist unter ihnen, dessen Marmorbild jene stille Ruhmeshalle beschreiten wird, die zwischen den Bäumen des Parks wie ein Nebelbild herüberschimmert?! –

Die Kunst-Ausstellung

"Waren Sie schon in der Exhibition?" Diese nicht eben allzu oft wiederholte Frage hat in diesem Jahre eine sehr verschiedene, gleichsam eine bescheidenere Bedeutung als im vorigen: es handelt sich um keinen Weltbazar mehr, sondern nur noch um eine jährlich wiederkehrende Ausstellung von Gemälden. In den Sälen der National-Galerie, fast Wand an Wand mit den Murillos und Correggios, einer dort konstanten und unserem "Museum" entsprechenden Gemälde-Galerie, hat man zur Schaustellung neuester englischer Kunst drei Zimmer von mäßiger Größe hergegeben; und wenn man anfangs erschrickt über die Dürftigkeit des bewilligten Raumes, so überzeugt man sich bald, daß *ein*Zimmer statt drei immer noch ausreichend für das vorhandene Gute gewesen wäre. Wie ich vernehme, werden alljährlich dreitausend Bilder eingesandt, unter denen, wegen Mangels an Raum, das Comité eine Auswahl trifft. Die tausend besten werden angenommen. Es ist unmöglich, auf die Mehrzahl dieser Auserwählten zu blicken, ohne mit künstlerischem Schrecken derer zu gedenken, die da anklopften, ohne daß ihnen aufgetan wurde. Kunst und Publikum können nur wünschen, daß die Säle der National-Galerie immer kleiner und somit, nolens volens, das Comité immer strenger werden möge, denn die ganze Sünde dieser Ausstellung ist ihr *Zuviel.* Es sind wirkliche Schätze vorhanden; aber die nachbarlichen Fratzen schrillen disharmonisch in das schöne stille Lied, das uns eine gelungene Landschaft singt, und die lächerliche *Karikatur* des historischen Bildes nimmt uns so gewiß Sinn und Stimmung für das *wirkliche,* wie Hamlet und all sein Entsetzen uns lächerlich erscheinen würde, wenn drei Schritt dem Geist seines Vaters eine Katze über die Bühne hinter schliche.

Doch halten wir uns an das Gute. Da sind zunächst die Porträts. Sie prävalieren an Wert wie an Zahl. Die Kunstausstellungen drohen mehr und mehr zu bloßen Porträt-Galerien zu werden. "Die Kunst geht nach Brot." Was Lessing seinen Maler Conti vor fast hundert Jahren sagen ließ, ist heut mehr denn je eine Wahrheit. Bestellt wird wenig oder nichts; und auf gut Glück hin ein mächtiges Wandbild zu malen, wie wenige dürfen's wagen? Alles flüchtet in das Klein- und Familienleben, weil das Große und Allgemeine ihn verhungern läßt. Die eigentliche Kunst verliert dabei, die Porträt-Kunst gewinnt: das bloße Bildnis wird gelegentlich zum historischen Bilde. Wem hätte sich das nicht beim Besuch unserer deutschen Ausstellungen aufgedrängt? Und wie dort, so auch hier. Nur eines hat England voraus – die Schönheit der Originale, den Zauber ihrer Gesichter. Da ist eine Gräfin Kintore. Ich habe von Leuten gelesen, die sich in Bilder verliebten, und von andren, die nicht eher ruhten, bis sie das Urbild gefunden hatten; ja, einer starb vor Gram, weil es eine Tote war, die er liebte. Das ist zum Lachen – wie alles in der Liebe; aber jeder lacht, bis ihm selber die Stunde schlägt. Wenn mich jemand fragte, was "Adel" sei, so würd' ich ihn schweigend am Arme fassen und vor dies Bildnis führen; kein deutsches Wörterbuch könnte so zu ihm sprechen, wie diese stillen Züge. Da ist nichts von der herrschenden Hoheit einer Königin, und nichts von dem forcierten Stolz einer City-Tochter, die über sich hinaus will; weich und doch fest, bescheiden und doch selbstbewußt blickt dich dies Auge an und erzählt dir von dem echten Adel, der weder sich brüsten noch sich bücken mag, sondern, die Hand zum Volk und das Auge zum Thron, gradauf und unbeirrt seine Pfade zieht. Und dazu wie schön! wie neidisch blickt man auf dies Perlenband, das, bis zum Knöchel des Arms herabgeglitten, die weiße Hand zu küssen scheint!

Doch lassen wir die Gräfin; es tut ein für allemal nicht gut, wenn sich Poeten für Prinzessinnen erwärmen und wenn ich's nicht aus dem Tasso wüßte, so könnte ein zweites Bild, zu dem wir uns jetzt wenden wollen, die Beweisführung übernehmen: "Pope erklärt der Lady Montagne seine Liebe". Es ist ein vortreffliches Bild (von W. P. Frith) und erinnert an die gelungensten Arbeiten unseres Adolph Menzel. Die Situation, laut Katalog, ist folgende: "Zu der schlechtestgewählten Zeit von der Welt, wo die Lady alles andere eher als eine 'Erklärung' erwartete, gestand ihr der Dichter seine Liebe, und zwar in so leidenschaftlichen Ausdrücken, daß trotz aller Anstrengung ernst und ehrbar zu bleiben, ein lautes Lachen der Lady doch endlich ihre einzige Antwort war." Der Künstler hat seine Aufgabe glänzend gelöst. Wir sehen das Studierzimmer des Dichters, Bücherbände und mächtige Folianten im Hintergrunde; am Schreibtisch aber, dran vor wenigen Minuten noch vielleicht unsterbliche Zeilen niedergeschrieben wurden, steht jetzt, mit der rechten Hand sich auf die Tischplatte stützend, und den Kopf vor herzlichem Lachen in den Nacken gebogen, die schöne Lady, mehr eine italienische als eine englische Schönheit. Das volle dunkle Haar in seiner Flechtenfülle macht den Eindruck, als sei es der Kammerfrau am Morgen schwer gefallen, Raum für diesen Reichtum zu schaffen; der rote Morgenschuh, mit der chinesisch umgebogenen Spitze, guckt kokett unter dem bauschigen Schleppenkleid hervor, und das weit ausgeschnittene Mieder macht die Raserei des Dichters doppelt begreiflich. Ach, und selbst ihr Lachen leiht ihr nur neuen Reiz: der halbgeöffnete Mund und diese Doppelreihe blendend weißer Zähne wären allein schon genug für eine Liebeserklärung, und doch spricht diesselbe Lachen sein Todesurteil. Kein Trost ringsum! Im Hintergrunde steht eine reizende Marmorgruppe: "Amor und Psyche", und ihre lachenden Gesichter scheinen mit einzustimmen in die Heiterkeit des schönen Weibes. Wie aber finden wir den Dichter! Im breitschößigen schwarzen Frack, mit seidenen Strümpfen und blitzenden Schuhschnallen, dazu im Schmuck einer riesigen Allongen-Perücke (vielleicht so lang nur, um den bekannten Höcker zu verbergen) sitzt er mit übergeschlagenen Beinen auf einem der prächtigen Polsterstühle und blickt, seinen Rücken der Lady zugewandt, mit einem unvergeßlichen Ausdruck von Scham, Wut und Rache vor sich hin. Alle Muskeln seines Gesichts sind in zitternder Bewegung und, aller Wut zum Trotz, noch immer von seiner Leidenschaft beherrscht (ein Wink von ihr, und er würde ihr die Spitze des chinesischen Pantoffels küssen), wägt er jetzt ersichtlich in seiner Seele ab zwischen Don Juan und Faust, zwischen Genuß und Ruhm, und seine Schale hoch in der Luft erblickend, schaut er drein, wie die leibhaftig-gewordenen Worte:

"es kommt die Stunde,
Wo dir der Donna Anna Busennadel
Mehr Glück verbirgt, als dir die Welt kann bieten."

Armer Pope, für wie wenig hättest du deine berühmteste Ode hingegeben!

In demselben Saale finden wir das beste und bedeutendste Bild der ganzen Ausstellung: "Charlotte Corday auf ihrem Todesgange". Es geht was Geniales durch das ganze Bild. Unter den vielen verfehlten Versuchen, das große französische Revolutions-Drama, oder wenigstens Szenen aus ihm, zu einem Kunstwerk abzurunden, haben wir hier endlich ein gelungenes. Charlotte (rechts vom Beschauer) tritt eben aus dem Gefängnis; ihre Tracht ist ein blutrotes Kleid; zwei republikanische Soldaten führen sie, und eine Heldin des Marat-Klubs, in buntfarbigem Friesrock, mit Jakobinermütze und Freiheitskokarde, hebt drohend ihre Rechte gegen das fest und ruhig einherschreitende Mädchen. Die Charakteristik dieser Gruppe ist eben so wahr, wie die Kontraste frappant sind. Die brutal-schmunzelnden Soldatengesichter, die an dieser zweifellos mit Gemeinheiten aufgeputzten Drohrede ihre unverhohlene Freude finden; das sonnverbrannte, stumpfnasige, von Sinnlichkeit und Fanatismus beherrschte Weibergesicht, und zwischen all dem Schmutz die hohe Stirn des todesmutigen Mädchens, das (wer verdächt' es ihr!) mehr Ekel als Lust an diesem Leben zu empfinden scheint – man kann nichts Ergreifenderes sehen! Die andere Seite des Bildes fesselt nicht minder: hier haben wir die Creme jener Tage: Danton, Robespierre, Camille Desmoulins. Ich habe mir den letzteren, der schlechtweg "der schöne" hieß, schöner gedacht und würde den Fleischkoloß ihm zur Seite, mit Stulpenstiefeln und roter Mütze, eher für den Fleischer Babœuf als für den genialen Danton gehalten haben, der geistvoll, sprudelnd und schöpferisch, sozusagen der Mirabeau der Schreckensherrschaft war. Dennoch steh ich ab davon, mit dem Maler um dieser seiner Auffassung willen zu rechten; was er gegeben hat, ist an und für sich überwältigend, und kümmert's mich wenig, *wessen* Auge es ist, das die Kraft hat, mich mitten in jene Blutzeit zurückzuzaubern, und *wem* die lebensvoll ausgestreckte Hand gehört, die ich, erschüttert von dem ganzen Hergang der Szene, ergreifen möchte, um für das schöne, hohe, nun besudelte Weib um Gnade zu flehn. Und wär' ich eigensinniger, und brächt' ich's nicht über das Herz, ihm diesen untergeschobenen Fleischer zu verzeihn, die Mittel- und Hauptfigur des Bildes – Robespierre machte alles wieder gut. Im seidnen, himmelblauen Staatsfrack, sauber, zierlich, duftig, vom gepuderten Toupet an bis herunter zur blinkenden Schuhschnalle, so haben wir den "Träger der reinen Idee" vor uns, und wäre nicht sein aschgrauer Teint und ein gewisses Zwinkern in den Augenwinkeln, man könnte versucht sein, ihn für einen Hochzeitbitter zu halten. Er war es auch, aber des Todes; andre sagen – der Freiheit. Das Mädchen hat keinen Blick für ihn; sie kennt diesen blaubefrackten, zierlichen Mann, der sich ihr nähert, als gedächt' er sie zum Tanze zu führen (welch ein Tanz!), sie weiß, seine Seele hat nichts gemein mit jenem Blumenstrauß im Knopfloch, sie weiß, das Bild seines innersten Menschen – ist jener halbmannshohe, braun und weiß gefleckte Bluthund, der jetzt von seines Herrn Hand gehalten, noch finster vor sich niederstarrt, aber losgelassen im nächsten Augenblick sich auf sein Opfer stürzen wird – auf sie. – Das ist das Bild; der Name des Malers ist *Ward.* Ich lieb' es, Kunstwerke nach der Tiefe des Eindrucks zu beurteilen, den sie auf mich hervorbrachten; wenn dies Kriterium gilt, so zählt es zu dem Besten, was ich je gesehen.

Lassen Sie mich diesen Brief mit einer allgemeinen Bemerkung schließen, deren Nüchternheit schlecht passen mag zu der warmen, freudigen Hingebung, mit der ich das Wardsche Bild besprochen. Was sich mir beim Durchwandern dieser Säle und bei wiederholten Besuchen immer wieder und wieder aufdrängte, das war (vielleicht mit alleiniger Ausnahme des eben ausführlicher besprochenen Bildes) der gänzliche Mangel an Originalität, an besonderem Stil, den man sich versucht fühlen könnte, den *englischen* zu nennen. Vor Jahr und Tag fuhr ich mit der Post. Ein Reisender erzählte mir von Australien und dem Charakter seiner Landschaften; aus dem Wagen blickend, rief er aus: "Wenn eine Wunderhand uns jetzt in die Nähe von Melbourne trüge, Sie würden ruhig weiter fahren und weder an Wald noch Feld bemerken, daß wir bei den Antipoden seien." An diese Worte wurde ich auf der Londoner Kunst-Ausstellung aufs lebhafteste erinnert: ich war wie unter alten Bekannten, da war nichts, was nicht ebensogut Produkt eines deutschen Ateliers hätte sein können. Meine Leser mögen hierauf erwidern: "Wenn das ein Tadel sein soll, so trifft er Deutschland so gut wie England" – und das soll er auch. An die Stelle des Besonderen und Nationalen tritt mehr und mehr ein gewisser Kosmopolitismus in der Kunst. Das gilt nicht nur von der Malerei; vielleicht mehr noch von Dichtkunst und Musik. Viele begrüßen das und träumen sogar von einer Weltsprache. Die Partie steht so: Eisenbahn gegen Turmbau zu Babel. Ich bin nicht zweifelhaft, wer der letzte Sieger sein wird; aber das falsche Werk der Einheit stieg hoch, eh es zu Falle kam, und unsere Zeit baut wieder daran. Ich denke so: *ein* Gesetz der Schönheit, aber *in* ihm die – Mannigfaltigkeit.

Die Middlesex-Wahl

Die Wahlen in London waren vorüber und meine Erwartungen – getäuscht. Ich hatte nicht eben auf Krawall und Zusammenrottung, oder gar ein Revolutiönchen nach der Mode gerechnet, aber doch auf eine allgemeine und sichtbare Beteiligung der Bevölkerung, auf eine veränderte Physiognomie der Stadt und ihres Treibens. Nichts von dem allen traf ein. Hier und dort ein Riesenplakat in bunten Lettern; auf den Märkten und Plätzen eine Votierbude; in den Bierhäusern vermehrte Konsumtion von Porter und Ale; an den Straßenecken ein Austernhändler, der seinen stummen Meerbewohnern ein "votiere für X oder Y" auf die Schale geklebt hatte; sonst nichts als schlaff herabhängende Fahnen, die darüber nachzudenken schienen, was langweiliger sei: diese Wahl oder ihre eigene Bestimmung. Keine Teilnahme, kein gesteigertes Leben, kein Abweichen von dem ausgefahrenen Gleise täglichen Verkehrs. Punkt 9 Uhr wie immer fuhren die City-Kommis im dichtbesetzten Omnibus die Oxfordstraße entlang; Punkt 1 Uhr wie immer zogen die Horse-Guards auf Wache; im James-Park so viel Kindermädchen wie sonst, im Hyde-Park so viel Ladies zu Pferde wie immer; ja selbst am Büchertisch meines Nachbars, des Straßen-Antiquars, fehlte kein teures Haupt und die "lieben alten Gesichter" blätterten so emsig in den vergilbten Scharteken von "Bothwell, der Königsmörder", oder "die Kunst, von jeder Frau geliebt zu werden", umher, als wäre ihnen der Sieg von Whig oder Tory so gleichgültig, wie der Sturz oder die Ernennung eines chinesischen Mandarinen. Das Schauspiel einer englischen

Wahl wird nur noch in kleinen Provinzial-Städten aufgeführt, wo es, wenigstens auf Tage, möglich ist, der ganzen Bevölkerung eine gemeinschaftliche Richtung zu geben und wo das Wahlfeuer noch nicht auf jene eisige Apathie millionenfachen Unglücks oder doch unvereinbarer Interessen stößt, die die Flamme dämpft, statt sich von ihr entzünden zu lassen. Wer in London lebt der wähle *Brentford,* wenn er das Bild einer englischen Wahl mit in die Heimat nehmen will; er findet da noch die gute alte Zeit mit ihrem Reiz und ihrem – Unsinn.

Brentford, kaum eine deutsche Meile von London entfernt, ist der alte Sammelplatz, der Wähler von Middlesex, und die Hauptstadt jener kleinen Grafschaft, die sich in schmalem Streifen um die Riesenstadt herumlegt, wie ein wertloser Ring um einen Edelstein, den die Erde zu arm ist, mit ihrem Golde aufzuwiegen. Middlesex schickt zwei Vertreter ins Parlament, seit Jahren dieselben Namen: Lord Grosvenor und Mr. Osborne; *jener* ein Whig aus der alten Schule, energisch nur in seiner Feindschaft gegen alles, was Tory heißt – *dieser* ein Freund und Geistesverwandter des alten Radikalen *Hume,* des "Vaters der Reformbill". Lord Grosvenor und Mr. Osborne waren auch diesmal wieder gewählt, der letztere jedoch mit einer kaum nennenswerten Majorität. Vielfach während der Zählung hatte sich die Waage zugunsten seines Nebenbuhlers, des Marquis von Blandford, eines eifrigen Derbyiten und früheren Vertreters von Woodstock geneigt, und nur die Anhänglichkeit des Städtchens Brentford selbst hatte schließlich die Wiederwahl des "Volksmannes" gesichert. Die Zählung war vorüber und das Resultat gekannt, aber die amtliche Verkündigung desselben durch den Grafschafts-Sheriff, in goldener Kette und Galanterie-Degen, stand noch bevor. Heute war der Tag, 12 Uhr die festgesetzte Stunde und – das Volk geladen. "Lord Grosvenor und Mr. Osborne werden die Ehre haben, der Bevölkerung von Middlesex *aufzuwarten* (they will attend)" – so lautete die Schlußversicherung in vielen hundert Plakaten. Möglich daß das Wort im Englischen eine mildere Bedeutung hat *("erwarten"* vielleicht), nichtsdestoweniger ist es ein *"Aufwarten"* der Sache nach, ein entschiednes "Aufwarten", insofern der Gewählte durch Sitte oder Gesetz verpflichtet ist, auf die oft dümmsten Fragen eines bunt zusammengewürfelten Haufens Red' und Antwort zu stehn. Das Ganze ist ein so prächtiges Stück von Volkssouveränität, wie es nur irgendwie und wo gewünscht werden kann.

Es geht ein Omnibus nach Brentford. So lange wir London und seine Vorstädte noch zu beiden Seiten hatten, rang das politische Treiben vergeblich nach Geltendmachung; die Hochflut des Londoner Lebens, sein Handel und

Wandel schlugen darüber zusammen und begruben es. Kaum aber, daß wir die "Stadt" im Rücken hatten, so trat ans Licht, was eben noch überwuchert war und hundert Zeichen deuteten auf den Kampf, der sich in Brentford vorbereitete. Die Chaussee, auf der wir dahin rollten, glich wirklich einer Heerstraße. Anhänger beider Parteien, die einen mit blau-rot-weißen Bändern am Hut, die andern mit blau-gelb-grünen Schleifen im Knopfloch, galoppierten wie diensttuende Adjutanten an uns vorüber; neue Truppenmassen, mit Musik an der Spitze und bei jedem Bierhause zum Weitermarsch sich stärkend, wurden von rechts und links ins Feuer geführt; Marketenderinnen mit ihrem Karrenkram saßen unter Ahorn- und Ulmenbäumen, schlechtes Bier, aber guten Schatten feilbietend, und Maueranschläge zu beiden Seiten des Weges (denn die Häuserreihe reißt nicht ab) starrten sich wie feindliche Herolde einander an und sagten sich Dinge, die den Schimpfern und Helden vor Troja alle Ehre gemacht haben würden.

Doch das alles war Vorspiel. Das eigentliche Stück begann erst, als wir in Brentford einfuhren, und wenn gewisse Dramatiker Recht haben, die da meinen, "ein gutes Schauspiel müsse mit einer guten Dekoration beginnen", so ist kein Zweifel darüber, daß die Brentforder zu den Bühnen-praktischen Leuten zählen. Das war nicht mehr die verräucherte Fabrikstadt, das war ein Lauberhüttenfest. Wie bei uns um Pfingsten, wenn halbe Birkenwälder in unsre Dörfer wandern und selbst der Lehmhütte ein festlich grünes Kleid antun, so war das rußige Brentford jetzt ein märchenhaft geputztes Aschenbrödel geworden: es war *auch* zum Weidenbaum gegangen, aber der Baum brauchte sich nicht aufzutun, aller Schmuck hing frei an den Zweigen. Die Häuser – ein Wald, und die Fenster – ein Garten! Da blühten Fuchsia und Rose, Erika und Rhododendron; hinter den Blumen blühten die Mädchen und wieder über die Köpfe der Töchter hinweg guckten die Mütter, freilich keine Blüten mehr, und ließen die blau-grün-gelben Haubenbänder im Winde flattern. Alles nickte und grüßte und lachte, selbst Gouvernanten entschlugen sich ihres vorschriftsmäßigen Ernstes und lächelten so bedeutungsvoll, wie der Sklave, wenn er die Kette bricht. Dazu zahllose Girlanden, die sich von Dach zu Dach quer über die Straße zogen. Der Inhalt ihrer Tafeln und Inschriften war es, was mehr als alles andere der Fest-Dekoration meine Aufmerksamkeit in Anspruch nahm. Ich gebe einige dieser Kernsprüche in wortgetreuer Übersetzung.

"Triumph bürgerlicher und religiöser Freiheit!"

So empfing uns eine Fahne am Eingang in die Stadt.

"Wer ist bigott? wer predigt religiöse Verfolgung? wer stimmt gegen unsere katholischen Brüder? Wer?

Der Marquis von Blandford!

Mag er's leugnen, wenn er kann, oder dastehen als ein Wolf in Schafskleidern."

"Ein Derby-Hündchen (Marlborough-Race) hat sich verlaufen und ist von Woodstock nach Middlesex geraten. Leider hat man ihn hier dermaßen gebissen, daß er froh sein mag, in seine alte Hütte zurückzukehren. Glückliche Reise!"

Diese letztere Spötterei war das Grundthema unzähliger Variationen, die ich übergehe; endlich unter einer zweiten Riesenfahne,, die ohne weiteres den *"Sturz der Intoleranz!"* verkündigte, fuhren wir auf den Marktplatz, wo die Vorstellung soeben begonnen hatte: Lord Grosvenor *"wartete bereits auf"*.

Doch weg jetzt mit dem historischen Stil und das lebendige Präsens an seine Stelle! Lord Grosvenor ist ein ältlicher Herr; seinen Zähnen nach zu schließen keiner von denen, die das Derby-Hündchen herausgebissen haben. Er spricht undeutlich und sehr lange; so haben wir denn Zeit, uns umzusehen. In der Mitte des Platzes steht die Rednertribüne; unmittelbar dahinter erheben sich amphitheatralisch-ansteigend die Bänke der Wähler, im Vordergrunde befindet sich "Volk" und füllt den Platz, ein Konglomerat zerrissener Jacken und schmutziger Hemdsärmel. Mit seinen eigentlichen Wählern ist der Kandidat seit gestern fertig; nur noch mit "dem Volke" hat er sich auseinanderzusetzen. Drum kehrt er auch vorschriftsmäßig *jenen* den Rücken zu und wendet sich mit dem üblichen: "Gentlemen, ich habe die Ehre ..." an eine Musterkarte von Straßenkehrern und Schiffsknechten, die Oberst Bersdorf (ein Derbyit in Norwich) so unhöflich war, "das erbärmlichste Gesindel" zu nennen, "das ihm all sein Lebtag vorgekommen sei".

Auch das "schöne Geschlecht" ist auf dem Marktplatz vertreten und steuert bei, je nach seiner Art, zur Verherrlichung und Charakteristik des Festes. Zunächst der Tribüne und mitten durch den Volkshaufen hindurch, zieht sich auf gepolsterter Bank ein Streifen reichgeputzter Damen, wie eine Amethyst-Ader durch Rauchquarz. Sie haben ihre Schirme aufgespannt; ich wette, mehr um sich gegen die "Gentlemen", als gegen die Sonne zu schützen. Das schöne Geschlecht von Brentford hat aber auch andere Vertreter abgesandt: Mannweiber, zwischen fünfzig und sechzig, mit Katzenschnurrbart und grauen Augen; sie haben am äußersten Rande des Volkshaufens in langer Reihe Posto gefaßt, und wie Trabanten mit langen Stangen bewaffnet, lassen sie deren Inschriften und Embleme über den Köpfen ihrer Männer und Söhne hin und her wehen. Diese Inschriften lauten: "Der Marquis von Blandford ist gegen das billige Brot", und um es dem blödesten Sinne faßbar zu machen, um was es sich handelt, prangen auf andern Stangen die handgreiflichen Illustrationen dazu: hier ein Brötchen, kaum größer als eine Faust, mit der Aufschrift: "Blandford für Sixpence", dort ein Riesenbrot mit dem Zuruf: "Osborne für drei Pence".

Endlich! Lord Grosvenor ist fertig und macht dem "Volksmann" Platz. Er wird wie eine Tänzerin empfangen, die fünf Monate auf Urlaub war und zum ersten Mal wieder die Wunder des großen Zehen vor ihren alten Freunden entfaltet; es ist nicht Huldigung mehr, es ist Raserei. Und in der Tat, Mr. Osborne hat Anspruch auf diesen Beifallsjubel: er tanzt die englischen National-Tänze, daß es eine Freude ist, und seine Rede wimmelt von "großer Nation" und "ehrenwerten Gentlemen", von "Freihandel" und "billigem Brot" – da widerstehe, wer kann! Sicherlich, daß die stereotype Schlußposse des Kontinents "das Volk als Pferd" auch hier Platz gegriffen hätte, wenn nicht Mr. Osborne ein bescheidener Fußgänger gewesen wäre. Noch ist der Beifall in der Luft, da lösen ihn plötzlich andere Töne ab: der Marquis von Blandford (auch der besiegte Kandidat hat sich nach alter Sitte dem Volk zu präsentieren) ist vorgetreten, um der Versammlung kaltblütig zu versichern: "daß er und seine Sache das nächste Mal die Sieger sein würden". Aber weiter bringt er's nicht; zwar spricht er noch und versucht seine Stimme in allen Tonlagen, jedoch umsonst. Ein Lärm hat sich erhoben, gegen den der Beifallssturm der vorigen Minute ein bloßes Gesäusel war. Was menschliche Organe je erfanden, um ihre Verachtung auszudrücken, vereinigt sich hier zu einem Monster-Konzert; unsere vaterländischen Katzenmusiken sinken zu bloßen Stümpereien herab, oder erheben sich vergleichsweise zum Wohlklang einer Symphonie. Die Pfeife ist natürlich das Grundinstrument, aber auch das englisch-nationale Grunzen findet seine Virtuosen, und die zahnlosen Manier unzähliger alter Weiber blasen, wie Vansen im Egmont, dem unglücklichen Marquis ihr hämisches A, E, J, O, U ins Gesicht. Zu gleicher Zeit dringt jetzt die Amazonen-Garde vor, postiert sich mit dem Riesen- und Zwergbrot dicht vor die Augen des Redners, fächelt ihm mit den Papierfahnen: "Blandford ist gegen das billige Brot" unerquickliche Kühlung zu und schwingt die grünen Büschel, mit den orangefarbenen Blumen, nicht mehr im Triumph und mit den Zeichen der Freude, sondern drohend wie eine Rute. Umsonst erheben sich einige

Stimmen: "give him fair play!" oder: "let's hear him!" umsonst tritt der "Volksmann" vor und beschwört die Gentlemen, den Marquis zu hören, wenn sie *seine* (Osbornes) Freunde seien; umsonst dringt der Marquis noch einmal durch, um ihnen folgenden Satz in die Zähne zu werfen: "Ich verstehe die Schnurren und Witzeleien meiner Gegner und nehme sie lachend hin als das Unvermeidliche einer Wahl; aber es ist unwürdig, mir höhnisch das Jahrgeld vorzuhalten, das ein dankbares Vaterland meinem Ahn für seine Dienste und seine Siege bewilligte und das auf mich überging, weil ich das Glück habe, ein Enkel Herzog Marlboroughs zu sein." Armer Marquis, wohin verirrst du dich? Du sprichst nicht im Unterhause und vor Leuten, die eine Ahnung von der Geschichte ihres Landes haben, du stehst vor "Gentlemen", die von Höchstädt und Malplaquet so viel wissen, wie von den Quellen des Nil. Wirf den Ruhm deines großen Ahnen nicht länger weg und gedenke der Perle im Sprichwort. Tu', was du jetzt tust: lächle und tritt ab.

Das Schauspiel war aus, das Volk verlief sich, ich selbst sprang auf den Omnibus, und während die heiße Mittagssonne mich unbarmherzig briet, hatt' ich Zeit über die Erlebnisse der letzten Stunden nachzudenken. Was soll diese Farce? Mag's immerhin recht sein, voll Mißtrauen auf die Superklugheit der Jungen zu blicken, dies Mißtrauen darf nicht zum Freibrief für all und jeden Nonsens vergangener Jahrhunderte werden. Der ganze Akt ist ein Widerspruch. In Ländern, wo alle Stimmen gleich schwer wiegen, mag dies "Aufwarten" vor versammeltem Volk einen Sinn haben, aber *sinnlos* ist es, und für den besiegten Kandidaten ein Martyrium, um nichts und wieder nichts sich einer, in den meisten Fällen bezahlten Rotte in solcher Weise preiszugeben, einer Genossenschaft, die außerhalb des *Wahlrechte* stehend, wie auf Abschlag nur mit dem *Schimpfrecht* ausgestattet zu sein scheint und allerdings versteht, den weitesten Gebrauch davon zu machen. Weg mit solchem Plunder! "Das *Jahr* übt eine heiligende Kraft", aber man möge aus demselben Dichter auch die Wahrheit lernen:

"Das Alte stürzt, es ändert sich die Zeit,
Und neues Leben blüht aus den Ruinen."

Das goldne Kalb

Spekulation, Rennen und Jagen nach Geld, Hochmut, wenn es erjagt ist, und Verehrung vor dem, der es erjagt hat, der ganze Kultus des goldnen Kalbes ist die große Krankheit des englischen Volkes. Es gibt scharfe Augen, die das Übel wenigstens erkennen und unermüdet darauf hinweisen, wenn auch die Heilung freilich von anderer Seite kommen muß. Unter den Warnerstimmen ist wie immer die der "Times" voran; – eine Stimme, die – was immer auch über die Käuflichkeit des Blattes gefabelt werden mag – mindestens in allen außerpolitischen Fragen noch ungleich mächtiger ist, als wir im Auslande uns vorstellen. Mit welch' treffender Entrüstung machte sie noch vor wenig Tagen wieder Front gegen die oberflächliche Art und Weise, mit der man den Prozeß eines Muttermörders behandelt und ohne alles ernste Eingehen ihn für wahnsinnig erklärt hatte. "Hätte es sich um Geld statt um Blut gehandelt, an dem ganzen Gerechtigkeits-Apparat würde kein Rädchen gefehlt haben, aber was vorlag, war nur die Kleinigkeit eines Muttermordes, war eine Sache, durch deren Entscheidung, sie laute so oder so, niemand ärmer oder reicher gemacht wurde, und solche Sachen sind vor Richter und Jury ohne Belang." Steh' es mir frei, in Folgendem eine ähnliche Stimme wiederzugeben.

"Lies dann und wann einen Roman, um die Phantasie abzukühlen", sagte ein Schriftsteller und Menschenkenner zu einem seiner Freunde, als dieser im Begriff war zu den Antipoden aufzubrechen. Die Weisheit dieses guten Rats wird jeder einsehen, der mehr als dreißig Jahre zählt. Romane mögen die Handlung konzentrieren, das Interesse reizen, das Herz bewegen; die Phantasie zu überwältigen sind sie außerstande. Es ist die *Wirklichkeit,* was uns staunen macht; die Dichtung darf nicht halb so kühn sein, selbst wenn sie könnte und wollte. Was würde der Leser sagen, wenn wir ihm von einem Manne erzählten, der vor etwa 150 Jahren in England lebte, seine Jugend in Saus und Braus, in Spiel und Liederlichkeit verbrachte und endlich, zum Bettler herabgesunken, Streit mit einem Freunde suchte und im Duell ihn tötete; der, vor Gericht gezogen, des Mordes überführt und zum Tode verurteilt, seine Flucht zu ermöglichen wußte und auf dem Kontinent glücklich angelangt, sein altes Lasterleben fortsetzte und bald eine wohlbekannte Erscheinung in den Spielhäusern Europas ward; der ausgewiesen, erst aus Venedig, dann aus Genua, schließlich selbst aus dem duldsamen Paris, dennoch in die Hauptstadt Frankreichs zurückzukehren wagte, am Spieltisch einem Prinzen von königlichem Geblüt begegnete, seine Freundschaft gewann, sein Geld- und Geschäftsmann wurde und als solcher zu einem Glanz und Ansehn stieg, daß Fürstinnen vor seinem Weibe sich neigten, sein Sohn der Spielgenoß eines Königs, und er selbst der Abgott von Millionen ward? Was sagt der Leser, wenn wir ihm erzählen, daß eine Herzogin, um nur die Möglichkeit eines kurzen Zwiegesprächs mit diesem seltsamen

Abenteurer zu haben, ihrem Kutscher befahl, vor dem Palastgitter des großen Mannes umzuwerfen, und daß eine Marquisin an derselben Stelle und zu demselben Zweck "Feuer!" zu schreien begann. Wenige Monate hatten ausgereicht, den überführten Mörder, den bettelhaften Flüchtling, den verworfenen Spieler zu einem der größten Grundbesitzer Frankreichs zu machen, und hochherzig goß er über sein zweites Vaterland einen trügerischen Reichtum aus, dessen Summen alle Berechnung übersteigen. Aber das glänzende Bild hat eine Kehrseite: der Racheengel harrte schon, vor seinem Atemzuge brach der stolze Bau zusammen und verschwand wie eine Wasserblase. Der Baumeister selbst barg sich in Dunkelheit und rettete das elende Leben vor der Wut derer, die noch eine Stunde früher vor ihm gekniet hatten. Und nun der letzte Akt des Dramas, wie berührt er den Leser? Das Schauspiel schließt, wie es begonnen: wieder ein glückliches Entkommen aus den Händen der Gerechtigkeit, wieder ein wüstes Wandern durch die Welt, ein Warten auf die Brosamen, die vom Spieltisch fallen, und endlich das letzte, das Sterben. Venedig, das er durch seine Gegenwart einst geschändet hatte, ehrte er nun durch seinen Tod. Und nun fragen wir – wenn wir Zeit und Muße hätten, diese Skizze zur Erzählung zu erweitern und jene tausend Einzelheiten zu berichten, worin erst die Kraft und der Zauber jeder Darstellung liegt – wer würde Lust haben, den Einfallen, den "Träumen eines fieberischen Hirns" zu folgen? Traum meint Ihr?! Leben und Tod *John Laws* und der Staatsbankerott Frankreichs als ein Resultat seiner kühnen und glänzenden Betrügereien, sind so *wirklich,* wie das Leben *George Hudsons* und die Geschichte der Eisenbahn-Spekulation in England. Und die Geschichte beider ist nicht nur wahr und wirklich, nein, sie bietet auch in merkwürdiger und belehrender Weise Punkte der Ähnlichkeit oder gar völliger Übereinstimmung dar. Beide waren aus Dunkel und Niedrigkeit hervorgegangen, und beide erhoben sich zu einem Glanz, der ein ganzes Land zu blenden und zu willfähriger Huldigung hinzureißen vermochte. Hudson wie Law füllte die Koffer der Leute mit eingebildetem Reichtum, und hoch und niedrig, arm und reich schmiegte sich zu den Füßen des einen wie des andern. Auch Hudson war Spieler, indem er Kredit und guten Namen an ein verzweifeltes Glücksspiel setzte; auch er wußte festen Fuß zu fassen unter den Inhabern des großen Grundbesitzes und zählte zu Freunden und Gefährten, was irgendwie Klang und Namen im ganzen Lande hatte. Auch er machte ein Haus; seine Salons waren der nie leere Altar, da rauf die Goldanbeter Tag um Tag ihren Schmeichel-Weihrauch streuten und die Dankesopfer ihrer Schacherseelen darbrachten, bis plötzlich der Traum endete und der Tag der Rechenschaft anbrach, der nun Flüche brachte aus Kehlen, die noch heiser waren vom Lobgesang, und Mißhandlungen von Händen, die sich einst hochgeehrt gefühlt hatten, auflesen zu dürfen, was von des Herren Tische fiel.

Hundertundfünfzig Jahre haben viel geändert, und es soll nicht geleugnet werden, sie haben dem Ziel und der Aufgabe aller Zivilisation uns nähergebracht. Welche Fortschritte in Wissenschaft und Kunst, welche Allgemeinheit der Bildung, welch erleichterter Gedanken-Austausch innerhalb des einzelnen Volks und zwischen den Völker-Familien! Doch in manchen Stücken sind wir genau, wo wir waren. Zu den Zeiten John Laws suchte man eine Herzogin, die ein Mitglied der königlichen Familie nach Genua begleiten sollte. "Oh, wenn Ihr einer Herzogin bedürft" – rief der Hof-Kavalier – "so schickt zur Madame Law; dort habt Ihr die Auswahl – sie versammeln sich dort." Wäre an einem jener Tage, wo Mrs. Hudson "Freunde" empfing, plötzlich Nachfrage nach einer Dame von Rang und Stand gewesen, der diensttuende Kammerherr am Hofe von St. James hätte eine ähnliche Antwort geben dürfen, wie vor hundertundfünfzig Jahren sein französischer Kollege. Die Köder und Anziehungskräfte waren 1720 und 1848 genau dieselben, und ob Generationen dahingegangen sind, der Zauber des Goldes, seine magnetische Kraft und seine entwürdigende Herrschaft sind geblieben. Zur Lawschen Zeit stand ein Buckliger in der Rue Quincampoix (wo sein Bankierhaus sich befand) und vermietete seinen Höcker auf Tag und Stunde als Schreibpult. Law ist hin und der Bucklige auch, aber der häßliche Höcker ist geblieben. Lords und Ladies, wohlgeformt wie wir, tragen ihn mit sich herum und schließen Geschäfte darauf ab, die besser ungeschlossen blieben.

Wir sind eine imitative Spezies, Nachahmen ist unser größter Hang, und was die Reichen und Vornehmen tun, das tun wir auch, ohne Kritik, ohne Frage, ob es uns paßt oder nicht. Als Mr. Laws Kutscher die Entdeckung machte, daß sein Herr durch Papierverkauf reich geworden sei, schickte er sich an, mit ins Geschäft zu gehen, und tat's. Zwei Kommisstellen waren zu besetzen, und der Kutscher-Kompagnon präsentierte zwei Kandidaten. "Wählt" – rief er seinem Herrn zu – "Ihr habt die Entscheidung, der eine ist für Euch, aber der andere für mich." Wie viele Tunichtgute zur Zeit des "Eisenbahnkönigs" und seiner Herrschaft nahmen sich ein Muster am Kutscher des Mr. Law? Angesporn durch das böse Beispiel ihrer Herren sank ehrliche Arbeit im Preise; "Spekulation" hieß ihr bequemes und einträglicheres Geschäft; feine Kleider traten an die Stelle des Arbeitsrockes, und statt des ehrlich erworbenen Brotes aß man das Brot lasterhafter Faulheit. So war es und so ist es noch. Kopfschüttelnd sehen wir die ungeheure Kluft zwischen arm und reich, zwischen niedrig- und hochgeboren; aber der Anblick wird trostlos, wenn der Reiche nichts ist als ein emporgekommener Rübenbauer, der mit etwas Goldstaub in der Tasche alles, selbst das Höchste, neben oder gar unter sich zu stellen trachtet und, dem Vogelsteller gleich, mit einer Hand voll Silberkrümel die lieblichsten Sänger des Waldes, selbst die Lerche aus ihrem Himmel zu seinen Füßen zu locken weiß.

Unser gesellschaftliches Leben ist reich an Unglaublichkeiten, für die nichts spricht, als – die Tatsache. Ihr tretet sonntags in eine überfüllte Kirche; kein Platz mehr für euch, und stehend lauscht ihr einer Beredsamkeit, die allsonntäglich diese Räume bis unters Dach zu füllen pflegt. Der Redner ist im höchsten Maße populär und steht sich tausend Pfund. Sein Name ist makellos. Seine Gemeinde verehrt ihn, und um so mehr, je mehr er sie geißelt. Dekane und Bischöfe seines Sprengels sind durchdrungen von seinem Talent und begünstigen es. Seine Lehre und sein Leben stehen gleich hoch. Er sagt euch heut, daß Geiz die Wurzel alles Übels sei; er warnt euch vor dem heißen Verlangen nach Geld und Gut, vor Mißgunst und Unzufriedenheit und ruft euch zu, über die irdischen Güter das himmlische Erbe nicht einzubüßen. Er zitiert euch die Autorität der Bibel, er verweist euch auf Kapitel und Vers, und nachdem er sicher ist, eure Überzeugung für sich zu haben, öffnet er die Tore seiner Beredsamkeit und reißt euch vollends mit sich fort durch die Macht seines Worts. Ihr geht nach Hause, fest entschlossen die neue Woche weiser und besser zu beginnen – da fällt euch die Montagszeitung in die Hand, ihr lest: die Stelle eines Nachmittags-Predigers ist vakant, eine gute Stelle, vierhundert Pfund jährlich und allwöchentlich eine Predigt. Zwei arme Kandidaten haben sich gemeldet, aber es sind noch andere Bewerber da, und obenan lest ihr den Namen eures christlichen Lehrmeisters, trotz aller Glaubenstüchtigkeit, trotz tausend Pfund jährlich und trotz seiner Selbstverleugnungsrede, die euch beinahe vom Pfade des Irrtums abgelenkt hätte.

Ihr seid vielleicht ein Lord, oder der Sohn eines Lords. Parlament und Saison sind geschlossen, und ihr geht aufs Land. Euer Freund, Lord Birmingham, versammelt "einen auserwählten Circle" auf seinem Landsitz; ihr seid unter den Begünstigten. Es ist Frühstückszeit, ihr tretet ein, die Gäste sind bereits versammelt. Alles ist da, was ihr wollt: ein Herzog, ein Marquis, ein Graf, ein Vicomte und ein Baron. Ihr seid ein jüngerer Sohn und findet es in der Ordnung, daß der Baron den Herzog umschwänzelt. Wir haben hier zwei andere

Gäste (wenn es gestattet ist, den stillen, blassen, trostlos dreinschauenden jungen Mann, der wie ein Verurteilter bei der Henkersmahlzeit dasitzt, einen "Gast" zu nennen),einen Jüngling und einen Mann von vierzig. Von dem ersteren hat jeder zu viel und wünscht ihn weg, an dem letzteren hat keiner genug. Der junge Mann ist eines Landpredigers Sohn und Erzieher von Lord Birminghams Sohn und Erben. Er hat in Cambridge seine Studien gemacht und hofft sich mit der Zeit durchzuschlagen. Er ist aus guter Familie, hat aber keinen Sixpence in der Tasche; sein halbes Gehalt schickt er nach Hause zur Unterstützung seiner Familie, und soviel von der bitteren Arznei: "Wissenschaft und gute Lebensart" dem Sohn und Erben beizubringen ist, so viel gibt er ihm gewissenhaft. Der Kandidat vertritt "Elternstelle" seinem Pflegling gegenüber; aber seine Titel, sein Wissen, seine gute Erziehung reichen nicht aus, ihm bei Tisch einen höheren Rang als den eines ersten Bedienten anzuweisen. Ihr kennt diese Art von Stellung und seid nicht erstaunt nach lautlos eingenommener Mahlzeit den blassen Erzieher schattenhaft und unbemerkt verschwinden zu sehen. – Aber hörtet ihr jetzt das Gewieher? Der Vierziger wird heiter und lacht. Ihr seht ihn heute zum erstenmal, aber ihr kennt die Gattung, man sieht sie zu Dutzenden auf dem Viehmarkt in Smithfield. Es ist der berühmte Snobson; vor zehn Jahren stand er noch hinterm Ladentisch (mancher Bessere hat's auch getan). Spekulation und allerlei sonst noch haben ihn zu einem Millionär gemacht, aber auch zu nichts weiter. Seine Seele ist gemein und seine Zunge fließt über davon. Der niedrigste Diener Mylords ist im Vergleich zu ihm ein König, ein Held. Wenn er sich bewegt, spricht, ißt oder trinkt, so überläuft es euch kalt, denn ihr erwartet jeden Augenblick, daß man ihn auffordern wird, seinen Platz in der Bedientenstube zu nehmen. Ihr fühlt, daß wenn man das Gold von diesem geschmacklosen Prachtbau, der sich "Snobson" nennt, abkratzen könnte, nichts übrigbleiben würde als die schmutzigste Lehmhütte. Ihr fühlt es, und Lady Birmingham fühlt es auch; dennoch ist sie ganz Ohr und ganz Bewunderung, und alle Ladies ringsum, jung und alt, sind es mit ihr. Die Lords bleiben nicht zurück: der Herzog an der Spitze, alle sind sie stolz auf solche Bekanntschaft, man hat kein Auge für die Gemeinheit dieses Menschen, oder will es nicht haben, und seine Unverschämtheit wird pikant und unterhaltend gefunden. Wie heißt der Schlüssel zu diesem Rätsel? Geld! Und ihr, die ihr von der "Aufgabe" sprecht, die ihr in der Gesellschaft zu lösen habt, und immer wieder Gewicht legt auf die Pflicht besonderer Rücksichtnahme auf euch selbst, ich frag' euch, wo bleibt das erste Erfordernis –die Selbstachtung, wenn ihr überfließt von unwürdiger und entehrender Schmeichelei?!

Genug der Beispiele; jeder Tag gibt neue Belege. Wir schätzen nichts so sehr wie Geld, und begierig nach Ehre und Ansehn, setzen wir alles an die Erlangung dessen, was nach unserem Dafürhalten einzig und allein Ehre und Ansehn gibt, und entschlagen uns dabei jeder Tugend, die im Kalender steht. Mr. Guizot, der mit philosophischem Forschergeist den Charakter des englischen Volkes geprüft hat, äußert sich gelegentlich dahin, daß den Fremden nichts so mit Bewunderung vor den englischen Hilfsquellen erfülle, als die unzähligen, aus edlem Herzen und freiem Antrieb hervorgegangenen Stiftungen zur Linderung und Minderung eines vielgestalteten Elends. Der Historiker hätte vielleicht kühner sprechen und sagen dürfen, daß nichts die verschwenderische Freigebigkeit des Engländers überbiete, als die Gier, mit der er die Mittel dazu erwirbt, und daß, wenn es seine Tugend ist liberal mit der Börse zu sein, auch unerträglicher Geldstolz sein Fluch ist. Die Geschichte vom "goldenen Kalb" in England ist noch nicht geschrieben. Es geht über die Kraft einer Publizisten-Feder, das volle Bild davon zu entwerfen. Ein Genius mag sich dieser Aufgabe bemächtigen und mit dichterischer Gestaltungsgabe ausführen, was wir ihm als flüchtige Skizze überlassen.

Das deutsche Theater in England

Ein deutsches Theater in London! Unsre Landsleute sind nicht mehr sie selbst: ein elektrischer Schlag ist durch die Nation gegangen; sie hat aufgehört der blinde Bewunderer fremder Sitte, der dienstfertige Schleppenträger fremden Hochmuts zu sein. Sie fühlt sich wieder als das, was sie ist, schätzt wieder, was sie hat und was sie in krankhafter Bescheidenheit weit unter den Wert taxierte. Vor zwanzig Jahren hätte sich hier eine deutsche Truppe unmöglich halten können; das Unternehmen wäre Hungers gestorben, St. James-Theater und horror vacui wären verwandte Begriffe gewesen. Das englische Publikum hätte gefehlt, noch mehr aber das deutsche; jenes weil das Interesse für deutsche Sprache damals noch außer Fashion war, dieses weil es mit Spott und Wohlbehagen tagtäglich die eigene Mutter zu verleugnen pflegte. Das ist anders geworden, und wiewohl der erste Bericht der "Times" von einem Publikum spricht, das der Aufführung des "Egmont" mit dem Schulbuch in der Hand gefolgt sei, so kann ich Ihnen doch versichern, daß das Publikum entschieden deutsch und seine fast begeisterte Aufnahme dessen, was geboten wurde, eine Art Demonstration war; man wollte entzückt sein. Die Deutschen in London, die es vor Zeiten für ihre Pflicht gehalten haben würden, vornehm auf die Sache herabzublicken, fanden jetzt eine Ehre darin, das Unternehmen um jeden Preis zu stützen und zu halten. Es war ein deutscher Theaterabend: auf den Foyers klangen einem alle Dialekte zwischen Oder und Rhein ans Ohr, der sächsische natürlich, wie der Ton einer Pickelflöte, jeden andren überpfeifend, und am Büffet hätte man glauben können in Dresden oder Berlin zu sein, wenn nicht die Ingwerbier-Flaschen gewesen wären und – die Londoner Preise.

Das Verdienst einer ersten Anregung zu diesem Unternehmen gebührt dem *Dr. Küntzel*; nichtsdestoweniger hat Emil Devrient das größere, die gegebene Idee mutig erfaßt und trotz unendlicher Schwierigkeiten glücklich ausgeführt zu haben. Ganz abgesehen davon, daß bei der Charakter-Eigentümlichkeit des Engländers, dessen Interesse durch allerlei Zufälligkeiten angeregt aber auch verscherzt werden kann, der Erfolg keineswegs vorher zu berechnen war, bot das Engagement einer Truppe, wenn sie nicht den Kofferträgern der Demoiselle Rachel gleichen sollte, unendliche Schwierigkeiten dar. Mittelmäßigkeiten durften es nicht sein, Berühmtheiten aber sind dieselben in der Schauspiel- wie in der Feldherrenkunst: sie fechten nicht gern auf einem Terrain das sie nicht kennen, und selbst im Fall eines Sieges, scheuen sie die Nebenbuhlerschaft eines Mit-Triumphators, der an der Seite Emil Devrients nicht fehlen konnte. Indes – was vermöchte auf die Dauer einem beharrlichen guten Willen zu widerstehen! – endlich schifften sich dreißig deutsche Schauspieler in Ostende ein, die einzig denkbare Truppe, deren Landung auf keinen Widerstand rechnen durfte. Und doch kamen sie, wie vor 1400 Jahren, unter einem berühmten Sachsenführer und wie dieser bereit, das Land zu erobern. Am 2.. Juni wurde der Zyklus mit "Egmont" eröffnet. Ihm vorher ging ein Prolog, der besser fortgeblieben wäre. Der Vorhang rollte auf: rechts und links die Statuetten Goethes und Schillers, beide überragt von einer Büste Shakespeares. Schon dieser leicht zu erratende Rebus war des Guten zuviel, wurde es aber vollends, als eine junge Dame vortrat und, mit einem Lorbeerkranz bewaffnet, anhob über Sprachverwandtschaft, englische Freiheit etc. sich des weiteren zu verbreiten. Die Huldigung war nicht fein, die Verse schlecht, und der Vortrag wie für deutschlernende Ladies eingerichtet. Unsere Sprache schien nur aus Spondäen und Molossen zu bestehen und die unglückliche Silbe *"en"* dürfte nie zuvor mit so viel Auszeichnung behandelt worden sein.

"Egmont" folgte. Mag da Handlung fehlen; auch das *Wort* hat gelegentlich sein Recht und es riß wieder mit fort und zündete, wie es schon tausendfach gezündet hat. Die Volksszenen, die Szenen Egmonts mit seinem Schreiber und Klärchen, diese wunderbaren Dialoge hatten noch ihren alten Zauber, und nur eines berührte mich wie etwas Verbrauchtes – die Freiheitstiraden des letzten Akts. Ob es ein Fluch der Phrasenhaftigkeit unserer Zeit ist, uns auch die Freude an *dem* verleidet zu haben, was über dem tönenden Erz und der klingenden Schelle steht, oder ob jenes Pathos von Tod fürs Vaterland, von Schergen- und Tyrannentum wirklich einer Stufe angehört, die von einer politisch reiferen Zeit überwunden werden mußte, lasse ich dahingestellt sein; kurzum ich blieb kalt. Und gerade diese Stellen sind es gewesen, die, dem Urteil der Londoner Presse nach, das englische Publikum mit fortgerissen haben. Was ist das anders, als ein neuer Beweis, daß England in Geschmacksachen zurück ist. Der Engländer verlangt alles gecayennepfeffert; Curry-powder und Mixed-pickles in Kunst, wie im Leben. Sie haben noch nicht begriffen oder es wieder vergessen, daß die dramatische Kunst nichts sein soll als die Spiegelung eines erhöhten, aber doch immer wahren Lebens, und daß es Nonsens ist, einen Hamlet-Monolog im Tone eines Karl Kunstschen Otto von Wittelsbach herunter zu donnern, oder den "lieblichen" Wahnsinn der Ophelia, und war's auch nur mit einer Zeile, in die Tobsucht der Königin Konstanze (im King John) ausarten zu lassen. Außer Dresden haben nur drei Theater von Bedeutung ein Kontingent gestellt: Braunschweig, Stuttgart und Darmstadt. Den Reigen eröffnet wie billig *Emil Devrient* selbst. Wie es in Buchhändler-Anzeigen heißt: "der berühmte Name überhebt uns jeder Anpreisung", so laß auch ich es bei der bloßen Vorstellung bewenden. "Wer lobt den Homer?" zitier' ich, natürlich cum grano salis. Emil Devrient weiß eben im vollsten Maße das, was die Engländer nicht wissen: "daß nur das Maß die Schönheit hat".

An Ruf und Bedeutung steht ihm *Grunert* am nächsten. Er ist bis jetzt noch nicht aufgetreten, wie einige sogar meinen noch nicht eingetroffen, obwohl Alba (im Egmont), sowie auch König Philipp seinem Repertoire angehören. Die Berliner kennen ihn aus jener Zeit her, wo nach dem Tode Seydelmanns ein Ersatz gesucht und schließlich in einem Wettkampf zwischen Grünen und Döring zugunsten des letztern entschieden wurde.

Kühn aus Darmstadt, die Doublette Grunerts, gab uns die obengenannten zwei Rollen und gab sie mit jenem Verständnis, das in England (weniger von der Kritik als vom Publikum) unverstanden bleibt. Er verschmäht jede bloße Appellation an das Trommelfell. Sein Alba genügte mir weniger, weil das Bild Seydelmanns in dieser Rolle noch allzu lebhaft vor meiner Seele stand; desto vortrefflicher fand ich seinen Philipp. Das mehr englische Publikum, das dieser *zweiten* Vorstellung beiwohnte, blieb verhältnismäßig kalt; er schrie nicht genug. Wohl ihm, daß er sich durch diesen halben Erfolg nicht bestimmen ließ, auf falschem Wege mehr erringen zu wollen und dadurch in den Augen der Urteilsfähigen den ganzen einzubüßen. Nur etwas möcht' ich tadeln, um so mehr und entschiedner, als ich damit gegen eine ganze Schule Front mache, die von Frankreich aus herübergekommen, auch bei uns Mode zu werden droht. Der Schauspieler liest seine Rolle, macht sich, so gut er kann, ein Bild von der Persönlichkeit und dem Charakter dessen, den er spielen soll und gibt uns nachher, mit Umgehung des Dichters und seiner doch nicht immer nutzlosen Worte, ein *lebendes Bild;* – man erniedrigt das Drama zur pantomimischen Darstellung. Der Dichter hat einen Cromwell oder Wallenstein, einen Karl Stuart oder Richelieu gezeichnet; was tut der Schauspieler? er besucht Gemälde-Galerien, studiert die Bilder Van Dycks oder Paul de la Roches, wirft, wenn er Zeit hat, auch einen Blick in Rottecks Weltgeschichte und gibt uns hinterher ein charakteristisches *Bild* statt einer Charakterrolle; – der Dichter und seine Worte werden übergeschluckt. Es gibt Schauspieler (dazu gute), die in Überschätzung ihrer selbst ganz ernsthaft versichern, der Dichter habe nichts weiter als ein Personen Verzeichnis und die szenische Einteilung des Stoffs zu geben, alles andre sei Sache des ausübenden Künstlers, der somit Dichter und Schauspieler in einer Person zu sein trachtet. Ich laß es dahingestellt sein, wieviel Schuld die Dichter selbst, und insbesondere die französischen Lustspielfabrikanten, die es in der Tat gleichgültig machen, ob der Schauspieler *ihre* oder *seine* Worte zitiert, an diesem Übermut der Bretterhelden tragen: – ich gebe nur die Tatsache und begnüge mich dabei hinzuzufügen, daß auch *Kühn* von dem Einfluß dieser Mode nicht frei geblieben ist. Das Murmeln in den Bart, das Verschlucken und dann wieder plötzliche Herausstoßen von Worten mag unter Umständen geeignet sein, das Charakterbild zu vervollständigen; das Drama soll aber mehr geben, als solche *Bilder,* und wie ein Kirchgang uns einen Spruch mit nach Haus gibt, so soll ich auch reicher im Herzen das Schauspiel verlassen; dazu braucht es aber der Worte. Frau *Stalte* aus Braunschweig ist ebenso hübsch wie wohlgeschult, eine Künstlerin, doch ohne die höchsten Staffeln erklommen zu haben. Dazu ein Klärchen! es wird immer einer verwandten Natur bedürfen, um den ganzen Zauber dieser Rolle wiederzugeben. Die "Klärchen" sind selten im Leben und müssen es noch mehr auf den Brettern sein; das Bühnenleben ist nicht das, was der schönen Einfalt Vorschub leistet. – Frau Stoltes "Königin" (im Don Carlos) schien mir gelungener; ihre Szene mit Philipp – im vierten Akt – sogar ein Meisterstück. Die Leidenschaftlichkeit des Moments überhob sie der, in den übrigen Szenen gebotenen Grandezza, worin sie sich nur mühsam zurechtfinden konnte und um deshalb jener Würde entbehrte, ohne welche die Grandezza zu bloßer Steifheit wird.

Genüge das Gegebene, und sei mir's zum Schluß nur noch erlaubt, meine Mutmaßung über den *Erfolg* des deutschen Theaters in London auszusprechen. Der *äußere* ist nicht zu berechnen; doch wird das Publikum dem ganzen Unternehmen gegenüber wohl zunächst jene ruhig-kalte Stellung einnehmen (was den fashionablen Besuch des Theaters natürlich nicht ausschließt), die der mißtrauische Engländer gegen alles Fremde zu behaupten pflegt. Auch das Kopfschütteln derer, die den alten Kean noch im Gedächtnis haben, wird nicht ausbleiben. Nichtsdestoweniger, ob gelobt oder getadelt, wird eine Wirkung auf die englische Schauspielkunst sich geltend machen und die endliche Erkenntnis sich Bahn brechen, daß nur *ein* Weg zum guten Ziele führt – die Natur.

Der Tower

Die Sonne lacht und der Himmel ist wolkenlos. Ein Steamer trug uns von Westend bis an die Londonbrücke, und auf gut Glück dem Menschenstrom uns überlassend, der jetzt in die Themsestraße einmündet, befinden wir uns plötzlich inmitten des bunten City-Treibens und schwanken, staunenden Auges, was reicher sei: der blitzende Bazar, von dem wir kommen, oder das rußige Bergwerk, zu dem wir gehen. Ganz London ein goldener Baum: Westend seine Blüte, aber die City – Wurzel und Stamm.

Doch wir haben andere Ziele heut als Dock und Speicher, als Keller und Werft, und vorüber an "Billingsgate", dem weltberühmten Fischmarkt, der mit seinen Austern und Muscheln und all seinem noch kribbelnden Seegewürm: Krabben und Krebse, Lobster und Spinnen – vor uns liegt wie ein trockengelegtes Stück Meer, vorüber auch an Zollhaus und Kohlenbörse, geraten wir jetzt auf einen weiten, freien Platz, der mählich ansteigend einem gepflasterten Hügel gleicht. Auf ihm liegt der *"Tower"*. Gespenstisch-grau steht er da: ein Grabmonument über einer gestorbenen Zeit und – die englische Geschichte seine Inschrift. Der Tower ist eine Art Fort, von einem breiten, jetzt ausgetrockneten Graben ringsum eingefaßt, und besteht aus einem bunt zusammengewürfelten Haufen von Wällen und Türmen, deren bedeutendster, der weiße Tower, wiederum eine Zitadelle für sich bildet und isoliert aus der Mitte des geräumigen Festungshofes emporragt. Wie weit der Tower unsern modernen Anforderungen an einen "festen Platz" entspricht, muß ich dahingestellt sein lassen; seine Lage indes, auf einem Hügel inmitten der Stadt und in unmittelbarer Nähe der Themse, darf noch jetzt als überaus günstig bezeichnet werden: er beherrscht Stadt und Strom. Es ist um deshalb auch mindestens wahrscheinlich, daß der alte Römerturm, dessen Überbleibsel einem noch jetzt als Fundament des weißen Towers gezeigt werden, wirklich an dieser Stelle gestanden habe, da keinem Kriegsverständigen, geschweige einem Cäsar, die Vorteile dieser besonderen Lage entgehen konnten. Der jetzige Tower, soweit er überhaupt dem Mittelalter angehört, ist überwiegend eine Schöpfung Wilhelms des Eroberers, der eine Festung nötig glaubte, um das zu Aufständen geneigte London (man ersieht nicht, ob aus Anhänglichkeit an die alte Sachsen-Dynastie) im Zaume zu halten. Nur wenige Teile des Towers, und nicht eben die interessantesten, stehen dem Publikum zur Besichtigung offen. Wer alles sehen will, bedarf einer Erlaubniskarte von Seiten des Herzogs von Wellington, wenn er's nicht (was anzuraten ist) vorzieht, sich jenes silbernen Schlüssels zu bedienen, der überall schließt, auch im Tower zu London.

Der Besucher passiert zunächst vier aufeinanderfolgende Tore, die jeden Morgen bei Tagesanbruch mit allen Förmlichkeiten einer Festung geöffnet werden. Am ersten oder zweiten Tore gewahrt man eine Art Wachtlokal, vor dem ein halbes Dutzend seltsam gekleideter Gestalten auf und ab patrouillieren und gähnend in die Morgensonne blicken: es sind die Towerwächter in ihrem mittelalterlichen Trabantenkostüm. Vordem hießen sie "Yeomen"; die große Masse Rindfleisch indes, die sie in der königlichen Vorhalle zu vertilgen pflegten, wenn sie Dienst im Schlosse hatten, zog ihnen den Namen "Beefeater" (Rindfleischesser) zu, eine Bezeichnung, die ihnen – und ihren wohlgenährten Gestalten nach mit vollem Recht – bis auf den heutigen Tag geblieben ist. Ihre Tracht ist mehr auffällig als schön, wiewohl jedenfalls nicht häßlicher, als der taillenlose Schwalbenschwanzfrack eines modernen englischen Soldaten. Das Kostüm der Beefeaters besteht aus einem roten, vielfach mit allerhand Plattschnur besetzten Waffenrock und einem Hut, der, mit Ausnahme seiner breiten Krempe, genau der samtnen Kopfbedeckung unserer protestantischen Geistlichen gleicht. Einen dieser Towerwächter wählt man als Führer. Was wir zunächst gewahren, ist der Bell-Tower (Glocken-Turm), auf dem sich die Alarm-Glocke für die Garnison befindet. In diesem Turme saß Prinzessin Elisabeth und vor ihr Graf Salisbury gefangen; doch bedarf beides der Bestätigung. Wenige Schritte weiter bemerkt man in dem Steinwall zur Rechten eine schwere, eisenbeschlagene Tür; das ist "Traitors Gate", das "Hochverräter-Tor". Von einer zur Seite gelegenen Schreinerwerkstatt aus läßt sich ein Überblick über diesen Ort gewinnen. Es ist ein Wasserbassin, von der Größe und dem Ansehn einer geräumigen Badezelle; von oben blickt der Himmel herein. Einander gegenüberliegend gewahren wir zwei Tore: das eine führt auf den Strom, das andere zum Tower-Hof. Geräuschlos, meist in dunkler Nacht, glitt das wohlbesetzte Boot die Themse hinunter. Fernab von Volk, Freunden und jeder Möglichkeit der Rettung, starrte der Angeklagte vor sich hin und ahnte: ich fahre in den Tod. Wenn das Außentor sich öffnete und wieder schloß, war er schon wie im Kerker: vier hohe Wände ringsum und nur ein Streifen Himmel über sich. Zu *ihm* mochtı er aufblicken, *ihn* mocht' er anrufen: das Ohr und die Gnade der Menschen lagen weit hinter ihm. Schweigend legte sich das Boot an die steinernen Stufen, die noch jetzt zu dem innern Tore hinaufführen, und der Verklagte bestieg sie wie seine *erste* Leiter zum Schafott. Der letzte, der hier anlegte, war Arthur Thistlewood, ein Führer der Cato-Street-Verschwörung; wenige Wochen später war er gehenkt. Unter den wenigen, die diesen Weg zweimal machten, hin und *zurück*, war Prinzessin Elisabeth.

Fast gegenüber von Traitors Gate bemerken wir einen zweiten Turm. Er heißt Bloody-Tower, Blut-Turm. Hier wurden die Söhne Eduards erwürgt. Im zweiten Stock gewahren wir ein Fenster mit trüben, in Blei gefaßten Scheiben; dahinter liegt der Ort der Tat. Das Fenster steht halb offen und schaut drein, als bät' es den sonnigen Tag um Luft und Licht. Umsonst! Der Blutgeruch haftet hier, wie an den weißen Händen der Lady Macbeth.

Das gewölbte Tor des Blutturms führt uns auf einen geräumigen Platz, von Wällen, Türmen, altertümlichen Häusern und modernen Kasernen ringsum eingefaßt. In der Mitte des Platzes erhebt sich der White-Tower. Nach der Ostseite hin erblicken wir die Überreste des Bowyer-Turms, wo der Herzog von Clarence im Malvasierfaß ertränkt wurde. Nicht fern davon ist der Brick-Tower, wo Lady Jane Grey gefangen saß, und der Wakefield-Turm, wo Heinrich VI. ermordet wurde. Interessanter aber für den Besucher ist der Beauchamp-Turm, das ehemalige Staatsgefängnis, worin die Mehrzahl derer saß, die unter der Anklage des Hochverrats standen. Wir treten ein. Was wir zuerst erblicken, ist, aus der Kellertiefe emporragend, der Oberteil eines backofenartigen Kerkers. Aber dieses Wort ist Beschönigung: es ist ein Kerker*loch*. Der Raum reicht nur eben aus zum Sitzen; es ist unmöglich, sich darin zu strecken oder gar aufrecht zu stehen. Kein Lichtstrahl dringt hinein. Die Wände dieser

Höhle sind mit eingekratzten Namen bedeckt (ich sah sie beim Schimmer eines angezündeten Lichtchens), aber teils unleserlich, teils ungekannt. Nur von einem weiß man mit Sicherheit, daß er hier atmete: Lord *Cholmondely* (zur Zeit Heinrichs VIII. oder der Maria Tudor) saß hier sieben Jahre. – Eine Steintreppe führt uns ins erste Stock und wir befinden uns jetzt in einem achteckigen Zimmer, dem ziemlich geräumigen Speisesaal der Tower-Garnisons-Offiziere. Vor drei Jahrhunderten saß hier minder heitere Gesellschaft am Tisch; zahllose Inschriften an den Wänden geben Kunde davon. Viele sind flüchtig eingekratzt, wie in der letzten Stunde vor der Befreiung, oder doch (denn zu oft nur war es Täuschung) in dem Glauben daran. Andere sind tief und sauber eingegraben; die Arbeit eines Mannes, der da wußte: ich habe Zeit. Oft begegnet man dem Schriftzug AR, den Anfangsbuchstaben des Lords A-Rundel, Grafen von Norfolk. Hier saß Thomas Bell (Glocke); er hat eine Glocke gezeichnet und seinen Vornamen samt Jahreszahl hinein. Hier saßen fünf Brüder Dudley: Guilford, Robert, John, Ambrosy und Henry. Guilford starb unterm Beil der einen Königin: Robert (Graf Leicester) stand neben dem Thron der anderen. Hier saß Arthur Poole, ein Enkel des Herzogs Clarence, und kratzte, halb Hoffnung, halb Verzweiflung, in die Wand: "Gefahrvolle Fahrt verschönt den Hafen." Hier saß Charles Bailley, der Freund der schottischen Marie; dem Gedanken nachhängend, daß seine Königin dulde, wie er selbst, schrieb er in den Stein: "*Der* ist der Unglücklichste, der verzagt wenn er leidet, denn nicht das Unglück tötet uns, sondern die Ungeduld." Ein breiter Rand, gleich einem Rahmen, zieht sich um diese Worte und in ihm lesen wir: "Feind sei keinem, Freund nur *einem.*" Hier saß Thomas Clarke. Die Geschichte hat keinen Raum für ihn gehabt auf ihren Tafeln, aber die Wände dieses Kerkers überliefern uns seinen Namen und in zwei Zeilen sein Leben und seinen Schmerz:

Prüfe den Freund bevor du vertraust,
Und wohl dir, wenn du dann sicher baust.

Wir verlassen dies Zimmer wieder, das mir schlecht gewählt scheint für die Tischheiterkeit junger Offiziere und halten uns, hinaustretend auf den Hof, zur Rechten, um der Tower-Kapelle St. Peter ad Vincula einen flüchtigen Besuch zu machen. Bevor wir sie erreichen, haben wir, fast in Front der Kirche, einen mit Kalkstein gepflasterten Platz zu passieren, der durch seine kreisrunde Form kaum minder auffällt, als durch die Weiße seiner Steine, auf die eben jetzt das volle Licht der Sonne fällt. Hier stand das Schafott, auf dem das

Haupt der Anna Bulen fiel. Zehn Schritt davon, im sogenannten Juwelen-Zimmer, wird einem die Edelsteinkrone gezeigt, die sie am Tage ihrer Vermählung trug. So nah beieinander das Zeichen höchsten Glanzes und die Stätte tiefster Schmach! Nun ist vergessen fast, was hier geschah; Kinder spielten auf dem Platz. – Wir treten in die Kapelle. Es ist eine schlichte Kirche, aber ein vornehmer Kirchhof. Du siehst nicht Kreuz, nicht Stein; saubere Teppiche bedecken den Boden, helles Sonnenlicht fällt durch die Scheiben, freundlich blicken die Kapitäler auf dich nieder und doch – ein Kirchhof. Du kennst die Vineta-Sage! Es ist, als ob Du bei sonnigem Tag über den Meeresspiegel fährst: Gold und Glanz und Bläue um Dich her, doch unter Dir die begrabene Stadt. Wo sich der Altar erhebt in echt englischer Einfachheit, könnten Grabmonumente stehen, tiefer noch und poetischer gedacht, als der belebte Marmor in St. Paul und Westminster. Hier ruhen, den Kopf vom Rumpf getrennt, Anna Bulen und Kate Howard, Thomas Cromwell und Graf Essex, Jane Grey und Guilford Dudley, und zuletzt auch Herzog Monmouth, der unterm Beile sterben mußte, weil seines Vaters Blut in seinen Adern war; denn wer ein Stuart war, stand dem Schafotte näher als dem Glück.

An der andern Seite, grad über dem Altar, ist eine zweite Grabstätte. Bänke und Betstühle ziehen sich darüber hin, und allsonntäglich singt hier die gedankenlose Menge und weiß kaum, auf wessen Köpfe sie tritt. Dort ruhen drei Schotten: die jungen Grafen Kilmarnock und Balmerino, und Lord Lovat, ein Greis von achtzig. Sie waren mit bei Culloden und sahen den Stern der Stuarts und ihren eignen untergehen. Die Schlacht schonte ihr Leben, nicht so der Henker. Da ist die vielgesungene Ballade aus der Zeit der Königin Elisabeth, vom alten Norton und seinen sechs Söhnen:

Sie fielen nicht auf blutigem Feld
Und litten doch alle blutigen Tod:
Vergebens war seine Locke so weiß,
Vergebens war ihre Wange so rot –

das mochte man wieder singen im schottischen Hochland auf den Tod der drei Lords, des alten und der zwei jungen.

Wir verlassen die Kirche und wenden uns jetzt zum White-Tower. Er hat seinen Namen vermutlich von dem weißen Kalkstein, womit seine Wände und Türme an den Ecken eingefaßt sind. Was wir zuerst sehen, ist eine Rüstkammer: fünfundzwanzig Ritter zu Pferde, jeder ein König oder doch mächtig wie er. Wer entschlüge sich des Eindrucks, wenn er durch einen Ahnensaal geht und Bild auf Bild längst verschwundener Herrlichkeit auf ihn niederschaut!

Dieser Eindruck verstärkt sich hier. Der Beschauer nimmt Revue ab: vierhundert Jahre und ein Geschwader von Königen ziehen an ihm vorüber. Der Zug beginnt mit Eduard I. und schließt ab mit Jakob II. Gegen ihn hat sich auch hier noch der Haß und die Verachtung des Volks gekehrt: das Schwert an seiner Seite gleicht einer Harlekins-Pritsche, und mit zerzauster Perücke, schäbigem Rock und einem Gesicht voll unendlicher Stupidität schaut er drein, eher ein Barbier zu Pferde, als ein König von England. In der langen Reihe derer, die, wo nicht das Szepter, doch die Zügel des Reichs in Händen hatten, fehlt nur einer – Cromwell.

Statt seiner reitet Graf Strafford an der Seite seines königlichen Herrn, auch hier noch sein Schildknapp, wie einst im Leben. – Wir verlassen die Rüstkammer und treten zunächst in einen schmalen Gang. Auf einem Fenstersims liegt ein hartes, schweres Stück Holz; der Führer gibt es Dir in die Hand; Du wägst es; was ist's? Das ist Stammholz von einem Maulbeerbaum, der dicht unter diesem Fenster auf dem Grabe der Söhne Eduards wuchs. Während Prinzessin Elisabeth hier gefangen saß, liebte sie es, unter dem schattigen Maulbeerbaum zu sitzen und in Sommerszeit von seinen Beeren zu essen. Süße Frucht von bittrem Leid! – Eine schmale Stiege führt uns in die Kapelle Wilhelms des Eroberers. Sie ist wohlerhalten und zeigt deutlich den alten Normannen-Stil; kein Spitzbogen, nur runde, mächtige Säulen mit stets wechselndem Schmuck der Kapitäler. Im zweiten Stock treten wir in einen weiten Saal. Seine Wände sind vierzehn Fuß dick; ein dreimannsbreiter Gang ist rundum in die Mauer gehauen und dient als ein versteckter Korridor. Der Saal selbst ist das Tower-Archiv: Bücher, verstaubte Akten und Pergamente ringsum. Einst lagen hier nicht Chroniken und die *Berichte* geschehener Dinge, sondern die Dinge selbst geschahen hier. Hier hielt Richard III. Staatsrat; am teppichbedeckten Tische saßen Buckingham und Hastings, Stanley und Bischof Ely, Catesby und eine lange Reihe stolzer Grafen und Lords. Auf sprang Richard, ein Todesurteil auf der Lippe; und als Lord Hastings dazwischentrat, mit einem zitternden *"wenn"* das bedrohte Leben Elisabeths (der Witwe Eduards IV.) zu retten, rief ihm der König zu:

Wenn?! Du Beschirmer der verdammten Beß,
Sprichst du von "wenn" mir noch? Verräter!
Herunter seinen Kopf!

Und mit dem Fuße das Zeichen gebend, traten jetzt seine Söldner aus dem verdeckten Gange hervor, und Lord Hastings war – ein toter Mann. Wir lauschen den Worten des Führers, die Eindruck machen trotz ihrer Leiermelodie, und schweratmend unter der schwülen, staubigen Luft dieser Räume, vielleicht auch unter ihren Erinnerungen, erklimmen wir jetzt die letzte schmale Treppe und treten durch einen der vier Türme auf das flache Dach des Towers hinaus. Welcher Anblick! Die Sonne lacht und der Himmel ist wolkenlos; glitzernd zieht sich der breite Strom vor uns dahin; tausend Boote durchkreuzen ihn; Bienenfleiß in den Straßen und geschäftiger Lärm an Dock und Werft. Das Gesumm steigt gen Himmel auf, bewußt und unbewußt, wie die fromme Bitte: "Unser täglich Brot gib uns heute." Und der Himmel gibt's. Wir aber, verloren in dem Anblick, der sich vor uns auftut, fühlen im Innersten: schön sind die Schauer der Romantik wie Gespenstergeschichten am Kamin, aber wohl uns, daß wir nur *hören* davon; – sie lesen sich gut, aber sie erleben sich schlecht.

"Not a drum was heard"

Tagüber war Regen; nun standen die Sterne klar am Himmel, aber sie spiegelten sich in Wasserlachen und die Luft ging kalt. Es mochte Mitternacht sein. Wir durchschritten die endlos langen Straßen Southwarks und froren bis aufs Mark. So kamen wir in die Nähe der Themse; schärfer blies der Wind und unsere sechs Augen glitten jetzt, wie von *einem* Willen regiert, die Häuserreihen hinab: sie suchten ein farbiges Licht, sehnsüchtig wie der Schiffer seinen Leuchtturm. Nichts leichter zu finden in London, als eine bunte Laterne! Wir traten ein; der Zufall hatte uns glücklich geführt. Keine nackten Wände mit Zinnkrügen ausstaffiert und Qualm an der Decke; nein, blendendweißer Stuck, Pfeilerspiegel und Seestücke von Meisterhand ringsum an den Wänden. Es war ein Matrosen-Salon. Wo der Matrose verkehrt, da herrscht Luxus und Reichtum. Zwölf Monat auf See, zwölf Tage an Land: mit der Blindheit der Leidenschaft stürzt er sich in den Strudel wilder Lust, wirft sein Geld weg, das ihm schon morgen nichts mehr frommen mag, und nennt das – sein Recht. Eine Stunde Rausch für jede Stunde Gefahr!

Aber die tollen Gäste fehlten heut: kein Tanz, kein Spiel, kein Zank; keine Mütze mit dem Dreifarbenstreif und keine knapp anliegende Jacke mit ihrer Doppelreihe goldblanker Knöpfe. Vergeblich flackert die Flamme im Kamin; taghell blitzen die doppelarmigen Kandelaber; umsonst! Umsonst stimmen Baß und Geige ihre Saiten und proben und locken; jeder Eintretende bringt eine Enttäuschung – auch wir. Dennoch ist eine Gesellschaft versammelt. Im Halbkreis um den Kamin herum lagen zwanzig Weiber: die Mehrzahl von dunklem Teint und schwarzem Haar, voll und üppig, Bilder der Kraft und Sinnlichkeit zugleich. Daneben – Kinder von fünfzehn Jahren und darunter, blaß, frech, schwindsüchtig, ganz vom Laster und halb vom Tod erfaßt. Orientalisch, mit untergeschlagenen Beinen sitzen sie auf gepolsterten Kissen: apathisch-schläfrig starrt die eine in den Kamin; lachend über das Scherzwort ihrer Nachbarin zeigt die zweite ihre blendend weißen Zähne; wohlgefällig, im Spiegel gegenüber, freut sich die dritte ihrer dunklen Schönheit; eine vierte und fünfte würfeln um die Zeche; der Rest lärmt und lacht und gähnt; nur eines ist allen gemeinsam – das Glas Grog in der Hand.

Rechts von ihnen, an einem Steintisch, sitzen drei Stammgäste, Männer zwischen vierzig und fünfzig, feste Leiber und feste Seelen, gleichgültig gegen Leben, eigenes und fremdes, Helden im Kriege, Gesindel im Frieden, längst fertig mit den Weibern, nur zweierlei noch im Herzen: Alt-England und – Rum.

"Hört auf zu quietschen!" ruft jetzt der Älteste von ihnen den Fiedlern zu, "wen lockt ihr noch um Mitternacht? Wer kommen will, war längst da. Aufgepaßt! ich sing' euch eins."

"Bravo! Old-Bobwill singen; still da!" ging's jetzt im Kreis herum, bis endlich die vielen Rufe in den einen zusammenklangen: "Dein Leiblied, Bob! fang an! not a drum was heard!"

Der Alte war aufgestanden. Er warf seinen breitkrempigen Hut auf den Tisch, als ging er an das Lied wie an sein Gebet, fuhr mit der Hand rasch über Gesicht und Haar, räusperte sich und begann:

Kein Trommelwirbel, kein Grablied hohl,
Als wir an den Wallrand lenkten
Kein Schuß rief über ihn hin: "Fahr wohl!"
Als wir ihn niedersenkten;
Wir senkten ihn nieder um Mitternacht;
Sein Grab – ohne Prunk und Flimmer:
Wir hatten's mit Bajonetten gemacht
Bei Mond- und Windlicht-Schimmer.

Viel Zeit zum Beten hatten wir nicht,
Nicht Zeit zu Klagen und Sorgen,
Wir starrten dem Toten ins Angesicht,
Und dachten: "was nun morgen!"
Kein Grabtuch da, kein Priester nah,

Kein Sterbekleid und kein Schrägen,
Wie ein schlafender Krieger lag er da.
Seinen Mantel umgeschlagen.

Und kaum noch, daß unser Tun vollbracht,
Heim rief uns die Glock' von den Schiffen,
Und über uns hin jetzt, durch die Nacht,
Des Feindes Kugeln pfiffen;
So ließen wir ihn auf seinem Feld,
Blutfeucht von Heldentume,
Da liegt er und schläft er allein, unser Held,
Allein mit seinem Ruhme.

Wir dachten, als wir den Hügel gemacht
Über seinem Bette der Ehre:
Bald drüber hin zieht Feindes Macht,
Und wir – weit, weit auf dem Meere;
Sie werden schwätzen viel auf und ab
Von Ehre, die kaum gerettet, –
Doch nichts von allem dringt in sein Grab,
Drin wir Britischen ihn gebettet.

Er schwieg und einen Augenblick alles mit ihm. Dann aber sprangen die Weiber von ihren Polstern auf, die Fiedler ergriffen ihre Geigen wieder, und ohne das ein Zeichen gegeben oder ein Wort gesprochen war, klang jetzt in begeistertem Chorgesang der letzte Vers des "Sir John Moore-Liedes" noch einmal durch die weiten Räume des Saales. Die letzte Note war verklungen; man schwang die Gläser, man schrie, man lärmte; wir aber brachen auf, ängstlich bemüht, den Eindruck dieser Szene ungetrübt mit nach Hause zu nehmen. Schweigend schritten wir über die Londonbrücke, tausend Lichter spiegelten sich im Strom, hundert Schiffe streckten ihr Mastenwerk phantastisch in die Nacht, von St. Paul schlug es zwei, mir aber klang's noch immer im Ohr: not a drum was heard! Das ist das Mark dieses Volkes: national bis auf die Matrosendirne hinunter. Solche Kraft kann gedemütigt werden, aber nicht gebrochen; jeder Niederlage muß die Erhebung folgen.

Rudrer und Steuermann

Die Themse hinauf, von London bis Richmond, lehnt sich Dorf an Dorf: Chiswick und Hammersmith, Fulham und Putney, Barnes und Mortlake; begleite mich der Leser in das letztere. Mortlake ist eine jener hundert grünen Oasen, die nach allen Seiten hin die große London-Wüste umzirkeln. Dorthin eilt der City-Kaufmann, um nach der Hitze des Tages und Erwerbs in frischer Luft sich satt zu trinken; dort, fern dem lauten Strom der Menschen, freut sich sein Auge am stillen Themsestrom; und hinter sich den Weltverkehr und das Spiel der Spekulation, wirft er sich hier in den Rasen seines Parks mit seinen Kindern zu spielen. Nichts Reizenderes als solch ein Themsedorf. Versteckt hinter Buchen und Ulmen ziehen sich die Häuser am Strom entlang, und nur hier und da lacht ihr Bunt aus dem Grün des Laubes hervor, wie Mädchengesichter hinter Blumenstöcken. Die City ist ein Einerlei, aber hier lebt Mannigfaltigkeit und ihr Reiz. Prachtvoll erhebt sich die Villa des reichen Handelsherrn: Statuen schmücken die Treppe, Brunnen beplätschern das Grün, Stille liegt über dem geharkten Kiesgang, und gedämpft nur, aus der halb offenen Tür, klingen die Töne eines Flügels herüber. Daneben wohnt Einfachheit: Efeu und Rosen klettern am Spalier zu allen Fenstern hinein. Kein Springbrunnen bewässert den Rasen; statt des Wasserstrahles aber (die Familie trinkt ihren Tee im Freien) steigt der Dampf des singenden Kessels in die Höh', und der Himmel freut sich des Menschenglücks und lacht herab mit allen seinen Sternen.

Aber da sind noch andere Häuser in Mortlake. Dicht am Strom steht ein Wirtshaus, dort wohnt Richard Coombes, der erste Rudrer seiner Zeit. Sein Haus ist eine Taverne wie hundert andere: Goldbuchstaben versprechen das beste Bier; höflich hält der holzgeschnitzte Matrose über der Tür seinen gelben Hut in der Hand, und aus der Geißblattlaube, dem besten Trinkplatz des Hauses, schimmert's von braunen Gesichtern und irdenen Pfeifen; nichts Besondres, weder drinnen noch draußen. Aber alljährlich im Mai, wenn die Wettlust Alt-Englands in Blüte steht, wenn man den Hähnen die Sporen anschnallt, wenn jeder in Epsom gewinnen will was er in Chester verlor, und die Königin selbst Schloß Windsor verläßt um den Staub und die wilde Jagd der Ascot-Heide an sich vorbei wirbeln zu sehen, dann kommt auch der Tag Richard Coombes und seiner Taverne, dann ist sein Hans verdeckt von grünen Reisern und bunten Fahnen, dann steht unsrer Rudrer in weißem Hemd und weißem Beinkleid, mit Strohhut und flatterndem Halstuch neben seinem

Boot, wie der Reiter neben seinem Roß, und lächelnd den Gruß junger Ladies erwidernd, die erwartungsvoll auf den Polstern ihrer Equipagen stehn, blickt er nicht um sich wie der Bierwirt vom Tage vorher, sondern wie der Sieger des nächsten Augenblicks. Seht da! das war das Zeichen: die Regatta beginnt, und schneller wohl als je die Lagunen solch Wettspiel sahen, schießen jetzt die Mortlake-Gondoliere über die sich kräuselnde Themseflut dahin. Nur einer ist zurück – Richard Coombes: er spielt. Aber jetzt, im Angesicht des Zieles schon, streift er die Ärmel seines Hemds in die Höh', und zwölfmal tief eingreifend mit seinem schlanken Ruderpaar, überfliegt er seine Nebenbuhler und springt ans Ufer – der Sieger über alle. Lords schütteln ihm die Hand, der Mob schreit "Vivat!" andern Tages aber hat Richard Coombes seine Spalte in der "Times" und bis nach Indien und zu den Siegern hin am Irawadi dringt die Nachricht von seinem Regatta-Sieg.

Das lustige Wirtshaus hat einen finstren Nachbar. Die Häuser sind durch einen Zaun getrennt, ihre Bewohner – durch zwei Jahrhunderte. Die kurzen, gedrungenen Flügel dieses Nachbarhauses sehen aus, als hätten sie sich, scheu vor jeder Berührung, in sich selbst zurückgezogen. Die Fenster sind zerschlagen, der Kalk fiel ab, und der Efeu, als könne er wählerisch sein wie der Tod, weigert sich, seine Decke darüber auszubreiten. Hohe Feueressen überragen das Dach, aber keine Rauchsäule wirbelt freundlich daraus hervor; nichts Lebendes hier, als die Schwalbe am Sims. Ein altes Mütterchen hat die Schlüssel; sie führt uns. Das Eisengitter knarrt, und nun die Tür: hinter uns schließt sich das Haus des Todes. Wir durchschreiten die Zimmer und Stockwerke, überall dieselbe Verwüstung: altmodische, halbverfallene Kamine, abgerissene Tapeten, Staub, Spinnweb, schwüle Luft. Hier ist die Bankethalle: Paneele mit rohem Schnitzwerk umkleiden die Wände, und von zwei Seiten fällt mattes Licht in den schmalen, aber die ganze Tiefe des Hauses durchlaufenden Saal. Wer saß hier? sie alle, jene eisernen Stirnen, die dem Strafford das Schafott bauten; jener Oberst, der Hand an seinen König legend und um sein *Recht* befragt, auf die Gewehrläufe seiner Söldner wies, und jener blasse Fleischerssohn vor allen, dessen Herz fanatisch klopfte bis es die Hand des Henkers ihm aus dem Busen riß. Und hier? dies ist ein Schlafgemach! wer schlief darin? wer betete an diesem Pult, heute zum Schein und morgen aus der Tiefe eines geängsteten Herzens? wer warf in jene Ecke das breite Schwert von Marston-Moor, knirschend, daß es kein Szepter sei – wer? kein Rudrer, aber ein Steuermann! sein Name war vor der "Times" und ihren Spalten; er braucht sie nicht: tief eingegraben in die Tafeln der Geschichte steht – *Oliver Cromwell.*

Unter allen Plätzen Londons ist keiner mit der Geschichte des Landes inniger verwebt als Smithfield. Hier war es, wo der Fanatismus Maria Tudors in kurzer aber blutiger Regierung 277 Protestanten den Scheiterhaufen besteigen ließ und um vieles früher schon, zu den Zeiten des schwarzen Prinzen und während der Kämpfe der beiden Rosen, turnierte hier die englische Ritterschaft unter den Augen des Hofs. Seitdem hat Smithfield viel von seinem Glanz verloren. Aus jener Zeit her hat es nur noch das Privilegium mit herübergenommen, der Markt- und Verkaufsplatz für ungetreue, des Ehebruchs überführte Frauen zu sein. Sie wurden hier – noch im vorigen Jahrhundert von ihren beleidigten Männern, mit einem Strick um den Hals, öffentlich feilgeboten, und wenn ich recht berichtet bin, ist das betreffende Gesetz so wenig aufgehoben, daß sich vor wenig Jahren noch eine derartige Szene dem Auge des Smithfield-Publikums darstellen durfte. Der Verkäufer wurde einfach bedeutet, "daß die Innehaltung solcher Gesetze nicht mehr zeitgemäß sei". Relata refero.

Finstre, häßliche, allerhand Winkel und Buchten bildende Häuser schließen jetzt den Platz ein, und zu welcher Zeit auch man ihm nahe kommen mag, immer findet man denselben unerträglich tierischen Geruch vor, der von jenen 20000 Schafen herrührt, die hier allmonatlich zu Markte getrieben, montags und freitags nacht in unzählige, das Auge verwirrende Hürden eingepfercht und dann am nächsten Morgen verkauft werden. Mich brachte der Besuch dieses widerlichen Platzes zwei Tage lang um allen Appetit, und ich fand wieder einmal Gelegenheit, mich in Kraftausdrücken über jenes englische Buchstaben-Recht auszulassen, das unter andern die Bewohner von Smithfield unwandelbar mit dieser Marktplage beglücken zu wollen scheint. Zur Zeit Karl Stuarts wurde ein Gesetz erlassen, das jeden mit harter Strafe belegte, der innerhalb der Stadt Vieh schlachten würde; woran sich ein zweiter Erlaß schloß, demzufolge Smithfield, in der nordöstlichen *Vorstadt* von London, als Viehmarkt für die City festgesetzt wurde. Smithfield hat seitdem längst aufgehört, innerhalb einer *Vorstadt* von London zu liegen, aber noch immer beruft sich die City-Verwaltung auf ihr verbrieftes Recht und respektiert weder die Nasen noch die Gesundheit jener Tausende, die diesen Platz und seine Nähe bewohnen. Unter der wüsten Steinmasse, die die Konturen dieses Platzes zieht, zeichnet sich nur ein einziges Gebäude nicht eben durch Schönheit, aber doch durch das Abweichende seiner Bauart aus. Das ist das Bartholomäus-Hospital, ein berühmtes, reich dotiertes Krankenhaus, das unter andern Sehenswürdigkeiten zweiten Ranges, in seinem Treppenhause auch einige mittelmäßige Bilder von Hogarth dem Besucher zur Schau stellt.

Aber das ist es nicht, worauf ich die Aufmerksamkeit des Lesers hingelenkt haben will. Hier lebte Emma Lyon, später *Lady Hamilton,* als Kindermädchen des Hospitalarztes Dr. Budd, und die Lebensgeschichte dieses Mädchens ist es, die ich hier Gelegenheit nehmen möchte, in Nachstehendem dem Leser zu erzählen.

Lady Hamilton

Die Welt liebt es, zu Gericht zu sitzen und – zu verurteilen. Da ist keiner unter uns, der nicht begierig wäre, der Themis seine Dienste aufzudrängen; aber wir sind bestechlich aus selbstischer Eitelkeit, wir werten unsere Tadelsucht zur Schuld des Angeklagten und handhaben das Schwert besser als die Waage. Da ist nichts so oft vergessen, als das Wort des Herrn: "Wer unter euch sich ohne Sünde weiß, der werfe den ersten Stein auf sie." Was tun wir? Den modegewordenen Mantel "sittlicher Entrüstung" umschlagend, setzen wir uns auf unseren Hochmutsklepper und reiten erbarmungslos nieder, was uns kleiner dünkt (nicht *ist)* als wir selbst. – Die Presse macht so oft den öffentlichen Ankläger, mache sie auch mal den Verteidiger.

Es hat vierzig Jahre lang zum guten Ton gehört, von der Lady Hamilton wie von einer Messaline zu sprechen, deren traurige Lebensaufgabe darin bestanden habe, die Glorie Lord Nelsons zu verdunkeln, seiner Sonne – ihre Flecken zu geben. Es wird Zeit, diese Verurteilung auf ihr rechtes Maß zurückzuführen. Geniale Persönlichkeiten tragen ihren Maßstab in sich und wollen vor allen Dingen nicht mit der englischen Sittlichkeits-Elle (daran auch Shelley und Byron zu kurz befunden wurden) gemessen werden. *Zudem hat noch immer die Strafe einen Teil der Schuld gesühnt.*

Mir erhellt aus der nachstehenden Biographie, der zum Teil durchaus neue Papiere zugrunde gelegt sind, eine Rechtfertigung Lady Hamiltons schon aus dem *einen* Umstande, daß die Liebe und Verehrung Lord Nelsons zu ihr zweifellos zutage tritt. *Ein Nelson konnte nichts Unwürdiges lieben.* Nebenher aber geben diese Mitteilungen Aufschluß über den unberechenbaren und in solchem Umfange nicht geahnten Einfluß Lady Hamiltons am neapolitanischen Hofe; ein Einfluß, den sie in den kritischsten Momenten und unter Opfern und Gefahren zum Heile Englands geltend zu machen wußte. England hat ihr diese Liebe und diese Dienste schlecht gelohnt und der Leser mag vielleicht, gleich mir, das Gefühl nicht unterdrücken können, daß die größere Schuld – wie so oft – nicht aufseiten des Verklagten, sondern des Klägers liegt.

Lady Hamilton war die Tochter Henry Lyons, eines Handarbeiters, der zu Preston in Lancashire lebte. Ihre Geschichte hat den Roman auf seinem eigenen Felde geschlagen; ihr Leben liest sich wie eine Fabel. Ihr Vater starb während ihrer Kindheit; die Mutter zog nach Hawarden in Flintshire und ernährte sich und ihr Kind so gut sie konnte. Einige erzählen, die Tochter habe hier eine bessere Erziehung empfangen, als der Lage der Mutter nach zu erwarten gewesen wäre; nichts indes spricht *für* diese Annahme, wohl aber zeugt das *dagegen,* daß sie selbst in späteren Jahren und auf dem Gipfel ihres Ruhmes, alles eher verstand als – die Rechtschreibung. Sie wurde wahrscheinlich 1764 geboren, diente als Kindermädchen in ihrer Vaterstadt, ging dann nach London und trat dort, in gleicher Eigenschaft, in die Dienste des Dr. Budd, eines geschätzten Arztes am Bartholomäus-Hospital. Das Hausmädchen, das sie hier vorfand und mit der sie einen Freundschaftsbund schloß, wurde seltsamerweise kaum minder berühmt als sie selbst und glänzte jahrelang als die erste Schauspielerin (Mrs. Powell) des Drury-Lane-T'heaters. Oftmals später, während die Sonne Lady Hamiltons in Mittag stand und ihr Geist und ihre Schönheit gleich gefeiert wurden, liebte sie es an der Seite ihres Gemahls Drury-Lane zu besuchen, um einer glänzenden Vorstellung Mrs. Powells beizuwohnen. Die Aufmerksamkeit und Bewunderung des Hauses pflegte sich dann zwischen Bühne und Loge zu teilen, zwischen der berühmten Schauspielerin und – dem noch berühmteren Gast. Man wird die Geschichte der Haus- und Kindermädchen vergeblich nach einem Seitenstück durchsuchen.

Ihr Aufenthalt im Hause des Dr. Budd währte nicht lange; sie stieg zunächst noch eine Stufe tiefer und ward Schenkmädchen in einem vielbesuchten Lokal auf dem St. James-Markt. Hier erregte sie durch ihre Schönheit die Aufmerksamkeit einer zufällig vorübergehenden Dame, welche voll wachsender Teilnahme sich ihr näherte, sie aus dem Gasthaus entfernte und die Waise als eine Art Gesellschafterin zu sich nahm. Die Geschäfte des Hauses waren nicht groß, desto größer die gern bewilligte Muße; so finden wir denn Emma Lyon als begeisterte Romanleserin wieder, lesend mit jenem Eifer und jener Leidenschaft, die ihr eigenstes Wesen waren und womit sie, auch in spätem Jahren noch, alles erfaßte, was ihr überhaupt des Erfassens würdig schien. Die nächste Folge dieser andauernden Romanlektüre war die, daß ihre Phantasie stärker ward als ihre Tugend: sie fiel und ward die Geliebte eines Marine-Kapitäns, den sie indes nach wenigen Wochen schon gegen einen reichen und landbegüterten Baron vertauschte.

Sie ward bald Meisterin in allen freien Künsten, in Reiten und Jagen, in Wettspiel und Hazard, und wußte auf alle exzentrischen Liebhabereien ihres Galans so gelehrig einzugehn, daß in Jahr und Tag der Baron ruiniert und statt anderer Gäste der Gerichtsbote an der Türe war. Emma Lyon kehrte von Sussex nach London zurück, und gebieterisch auf Erwerb angewiesen vermietete sie sich als *Modell.* Aber auch hier wie überall sicherten Schönheit und die Blitze eines immer reicher sich entfaltenden Geistes sie vor einem Wandel auf gewöhnlicher Heerstraße, und das käufliche Modell, das seine Reize jedem Künstlerauge und gelegentlich wohl auch profanen Blicken preisgab, stand vor dieser Männerschar nicht als eine verachtete und mißbrauchte Sklavin, sondern als huldvolle Gebieterin, und kein Finger wagte es sie zu berühren, wenn sie wie Laïs mit entblößtem Nacken vor die staunenden Augen eines Malerkreises trat und triumphierend ausrief: seht, wie schön ich bin!

Romney, einer der berühmtesten englischen Maler des vorigen Jahrhunderts, benutzte sie vielfach zu seinen besten Gemälden, und *Hayley,* ein Freund William Cowpers und selbst Poet, besang sie in Sonetten als das schönste Weib und den reichsten Geist seiner Zeit. In diesem Künstlerkreise erregte sie alsbald die besondere Aufmerksamkeit des Mr. Francis Greville, der sehr reich und in Sachen des Geschmacks ein Held des Tages war. Emma Lyon ward seine Geliebte; doch als ob sie dazu bestimmt gewesen wäre, überall dem Bankerotte Tür und Tor zu öffnen, teilte Franz Greville binnen kurzem das Schicksal des Sussex-Barons, und war endlich noch froh, seinem Onkel Sir William Hamilton die kostspielige Geliebte überlassen zu können. Sir William ward Gesandter am neapolitanischen Hofe; Emma Lyon begleitete ihn.

Italien war der geeignete Schauplatz für die volle Entfaltung ihrer Fähigkeiten. Hier erwachte sie erst; hier war sie in der Heimat ihrer innersten Natur. Dieser milde südliche Himmel, der selbst im Ungeschick einen Rest von Grazie erweckt, ihrer Schönheit lieh er Üppigkeit und ihren schon reichen Geist ließ er überströmen von neuentdeckten Quellen. Über alles gebot sie, was ihren Reiz erhöhen oder ihre Kräfte steigern konnte; Luxus und Reichtum schütteten ihr Füllhorn über sie aus, und jede Regung des Talents, jeder künstlerische Trieb fand Vorschub und Befriedigung. Ihr Gesang, ihre Schauspielkunst reizten den Neid künstlerischer Berühmtheiten, und in der Tat, ein bloßes Stück Tuch oder Seidenzeug reichte aus, sie eine Jüdin oder römische Matrone, eine Helena, Penelope oder Aspasia darstellen zu lassen. Kein Charakter schien ihrer Seele fremd, und jeder, der nur einmal Gelegenheit fand, diesen Schaustellungen beizuwohnen, nahm das Gefühl mit nach Haus: die Grazie selbst gesehen zu haben. Der berühmte Shawltanz war ihre Erfindung, doch sein Reiz und sein Ruhm hafteten an *ihrer* Person, und was nach ihr sich Shawltanz nannte, hatte nichts als nur den Namen geborgt.

Sie war die Bewunderung aller Welt, aber kaum minder der Stolz Sir William Hamiltons, über den sie herrschte, wie Delila über Simson. Sie beschloß Nutzen zu ziehen von dieser unbeschränkten Gewalt, und im September 1791 finden wir sie als – *Lady Hamilton.* Kurz zuvor war Sir William von seinem Gesandtschaftsposten in Neapel nach London zurückgekehrt, und die "Gesellschaft" jener Tage, nach französischem Vorbild nicht allzu peinlich in Sachen der Moral, beeilte sich, eine Erscheinung willkommen zu heißen, die, durch ihre Vergangenheit wie durch ihre Talente, in gleichem Maße Unterbrechung der Salon-Einerleiheit versprach. Nur *eine* Ausnahme war und blieb: der prüde Hof der Königin Charlotte weigerte sich, die ehemalige Courtisane zu empfangen, und ignorierte es, daß das ehemalige Kindermädchen des Dr. Budd zur Lady Hamilton und Gemahlin eines Gesandten am neapolitanischen Hofe emporgestiegen war. Ihr Aufenthalt in London währte nicht allzu lange; schon im folgenden Jahre kehrte ihr Gemahl auf seinen Posten zurück, und es entstand jetzt am sizilianischen Hofe die Etiketten-Frage, ob man einer Lady, die von ihrer eignen Souveränin mißachtet worden sei, Zutritt zu gestatten habe oder nicht. Marie Karoline indes, die stolze Schwester Marie Antoinettens, war viel zu eigensinnig und viel zu wenig wählerisch in der Wahl ihrer Mittel, um andauernd die prüde Laune einer englischen Königin zwischen sich und Lady Hamilton treten zu lassen, und binnen kurzem war diese dort Freundin, rechte Hand und Ratgeberin, wo man auf Augenblicke die Möglichkeit ihres Erscheinens in Frage gestellt hatte. Das Band, was sich bald fester und fester zwischen beiden Frauen knüpfte, war kein Band wahrer und inniger Zuneigung: Marie Karoline verstand nicht zu lieben, aber ihr unbegrenzter und unvertilgbarer Haß gegen Frankreich brachten ihr die Gemahlin des englischen Gesandten schon um deshalb näher, weil diese (was immerhin sonst auch) zum mindesten doch eine Engländerin war; und nun erst schuf die überraschende Gleichgeartetheit beider Gemüter ein Maß von Anhänglichkeit, das, wie fern auch von wahrer Liebe, nichtsdestoweniger in Worten und Briefen gelegentlich einen leidenschaftlichen Ausdruck fand.

Es war 1793, nach einem ungefähr einjährigen Aufenthalt in Neapel, als die erste Begegnung zwischen Lady Hamilton und *Lord Nelson,* damals noch Kapitän des Agamemnon, statthatte. Nelson zählte fünfunddreißig Jahre; nichtsdestoweniger paßte noch völlig jene Schilderung auf ihn, die zehn Jahre zuvor der spätere König William IV. als Midshipman in sein Tagebuch niedergeschrieben hatte. Es heißt daselbst: "Wir lagen in Staten-Island und ich hatte Wache am Bord des 'Barfleur', als Kapitän Nelson vom 'Albe-marle' in seiner Barke anlegte und alsbald auf dem Deck erschien. Es war das seltsamste Exemplar von einem Kapitän, das ich all mein Lebtag sah. Schon sein Anzug fiel auf: er trug eine reichbesetzte Uniform; sein schlichtes ungepudertes Haar war in einen steifen hessischen Zopf von beträchtlicher Länge zusammengeflochten, und die altmodischen Schöße seiner Weste waren wenig geeignet, seine Erscheinung minder auffällig zu machen. Ich wußte nicht wer er war, und konnte nicht begreifen, was er überhaupt wolle. Meine Zweifel schwanden indes, als er mir durch Lord Hood vorgestellt wurde. Es lag etwas unwiderstehlich Liebenswürdiges in seiner Art zu sprechen und zu sein, und die Begeisterung, mit der er sich über jeden zum 'Dienst' gehörigen Gegenstand äußerte, bewies hinlänglich, daß er kein gewöhnlicher Mensch sei."

Die erste Begegnung zwischen Nelson und Lady Hamilton war nur flüchtiger Natur, dennoch hinreichend, um diese ausrufen zu lassen: "Er wird der größte Mann Englands werden !"

Fünf Jahre vergingen, bevor Nelson an die neapolitanische Küste zurückkehrte. Er war nicht mehr "Kapitän Nelson vom Agamemnon", er war jetzt Fair, Feldherr, Eroberer und umrauscht von dem Jubel und Beifall halb Europas. 1794 hatte er Calvi belagert und ein Auge verloren. 1797 in der unsterblichen Seeschlacht von St. Vincent und unter dem Zuruf: "Westminster-Abtei oder rühmlicher Tod!" hatte er den "San Josef" geentert und den "San Nicholas" dazu. Zwei Monate-später nahm er für immer Abschied von seinem rechten Arm bei Teneriffa, und wieder nach zwölf Monaten, in demselben Augenblicke als sich die Nilschlacht entschied, empfing er eine Wunde in den Kopf. *Dieser* Nelson setzte jetzt seinen Fuß auf neapolitanischen Boden und sah seine zukünftige Geliebte zum zweitenmal. Er war nicht schöner geworden, aber das Auge Lady Hamiltons hatte die Bewunderung glatter Gesichter hinter sich und ihre Seele jauchzte auf bei dem Triumphzug des Helden, als gälte ein Teil davon ihr selbst. Selber ruhmesgeizig, konnte sie nur noch die Träger des Ruhmes lieben.

Lady Hamilton war inzwischen und lange vor dem Eintreffen Nelsons nicht müßig gewesen. Sie hatte sozusagen Hand in Hand mit ihm gearbeitet und zu dem Erfolg seiner Unternehmungen, so wie zum wachsenden Glanze seines Ruhms nicht wenig beigetragen. Von dem Augenblicke ab, wo sie die Sache der englischen Flotte zur ihrigen machte, setzte sie ihre ganze Seele daran.

Ihre Natur erlaubte ihr nicht, sich mit halben Triumphen zu begnügen, und jeder Stein, der ihrem Bau nicht paßte, mußte umgeformt oder beseitigt werden. Sie hatte in gleichem Maße den Mut, das Höchste zu wollen, und das Geschick, es auszuführen. Ein einziges Beispiel unter Tausenden mag für den klugen und opferbereiten Eifer sprechen, mit dem sie unausgesetzt für das Wohl ihres Vaterlandes tätig war. Eines Morgens erfährt sie, daß Privat-Depeschen des Königs von Spanien an den König von Neapel eingetroffen sind. Was ist ihr Inhalt? Sie weiß es nicht, aber sie will und muß es wissen. Mit Hilfe der Königin wird das Dokument aus dem Schlafgemach des Königs entwendet, abgeschrieben und ruhig wieder in die Westentasche gesteckt, daraus es genommen wurde. Der Brief war des Stehlens wert gewesen. Er sprach den festen Entschluß des Königs von Spanien aus: "die englische Allianz aufzugeben und einen Bund mit Frankreich gegen England einzugehen". Kein Augenblick war zu verlieren. Ihr Gemahl lag lebensgefährlich krank darnieder, aber Entschlossenheit weiß sich selbst zu helfen. Schon in der nächsten Stunde war ein Privat-Kurier Lady Hamiltons auf dem Wege nach London; aus *ihrer* Börse hatte sie die 400 L. St. genommen, die nötig waren, das abschriftliche Dokument in die Hände Lord Grenvilles gelangen zu lassen. Man mag über diesen gestohlenen Brief denken wie man will (das Größte muß sich oft der kleinlichsten Mittel bedienen); niemand aber wird anstehen die Geistesgegenwart und den opferbereiten Patriotismus zu bewundern, der aus dieser Handlungsweise spricht.

Aber ein noch wichtigerer Dienst war ihrem Einfluß und ihrer Entschlossenheit vorbehalten, ein Dienst, den sie in gleichem Maße dem Lande, wie der Person Lord Nelsons leistete und diesen fast zu ihrem Schuldner machte. Im Juni 1798 suchte Nelson die französische Flotte; er verfehlte sie am Ausfluß des Nils, weil ihm inzwischen Nachricht geworden war, sie läge bei Malta. Unschätzbare Zeit war verlorengegangen und schlimmer als das, die englische Flotte begann Mangel zu leiden; Trinkwasser und Lebensmittel gingen aus. In dieser Not erschien Kapitän Troubridge in Neapel, um im Namen des Admirals die Erlaubnis um freien Eingang in die sizilischen Häfen nachzusuchen. Diese Erlaubnis ward verweigert, sie *mußte* verweigert werden, denn Frankreich und Neapel befanden sich zur Zeit in Frieden und ein Traktat bestand, wonach in allen sizilischen Häfen nicht mehr als zwei englische Kriegsschiffe angetroffen werden durften. Kapitän Troubridge stand auf dem Punkte mit seinem abschläglichen Bescheid zum Admiral zurückzukehren, aber die immerwache Lady Hamilton war inzwischen nicht müßig geblieben. Während König und Minister in früher Morgensitzung beisammen waren und hin und her berieten was zu tun und zu lassen sei, glitt Lady Hamilton leichten Fußes in das Schlafgemach Marie Karolinens, und sich vor sie auf die Knie werfend, beschwor sie die überraschte Königin, selbständig und unbekümmert um das "Ja" oder "Nein" des Ministerrats, einen Entschluß zu fassen. Sie schilderte ihr in den lebhaftesten Farben, daß das Wohl beider Sizilien in ihre Hand gelegt sei, daß die französische Flotte, wenn sie dem verfolgenden Nelson entginge, nicht gegen England, wohl aber gegen das stets verdächtige Neapel sich wenden werde, und daß von dem Ausgange dieser Stunde das Stehen oder Fallen ihres Thrones notwendig abhängig sei. "Schreiben Sie, Majestät! ein Federstrich und Sie sind Ihr eigener Befreier. Warum zögern? Ihre Unterschrift gilt überall im Lande wie die des Königs selbst; eine Zeile – und Land, Gemahl und Krone sind vom Untergang gerettet." Dieser siegenden Beredsamkeit unterlagen alle Bedenken; Feder, Tinte und Papier waren wohlweislich zur Hand; Lady Hamilton diktierte und die Königin schrieb eigenhändig den Befehl, daß alle Kommandanten beider Sizilien angewiesen seien, die englische Flotte mit Gastlichkeit zu empfangen und mit Wasser und Lebensmitteln nach Wunsch zu versorgen. Diese unschätzbare Ordne übersandte Lady Hamilton an Nelson, fügte aber in einem Privatschreiben den englisch-eifersüchtigen Wunsch bei, daß man die Dienste der Königin nicht weiter in Anspruch nehmen möge, als es zum Gelingen des Plans und zum Ruhme Englands dringend notwendig sei.

Nelson antwortete, daß, wenn er eine Schlacht gewönne, diese nach ihr und der Königin benannt werden solle, denn ihnen allein würde England den Sieg und den Dank dafür schuldig sein. Er gewann die denkwürdige Nilschlacht (Abukir). Wäre seine Flotte außerstande gewesen, sich im Hafen von Syrakus mit Wasser und Lebensmitteln zu versehen, so würde die Schlacht ungeschlagen geblieben sein. Es ist durchaus Pflicht hierauf hinzuweisen. Mag man die Fehler Lady Hamiltons und ihre sittliche Führung verurteilen, es unterliegt auf der andern Seite keinem Zweifel, daß England ihrem Patriotismus große und unvergleichliche Dienste verdankt. Wie schnöde man diese Dienste vergaß, werden wir noch Gelegenheit finden, unter Erröten zu schildern.

Krank und wund kam Nelson am 20. September 1798 nach Neapel. Er trat im Hause des britischen Gesandten ab und fand von Seiten Lady Hamiltons eine Abwartung und Pflege, die ihm nach verhältnismäßig kurzer Zeit Frische und Gesundheit wiedergaben. Doch von anderer Seite her zogen sich Wolken zusammen, und machten, alsbald für immer, den gastlichen Tagen in Neapel ein Ende. Der französische Gesandte zögerte keinen Augenblick, auf das Einlaufen der englischen Flotte in den Hafen von Syrakus als auf einen Friedensbruch hinzuweisen; aber so mächtig war der Einfluß Lady Hamiltons auf die Entscheidung des Hofs, daß man sich entschloß, die Beziehungen zu Frankreich überhaupt abzubrechen und dem Gesandten der Republik zu bedeuten, daß er Neapel binnen vierundzwanzig Stunden zu verlassen habe. Dieser Schritt war kühn, aber nicht glücklich. Eine französische Armee drang aus Ober-Italien unaufhaltsam vor und warf das neapolitanische Heer über den Haufen, das halb aus Feiglingen, halb aus Verrätern bestand. Im Dezember marschierten die Franzosen auf Neapel und der Hof mußte fliehen. Aber ohne die Geistesgegenwart der Lady Hamilton wäre es bereits zu spät gewesen: König Ferdinand würde als ein Opfer der Volkswut gefallen sein und Maria Karoline das Schicksal ihrer Schwester Marie Antoinette geteilt haben. Lady Hamilton, wiewohl selbst von tausend mißtrauischen Augen bewacht, übernahm die Rettung der königlichen Familie und führte sie aus, wie alles, was sie unternahm. Durch einen unterirdischen Gang, der vom Palast aus zur Küste führte und an dessen Vorhandensein, in der allgemeinen Furcht und Verwirrung, niemand außer ihr gedacht hatte, schaffte sie die königliche Schatulle, Kostbarkeiten und allerhand Meisterwerke der Skulptur und Malerei, alles zusammengenommen zu einem Wert von dritthalb Millionen Pf. St., auf die britischen Schiffe; – mit einem Worte, sie war, wie der sonst sicherlich nicht poetisch überschwengliche Nelson sich ausdrückte, "ein vom Himmel gestiegener Engel", herabgesandt zu Trost und Rettung der königlichen Familie. Die Verluste Sir William Hamiltons bei dieser Gelegenheit waren außerordentlich bedeutend; um nicht Verdacht zu erwecken und die Flucht glücklich bewerkstelligen zu können, ließ er die ganze Einrichtung seines Hauses, sowie alles bewegliche Eigentum seiner Gemahlin zurück, und büßte dabei ein Vermögen von 39000 Pf. St. ein. – Nelson empfing das neapolitanische Königspaar, so wie Sir William und Lady Hamilton an Bord des Vanguard und führte sie in Sicherheit nach Palermo.

Die politische Bedeutsamkeit Lady Hamiltons schließt mit diesem Tage ab; der Hof eines flüchtigen Königspaares bot kein Feld mehr für ihre Tätigkeit. – Wann ihre Beziehungen zu Nelson intimerer Art wurden, wäre nutzlos zu untersuchen; es genügt, *daß sie es wurden.* Wie man auch über dies Verhältnis denken mag, es war wenigstens ein offenes und ehrliches und entzog sich weder dem Licht des Tages noch dem Urteil der Welt. Sir William kannte und – duldete es. Nelson fiel bei Trafalgar 1805. Sir William Hamilton starb 1808. Am

30. Januar 1801 gebar Lady Hamilton eine Tochter; sie ward Horatia getauft; ihr Vater war *Lord Nelson.*

Die Menschen lieben es *(natürlich an andern)* sich Schuld und Strafe die Waage halten zu sehen. Das Leben Lady Hamiltons gewährt dem Auge des Beschauers diese Befriedigung im vollsten Maße; es endigt als Trauerspiel. Bei der Rückkehr Sir Williams nach England lag diesem begreiflicherweise nichts näher, als um annähernde Ausgleichung der schweren Verluste zu bitten, die er in Neapel erlitten hatte. Lady Hamilton setzte ihre Juwelen an die Unterstützung dieses Gesuchs. Vergeblich; Sir William starb nach Jahren; seine Bitte war und blieb unerfüllt. Sterbend beauftragte er seinen Neffen, Mr. Greville, zugunsten Lady Hamiltons Se. Majestät um Fortdauer der Pension anzugehen, die er bei Lebzeiten bezogen hatte. Er berief sich dabei auf den patriotischen Eifer, den seine Gemahlin im Dienste Englands gezeigt habe; umsonst, Eifer und Dienste waren undankbar vergessen.

Am 21. Oktober 1805, an Bord des "Victory" und angesichts der vereinigten französischen und spanischen Flotte, zog sich Nelson in seine Kajüte zurück, um ein Kodizill zu seinem Testamente zu machen. Er verwies auf die vielfachen und großen Verdienste Lady Hamiltons und schrieb wie folgt:

"Wär' ich selbst imstande gewesen diese Dienste zu belohnen, ich würde jetzt nicht das Land anraten, es zu tun; doch es lag außer meiner Macht, und so hinterlaß' ich denn Emma Lady Hamilton meinem Könige und meinem Vaterlande als ein Vermächtnis, und erbitte für sie alles das, was nötig sein wird, ihre Stellung in der Gesellschaft aufrechtzuerhalten. Ebenso empfehl' ich meine Adoptiv-Tochter Horatia Nelson Thompson der Wohltätigkeit meines Landes und spreche hiermit den Wunsch aus, daß sie in Zukunft allein den Namen *'Nelson'* führen möge. Dies sind all meine Wünsche, die ich in demselben Augenblicke an König und Vaterland zu richten habe, wo ich auf dem Punkt stehe, eine Schlacht für sie zu schlagen.

Möge Gott mein Land und meinen König segnen, und alle diejenigen, die meinem Herzen nahestanden. Auf meine Familie hinzuweisen ist überflüssig; es wird sich von selbst verstehen, Sorge für sie zu tragen."

Wenige Stunden nach der Unterzeichnung dieses Dokuments lag Nelson auf seinem letzten Bett. Ein Schuß aus dem Mastkorb des "Redoutable" hatte sein Werk getan. Dr. Scott war um ihn. "Doktor" –sprach der Sterbende – "wie ich Euch sagte – es ist vorbei." – Und nach einer kurzen Pause fügte er hinzu: "Ich hinterlasse Lady Hamilton und meine Adoptiv-Tochter Horatia dem Lande als ein teures Vermächtnis."

Fünf Viertel-Stunden später trat Kapitän Hardy an das Lager des Admirals. "Ich hoffe" – sprach Nelson mit fester Stimme – "daß keins unsrer Schiffe genommen wurde!" "Nein, Mylord " – antwortete Hardy – "damit hat's nichts auf sich." "Ich bin ein toter Mann, Hardy" – fuhr Lord Nelson fort – "ich fühl' es, es geht schnell; bald wird's vorbei sein. Tretet näher. Bitt' Euch, sorgt dafür, daß meine liebe Lady Hamilton mein Haar empfängt und alles, was mir sonst noch gehört."

Wieder verging eine Stunde und wieder war Hardy an seiner Seite. "Noch wenig Minuten und – es ist aus. Werft mich nicht über Bord, Hardy." Der Kapitän antwortete: "O nein, gewiß nicht!" und Nelson fügte hinzu: "Ihr wißt, was Ihr zu tun habt. Sorgt für meine liebe Lady Hamilton, sorgt für die Arme!"

Wenig Augenblicke noch und Nelson sprach seine letzten Worte: *"Dank Gott, ich habe meine Pflicht getan!"* Doch die Worte, die diesen unmittelbar vorausgingen, waren die alten Klagetöne: "Vergesset mir nicht, Doktor, daß ich Lady Hamilton und meine Tochter Horatia dem Lande als ein Vermächtnis hinterlasse. Vergeßt mir Horatien nicht!"

Nelsons Kodizill erwies sich nicht besser als ein unbeschriebenes Blatt Papier. Seine letzten Bitten verhallten in leere Luft; Lady Hamilton fand nicht Trost und nicht Hilfe. Schreiende Undankbarkeit, lieblose Härte brachen von jetzt ab in ununterbrochener Reihenfolge über die Verlassene herein. Kapitän Blackwood, gehorsam dem Wunsche seines Freundes, brachte das Dokument nach London und legte es in die Hände des Rev. William Nelson, Bruder des Admirals, und später *Earl Nelson.* Dieser ehrenwerte Gentleman befand sich nebst Gemahlin und Familie gerade um diese Zeit in dem gastlichen Hause der Lady Hamilton und war derselben ohnehin dadurch verschuldet, daß seine Tochter bereits sechs Jahre lang im Hause der Lady lebte, und von dieser auf das liebevollste und sorgfältigste erzogen worden war. Der ehrenwerte Gentleman hielt es indessen für angemessen alles dessen uneingedenk zu sein, und in nicht ungegründeter Furcht, daß die Überreichung dieses Kodizills die Höhe der Summe beeinträchtigen könne, welche das Parlament auf dem Punkte stand für die Familie Lord Nelsons zu bewilligen, fand er es für passend das Kodizill so lange in seine Tasche zu stecken, bis die volle Summe von 120000 Pfd. St. der Familie zugestanden war. An demselben Tage speiste er bei Lady Hamilton in Clarges-Street, und mit der befriedigten Miene eines Mannes der sich vorgesehen hat, überreichte er jetzt das wertlos gewordene Papier seiner Wirtin und bat sie sarkastisch, damit zu tun was ihr gut erscheine. Und wie dieser, so alle. Man zog sich zurück, ja mehr, man floh sie, sie, die einst der Mittelpunkt fürstlicher Feste und die Freundin einer Königin gewesen war. Man kannte jetzt plötzlich ihre Vergangenheit, weil man sie kennen *wollte;* die Welt war nicht tugendhafter, aber Lady Hamilton war – *arm* geworden. Wenige Meilen von London, nahe dem Merton-Schlagbaum, hatten Nelson und seine Geliebte einst ihren gemeinschaftlichen Wohnsitz gehabt. Das Haus mit allen seinen Schulden und Verpflichtungen kam jetzt an Lady Hamilton. Sie hatte nie zu sparen verstanden und verstand es auch jetzt nicht; nach kurzer Zeit schon ward ihr das Haus genommen. Sie ging nach Richmond, verließ es aber bald und mietete sich in Bond-Street ein. Von hier ward sie durch unbarmherzige Gläubiger vertrieben und verbarg sich längere Zeit vor ihnen, man weiß nicht wo. 1813 finden wir sie in Kings-Bench, bis das Mitleid eines City-Alderman sie aus dem Gefängnis befreite. Krank an Leib und Seele und durch einen gewöhnlichen Kutscher abermals mit Gefängnis bedroht, sehen wir das unglückliche Weib auf der Flucht nach Calais. Hier gab ihr der englische Dolmetscher, selbst ein unvermögender Mann, eine armselige Wohnung. Aber der Roman ist noch nicht aus.

Eine englische Lady pflegte täglich bei einem Metzger in Calais das Fleisch für ihren Lieblingshund selbst einzukaufen. Der Dolmetscher trat an sie heran: "Ach Madame, ich weiß, Ihr habt ein Herz für Eure Landsleute! Da ist eine arme Lady, die froh sein würde, den schlechtesten Bissen zu haben, den Ihr Euren Hunde gebt." Mistreß Hunter, eine mildherzige Dame, war zu helfen bereit; sie schickte Speisen und Wein und bat den Dolmetscher alles zu beschaffen, was ihm nötig erscheinen möchte, die schreiendste Not zu lindern. Er tat's, und bat dabei Lady Hamilton wiederholentlich, den Besuch der menschenfreundlichen Dame zu empfangen. Endlich gab jene ihre Zustimmung, aber nur unter der Bedingung, *"daß es keine Dame von Rang und Titel sei".* Mrs. Hunter kam, die arme Kranke dankte ihr und segnete sie. – So starb Lady Hamilton, "schön", wie ihr letzter Besucher erzählt, "noch im Tode".

Der Earl Nelson aber, so wird einstimmig berichtet, ging alsbald nach Calais, um das Eigentum Lady Hamiltons in Empfang zu nehmen. Er fand nur Pfandscheine und Schuldverschreibungen, die er Miene machte uneingelöst zu sich zu stecken. Im übrigen verweigerte er beharrlich jede Bezahlung oder Wiedererstattung und kehrte vermutlich wenig befriedigt nach England zurück.

Das ist die Geschichte des Kindermädchen *Emma Lyon*!

Das Leben ein Sturm

Glückliches Land im Süden, dessen großer Dichter niederschreiben konnte: "das Leben ein Traum", und armes, gepriesenes Land du, das du die Seligkeit des Träumens nicht kennst und immer wach und wirklich dein Lehen abhaspelst wie im Sturm. Als ich noch jünger war, da kniet' ich bewundernd zu den Füßen der Tat, da galt mir das Schwert und der Arm, der es führte, da hing mein Auge an der Kaisergestalt Barbarossas und mein Herz jubelte auf, wenn ich ihn einziehen sah in die Tore Mailands, den Welfentrotz unterm Hufschlag seines Pferdes. Die Knabentage sind dahin. Ich habe seitdem anderes lieben gelernt: den Geist erst, dann das Recht und zuletzt die Muße, die Beschauung, die Vorbereitung auf das, was da kommt. Es ist was in mir, das mich mit unwiderstehlicher Sehnsucht zu dem zerlumpten Lazzarone hinzieht, der an der Tempelschwelle, gebräunt und lächelnd, in den ewig-blauen Himmel emporschaut; es ist was in mir, was mich den Diogenes mehr bewundern läßt, als den Mann, der vor ihm in der Sonne stand, und was – wenn ich zwischen Extremen wählen soll – mir den Orden von La Trappe größer und beneidenswerter erscheinen läßt, als die London-City mit ihrem Leben ein Sturm. Wir haben ein schönes, vielgesungenes Lied, ein Lied von der "Hoffnung", drin das Beste was der Mensch hat: seine Sehnsucht nach einem Genüge das jenseits liegt, den dichterischen Ausdruck fand:

Nach einem glücklichen, goldenen Ziel
Sieht man sie rennen und jagen.

Ach, unbewußt und nicht in *seinem* Sinne schrieb der Dichter in diesen Zeilen die Geschichte und den Fluch dieser Stadt, denn ihr Tagewerk ist "rennen und jagen", und ihr Ziel ist – Gold; nur eines täuscht sie – das Glück; es neckt sie wie die Spiegelung den Wüstenwanderer, und zu dem Verdurstenden spricht es in seiner letzten Minute: Dein Gold war Sand. Wer löste das große Rätsel von des Menschen Glück, und wer lehrte uns, "wie" und "wo" es sicher zu finden? Aber eines fühlt sich: das Menschenglück ruht wo anders, als in der Bank von England. Glück! es ist nicht zu sagen, was du bist, aber es ist zu zeigen, wer dich hat. Der fromme Geistliche hat dich, der, selbst an den Trost glaubend, den er eben noch am Lager eines Sterbenden spendete, nun sinnend durch die Gänge seines Gartens schreitet und Samen in die Beete streut, hoffend auf die ewige Frühlingserfüllung. Glück! der Arzt hat dich, dessen geschickte Hand eine Mutter ihren Kindern wiedergab und der, heimgekehrt zu seinen Büchern, weiter forscht in dem Wald überlieferter Erfahrung. Glück! jene Waschfrau hatte dich, von der uns Chamisso erzählt, die Freude hatte an ihrem selbstgesponnenen Sterbehemd und es sonntags anlegte, wenn sie zur Kirche und Erbauung ging. Glück! es haben dich alle, die eingedenk, daß wir mehr sind als ein galvanisierter Leib, ihrem unsterblichen Teile leben, jeder nach seiner Art.

Dem Menschen ist das Wissen von dem verlorengegangen, was ihm not tut. Eine Krankheit, wie sie die Welt nur einmal sah, als die Pizarros in Blut und Gold erstickten, schüttelt wieder das Menschengeschlecht, und England, London ist der Herd dieses Fiebers. Die Woche verrinnt in rastlosem Mammondienst und der Tag des Herrn ist eitel Lüge und Schein. Mechanisch wandern die Füße in die Kirche, aber die Seele durchjagt schon wieder die City-Straßen und sucht in den Spalten des Börsenberichts nach Gewinn oder Verlust. Wie der König im Hamlet könnte dies Geschlecht ausrufen:

Mein Wort strebt auf, doch unten bleibt mein Herz:
Gebet ohn' Andacht dringt nicht himmelwärts;

aber Selbsterkenntnis ist nicht ihr zugewogen Teil, und pharisäisch leben sie dem Glauben: sie ständen gut angeschrieben im Kontobuch des Himmels. Trostloses Dasein, das sich teilt zwischen atemlosem Erwerben und zitterndem Erhalten, das, reich oder arm, keine Ruhe, keine Muße kennt, das nachts von Kurszetteln träumt und die schwarze Sorge im Nacken hat bei Wein und Weib, bei Jubel und Gesang. Dies ameisenhafte Schaffen bemächtigt sich der Gemüter mit der Ausschließlichkeit einer fixen Idee und die reiche Menschenseele mit ihren tausend Kräften und Empfindungen kommt in die Tretmühle des Geistes und stapft und stapft. Es fördert vielleicht, *nur nicht sich selbst*. Des Lebens Reiz verblaßt und die ungeübten Kräfte versagen endlich ihren Dienst. Weihnachten kommt mit seinen roten Backen an Äpfeln und Kindern; verlegen lächelnd steht er vor dem Lichtermeer und denkt an das Meer da draußen, auf dem seine Schiffe tanzen. Ein Jugendfreund kommt; "o ging er wieder!"ist alles, was er fühlt. Seine Schwester stirbt; er erbricht den schwarzgeränderten Brief und liest und kann nicht weinen. Spät nachts wirft er sich aufs Lager, die Erinnerung *ärmerer* Tage beschleicht ihn, er sieht sich wieder spielen in seines Vaters Garten und – die Träne kommt. Aber sie gilt nicht der toten Schwester, sie gilt ihm selbst.

Glückliches Volk im Süden, das lacht und träumt! Armes, reiches Volk mit deinem Leben ein Sturm.

Blackwall

Sonntag ist's und es treibt mich wieder hinaus. Aber zu oft schon zwang ich den Leser, mich stroman zu begleiten nach Kew und Richmond und Hampton-Court; fahren wir heute *mit* dem Strom und wählen wir Blackwall als Ziel. An der Londonbrücke besteigen wir den dichtbesetzten Steamer, der bereits prustet und schnaubt und von Zeit zu Zeit mit seinen Rädern schaufelt, wie ein Vogel, der seine Schwingen probt. Jetzt aber läutet's zum dritten Mal, die Taue werden eingezogen, im Rumpf des Schiffes brummt und dröhnt es wie eine Baßgeige und unter dem Gezisch des Dampfs, der wie ein Tauregen auf uns niederfällt, beginnt die Fahrt. In gleicher Höhe mit Billingsgate kaufen wir uns die neueste Zeitung, und mit der Andacht eines loyalen Engländers vom letzten Hofball und dem Spitzenkleid der Königin lesend, blicken wir nur auf, um angesichts des Towers die grauen Türme zu grüßen, die wie steinerne Anachronismen in diese Kaufmannswelt hineinragen. Weiter geht's; über den Tunnel hin fahren wir an bunten Barken und Fähnlein vorbei, und jetzt, nach mancher Stromeswindung die Höhe von Greenwich erreichend, dessen weltberühmtes Hospital stolz und prächtig wie ein Schloß herüberblickt, wendet sich der Steamer plötzlich nach Nordost, und die Themse im Nu durchschneidend, hält er am Quai von Blackwall.

Unmittelbar am Landungsplatz erhebt sich würfelförmig ein zweistöckiges Gebäude, auf dessen plattem Dach die Farben und Wappen Alt-Englands lustig im Winde wehn. Das ist die Taverne von Blackwall. Im obern Stockwerk an weit offenstehenden Fenstern sitzen behäbige Gentlemen und jeder Fensterrahmen umschließt ein niederländisches Bild. Zwischen den Ale- und Porterkrügen leuchtet das rote Philistergesicht mit den weißen Sonntags-Vatermördern, und die silbernen Deckel über dem Roastbeef blinken im Sonnenlicht, so oft sie der Kellner mit einem yet a bit, Sir? von seinen dampfenden Schüsseln nimmt. Aber doppeltes Leben tobt unten im Erdgeschoß. Da sind die Jacken zu Haus, alles blau von der Schulter bis zum Knöchel, und nur ein rotes Gesicht und ein gelber Strohhut darüber. Wie sich's drängt am Schenktisch, man stößt zusammen mit den zinnernen Krügen, man grüßt sich mit einem Schlag auf die Schulter und schwört Freundschaft mit einem Fluch. Das ist altenglisches Vollblut, Matrosen, zäh wie Leder und hitzig wie Schießpulver, die Kinder des Ruhms und der – neungeschwänzten Katze.

Sie nehmen eben den Abschiedstrunk, denn siehe da, zur Rechten, auf jenem Schleusenkanal der aus den Schiffe-übersäten Docks in das Fahrwasser der Themse führt, schwimmt bereits ein turmhoher Ostindienfahrer, bestimmt über sein gewohntes Ziel hinauszugehn und an Kalkutta vorbei erst in Port Philipp oder Sidney Anker zu werfen. Es ist der "Marlborough", ein Auswandrerschiff, und das holzgeschnitzte Bild des Helden von Blenheim trägt, am Bug des Schiffes, den Kopf mit seinen wallenden Locken so stolz und siegessicher, als sei der Ozean sein Feld wie die Ebene von Malplaquet.

Die Schiffsglocke lärmt; der Abschiedsmoment ist da. An den herniederhängenden Strickleitern klettern die Blaujacken wie Katzen in die Höh und auf dem schwankenden Brett, das vom Bord des Schiffs bis ans Ufer in schräger Linie herniederläuft, entsteht ein Drängen und eine Verwirrung ohnegleichen. Söhne, die von ihren Eltern Abschied genommen haben, werden im letzten Augenblick noch einmal von unbezwingbarer Sehnsucht erfaßt und möchten zu rück, nur einmal noch an das Herz ihrer Geliebten. Aber umsonst, die dem Schiff zudrängende Menschenwoge reißt sie mit fort und die Getrennten haben nur Tränen noch und Tücherwehn und Hüteschwenken.

Nicht alle weinen sie. Da sind andre, die lächelnd dastehn mit gekreuzten Armen und auf das Schauspiel niederblicken wie eben auf ein Schauspiel nur. Sie sind von den Stumpfen, denen es gleich gilt, wo sie die Hand zum Munde führen und wo das Kissen liegt, drauf sie die letzte Ruhe finden. Da sind noch andre wieder! jenen Stumpfen ähnlich in der Ruhe ihres Tuns und doch so verschieden von ihnen in der Tiefe ihres Herzens. Das sind die Gottergebenen, fromme Sektierer, Herrnhuter und Methodisten. Sie beten und arbeiten. Sie haben nur *eine* Heimat und sorgen nicht von welcher Stelle aus sie ihr Gebet zum Himmel senden. Sie stehn nicht mehr auf Deck und sehen müßig dem Treiben zu, sie sitzen bereits in ihrer Koje und rühren fleißig die Hände wie sie zeitlebens getan. Gestern noch stichelten sie am Fenster ihrer Citywohnung und sahen durch die Blätter eines Geraniumtopfs hindurch auf die Dächer ihrer Nachbarhäuser; heute steht derselbe Blumenscherben in der Fensterluke des Marlborough, und die Köpfe dahinter schauen nur eben jetzt, und unwillkürlich fast, von ihrer Arbeit auf. Denn siehe da, Leben und Bewegung ist plötzlich in den Riesen gekommen, und durch die sich öffnende Schleuse gleitet er jetzt unter lautem Geschrei der teilnahmlosen Menge und unter stillen Segenswünschen der zurückbleibenden Lieben majestätisch in die Themse hinein.

Ich seh dem Schiff und seinem Menschen-Ballast nach, und die Frage beschleicht mein Herz: was treibt sie hinaus? Torheit! sprechen die einen, jene lügnerische Hoffnung, die von Paradiesen träumt und nicht wissen will, daß Gottes Fluch die Menschen draus vertrieben hat. Krankheit! – sprechen sie weiter – jener dämonische Zug unsrer Zeit, dem die Pflicht der Arbeit schlimmer deucht als die Möglichkeit des Todes, und der drauf aus ist, die Ernte des Lebens an einem einzigen Tage zu halten. Weisheit! – sagen die andern – jener Rettungstrieb, der das Haus meidet, wenn es dem Einsturz nahe ist; Gesundheit! die vor der Nähe des Todes erschrickt und instinktmäßig eine Luft sucht, die über dem Kirchhof Europas nicht mehr weht.

Sie haben beide recht.

Sie aber denen Macht gegeben ist über die Völker, mögen eingedenk sein, daß es gegen alle Torheiten und Krankheit dieser Zeit nur eine Waffe gibt: die *Waffe des Lichts,* und die Frage mag laut an ihre Herzen klopfen: ob die überkommene Schablone Raum hat für die neuen Formen, nach denen die Welt in heißen Kämpfen ringt, und ob es ein untrügliches Gesetz ist: *um so weniger zu geben, je mehr gefordert wird.*

Ein Picknick in Hampton-Court

Die Pickwicks und die Picknicks kommen aus England; von jenen wußt' ich es seit lange, von diesen – trotzdem sie von ungleich älterem Datum – sollt' ich es erst erfahren. Es war im August; der Londonstaub ward immer dichter und die Sehnsucht nach einem Zuge frischer Luft immer größer, so kamen wir denn überein, zu Nutz und Frommen unsrer Lungen eine Themsefahrt zu machen und auf den Wiesen von Hampton-Court eine Picknick-Mahlzeit einzunehmen. Wir waren unsrer sieben, drei Herren und vier Damen, und zum Teil in entgegengesetzten Quartieren der Stadt zu Haus, hatten wir uns schon Tags vorher geeinigt, am Quai von Richmond zusammenzutreffen. Punkt zehn Uhr waren wir da; ein schmucker Gondelfahrer begrüßte uns am Ufer; eine Wagenburg von Körben kam in die Mitte seines Boots, wir lachend drum herum – und den blauen Himmel über uns ging es mit kräftigem Ruderschlage stroman, während der Quai mit seinen Böten allgemach hinter uns verschwand.

Erlaube mir der Leser, ihm jenen Kreis von Personen vorzustellen, in deren Mitte er eine Viertelstunde lang wird zu verweilen haben. Ich mache bunte

Reihe. Da war vorerst Mr. Owen, ein junger Walliser mit den steifsten Vatermördern und den höchsten Stiefelabsätzen, die mir je zu Gesicht gekommen waren. Sein Großvater saß für Pembrokeshire im Parlament, und wiewohl das Enkelchen ein jüngerer Sohn war und der Baronetschaft des Alten um kein Haarbreit näher stand als der Lotteriespieler dem großen Lose, so hatte er doch die wallisische Baronet-Elle nicht nur steif und unbiegsam im Rücken, sondern war auch die unbestrittne Sonne des Tags, von der alles übrige erst Licht und Weihe empfing. Er war natürlich ein leidenschaftlicher Kahnfahrer und unterhielt sich mit dem Bootsmann in so technischen Ausdrücken, daß ich diesem Hochflug, auch wenn ich gewollt, nicht hätte folgen können. Neben ihm saß Mrs. May, die Ehrendame der ganzen Partie, eine stattliche Frau mit grauen Locken und zwei Töchtern von ähnlicher Gesichtsfarbe, die den Mai ihres Lebens nur noch im Namen trugen. Sie waren munter wie gewöhnlich Mädchen jenseits dreißig und gaben sich alle erdenkliche Mühe, durch reiche Entfaltung einer schönen Seele ihr Defizit an Schönheit zu decken. Sie waren fromm und galten für fleißige Bibelleserinnen, aber am liebsten lasen sie doch die Stelle: Du sollst Vater und Mutter lassen und dem Manne folgen, der Dich erwählet hat. Ich war ihr Hausgenoß und kannte die Geschichte ihres Herzens wie meine eigene. Mitunter, in der Schummerstunde, wenn aus dem Nachbarsgarten eine Nachtigall herüber klagte, sah ich wie sie traurig wurden und immer wieder und wieder gedankenvoll den Tee aus ihrem Löffel träufeln liefen, als sollte er ihnen ein Bild ihrer rastlos verfließenden Tage sein; aber heute leuchteten ihre Augen wie das Auge dessen, der schon hoffnungslos noch einmal von der Hoffnung beschlichen wird, heut kicherten sie und ließen die Flut durch ihre Finger gleiten, heut schlugen sie die Augen nieder, wenn ein bezügliches Wort fiel, und verjüngten sich vor meinen sichtlichen Augen, denn Mr. Taylor, ein Advokat aus Chancery Lane, saß zwischen ihnen, behäbig, rotbäckig, ein Vierziger und ein Witwer dazu. Wenn Mr. Owen die Sonne dieses Kreises war, so war Mr. Taylor der Vollmond zu dem die Liebenden sehnsüchtig aufschauten, und daß ich's nur gestehe, auch *meine* Huldigung trug ihm die Schleppe. Der Grund war folgender. Er war mir schon am Abend vorher als ein Mann genannt worden, der "geschaffen sei für eine Picknickfahrt", eine Charakteristik, der ich begreiflicherweise wenig Bedeutung beigemessen hatte. Kaum aber daß ich heute am Quai von Richmond des Picknickkönigs und seines Flaschenkorbes, aus dem nebst manchem andren vier blanke Stanniolkuppen verräterisch hervorlugten, ansichtig geworden war, als ich auch schon die ganze Schwere jenes leichtgenommenen Wortes begriffen hatte und in meiner Anhänglichkeit noch aushielt, als mir im Lauf eines politischen Gesprächs kein Zweifel mehr darüber blieb, daß Mr. Taylor von der ganzen preußischen Geschichte nichts weiter kannte, als die Affäre von Jena.

Zürne mir der Leser um solches laxen Nationalgefühls willen nicht; aber ach, ich war so kosmopolitisch in jenen Augenblicken wie nie zuvor, denn neben dem behäbigen Advokaten saß Miß Harper, das lieblichste Gesicht, das zwischen Richmond und Hampton-Court sich jemals in Themsewasser spiegelte. Und doch glitt schon viel *königliche*Schönheit diese Wasserstraße hinan: Anna Bulen, wenn das dürstende Auge des englischen Königs Blaubart auf ihr ruhte; Elisabeth, wenn sie müde war der Herrschaft und ihrer Sorgen; auch Henriette Marie, Karl Stuarts Gemahlin, wenn sie London vergessen wollte und träumen von Frankreich ihrer schöneren Heimat. Aber wie stolze Schönheiten sie alle sein mochten – mein Wort und meine Kenntnis alter Holbeins und Van Dycks zum Pfande! – sie schauten nie lieblicher drein als Miß Francis Harper, und während ich sie so sitzen und in das Wasser niederlächeln sah, konnt' ich nur zweierlei nicht fassen: die Freundschaft dieses Mädchens mit den beiden Misses May und die Unvorsichtigkeit der letztern, so viel fremdes Licht neben den eigenen Schatten zu stellen. Freilich war sie verlobt. Wie hätte sie's nicht sein sollen! So glitten wir denn dahin, zuerst am Fuß des schönen Richmondhügels und jenes herzoglichen Sommerhauses vorüber, das nach seinem jetzigen Besitzer den Namen "Buccleuch-Villa" führt. Märchenhaft wuchern da die Rosen über Wände und Dach hinweg, märchenhaft klingen aus den halbgeöffneten Fenstern die Töne eines Flügels hernieder, und märchenhaft vor allem klingt die Sage vom Herzog Buccleuch selbst, der diese Villa wie ein immer offnes Gasthaus zu Nutz und Frommen seiner künstlerischen Freunde hält. Gedichtet und gesungen wird hier wie zu den Zeiten des Minstreltums und eine flüchtige Sehnsucht beschlich mich bei diesem Anblick in das alte romantische Land zurück. Aber die Ruder unsres Bootsmanns griffen wacker ein, Richmond und seine Villen dämmerten nur noch von fern, der Wind war frisch und Miß Harper so schön, und siehe da, die Sehnsucht ward nebelhaft wie jene Villen selbst und verschwand endlich ganz, als unter Mr. Taylors kunstgeübter Hand der erste Champagnerpfropfen knallend in die Luft flog und mich die große Frage zu beschäftigen begann: ob man zu Barbarossas Zeiten den fränkischen Brausewein gekannt habe oder nicht.

Die Fahrt war lieblich und interessant zugleich: in selten unterbrochener Reihenfolge zogen sich die Land- und Sommerhäuser der alten Adelsfamilien am Ufer entlang und die Lapidarstil-Antworten unsres Bootsmanns waren ein historischer Vortrag trotz einem. Durch alle Buchstaben des Alphabets hindurch, von den Arundels an bis nieder zu den Sutherlands, begrüßten uns hier von rechts und links die stolzen Namen der englischen Geschichte und wie bunte Bilder zu diesem Adelsbuch spiegelten sich im Themsewasser vor uns alle Baustile des Mittelalters, vom Tudor-Giebel an bis aufwärts zum Normannenturm.

So kamen wir bis Teddington und die Schleuse passierend, die den äußersten Punkt angibt bis wohin die Meerflut vorzudringen pflegt, war es plötzlich, als ob die Landschaft noch landschaftlicher würde. Der Villen wurden weniger, bis daß sie ganz verschwanden; weidendes Vieh trat an die Stelle belebterer Plätze, und Mr. Owen, den es plötzlich berühren mochte als führe er in seinem heimischen Pembrokeshire den River Teifi hinauf, begann alsbald ein wallisisches Volkslied zu singen, das, trotz der Kapriolen, mit denen er es begleitete, niemand zu würdigen schien als er selbst. Alles war froh als Mr. Taylors Porter-Baß zu guter Stunde God save the Queen anzustimmen und alle Verlegenheit in den immer fahrbaren Kanal des alt-englischen Patriotismus abzuleiten begann. Eine Pause noch, dann hielten wir; vor uns lag Hampton-Court.

Miß Harper sprang ans Ufer. Während sie sprang, fiel ihr der leichte Strohhut in den Nacken und ihr blauer Schleier flatterte weit hinter ihr im Winde. Es war, als flöge sie. Mr. Taylor folgte und machte gravitätisch den Ritter der übrigen Damen; dann ging es in den Park, dessen geschorne Rasenflächen in jener Schönheit vor uns lagen, wie sie den englischen Gärten eigen ist. Ich erklärte das Schloß und seine berühmte Bildergalerie in Augenschein nehmen zu wollen, wozu man mir aufrichtigst gratulierte, aber auch allseitig hinzusetzte, daß man mich meinem Schicksal überlassen müsse, da sie samt und sonders die Sehenswürdigkeiten von Hampton-Court so genau kennten, wie die Nippsachen auf ihrem eigenen chinabord, und die Porträts ihrer Könige viel zu gut im Gedächtnis hätten, als daß es einer Galerieauffrischung bedürfe. Ich war herzlich damit einverstanden; denn wenn es eine Strapaze ist Bilderausstellungen zum hundertsten Male besuchen zu müssen, so ist das Los dessen um kein Haarbreit beneidenswerter, der bei dem höchsten Interesse für das, was er zu sehen gedenkt, solchen widerwilligen Führern in die Hände fällt und durch lange Säle und Korridore hindurchgejagt wird, ohne etwas anderes als die Erinnerung an ein Schattenspiel und *das* kaum mit nach Hause zu nehmen. Denn die Gelangweiltheit solcher Begleiter legt sich wie ein Schleier über unsere Augen und ihr wiederholtes Gähnen verschlingt unsere gehobene Stimmung bis auf den letzten Rest. Ich war von Herzen froh, dieser Gefahr überhoben zu sein und während meine Gefährten den Park durchstreiften, schritt ich dem Schlosse zu, dessen Bauart und Bilderschätze meine Erwartungen noch weit übertreffen sollten.

Schloß Hampton-Court zerfällt in zwei verschiedene Teile, die, wiewohl äußerlich miteinander verbunden, doch auf den ersten Blick ihre doppelte Abstammung verraten. Die ältere Hälfte präsentiert sich im Tudorstil und zeigt denselben in der ihm möglichsten Vollendung. Vier rechtwinkelig aufeinander gestellte Häuserfronten bilden einen Hof und während die beiden Seitenflügel nur aus langen ununterbrochenen Fensterreihen bestehen, stellen die eigentlichen Fronten in ihrer Mitte zwei breite gotische Torbauten zur Schau, deren Ecken durch abgestutzte, das eigentliche Portal nur wenig überragende Türme flankiert werden. Es ist derselbe von Bauverständigen belächelte Stil, in dem sich bis diese Stunde der Palast von St. James dem Beschauer darstellt, ein Stil, der, wenn auch an Schönheit zurückstehend, doch etwas Charakteristisches, ich möchte sagen *Männliches* hat, das mich um deshalb für ihn einzunehmen wußte, so oft ich ihm begegnete.

Der neuere Teil des Schlosses ist aus der Zeit Wilhelms III. und ein Werk Christoph Wrens, des berühmten Erbauers der Paulskirche. Das Ganze bildet wiederum ein geräumiges Viereck, dessen unterstes Geschoß (nach der Hofseite hin) auf ionischen Säulen die ganze Wucht des Hauses trägt. Vermutlich gilt dieser Neubau als der schönere Teil des Schlosses; mir gilt der alte mehr.

Beide Teile haben ihre besondere Sehenswürdigkeit, der neuere: die Bildergalerie – der ältere: die große Banketthalle aus den Tagen Heinrichs VIII. Diese betritt man zuerst. Sie ist auch in England, diesem Vaterlande der Hallen, ein Unikum, und übertrifft an Schönheit, wenn auch vielleicht nicht an Ausdehnung, die berühmte Westminster-Halle um ein bedeutendes. Ich sehe ab von jeder erschöpfenden Beschreibung, aber das eine heb' ich hervor, daß dieser mächtige Bau, in den wir wie in das Mittelschiff einer gotischen Kirche treten, die Sonne der Anna Bulen aufgehen und die Huldigungen eines Hofes zu ihren Füßen sah. Noch jetzt gewahrt unser Auge die Buchstaben AH. (Anna und Heinrich) wie ein Bild ihres Einsseins an verschiedenen Stellen des Deckengetäfels; Buchstaben, eingeschnitten vielleicht, als schon die Schneide des Beils über dem Nacken der schönen Büßerin war. – Aus dem hohen gotischen Fenster blickt, in Glas gemalt, jenes Tyrannengesicht auf uns hernieder, dessen leisestes Stirnrunzeln ein Todesurteil war, und vom Kamin her, charakteristisch und wohlerhalten, trifft uns das Auge Wolseys, jenes stolzen Prälaten, dessen Klugheit die viehische Wildheit seines Königs wie einen Stier an den Hörnern hielt. Zwanzig Jahre lang! Dann kam die Stunde, die nicht ausbleibt und seinen Führer hoch in die Lüfte schleudernd, trat ihn das schäumende Tier mit Füßen.

Eine Tragödie ersten Ranges spielte sich innerhalb dieser Mauern und im Zeitraum weniger Jahre ab. Wolsey war auf seiner Höhe und wiegte sich in Sicherheit. Nicht die Dauer seines Glückes, nur die Dauer seines Lebens machte ihm Sorge und die klügsten Arzte nach allen Seiten hin aussendend, gebot er ihnen, den gesundesten Platz in der Nähe Londons ausfindig zu machen. – Sie fanden Hampton-Court. Da entstand jenes Schloß und jene Halle, die noch heut von der Macht und Prachtliebe ihres Erbauers Zeugnis geben und am 13. Juni des Jahres 1525 war es, daß König Heinrich von London hernieder kam und einzog in den Prachtbau seines ersten Dieners, der sein Herr war. Da stand hier ein Thronhimmel und ihm zunächst der Polsterstuhl des Kardinals, da mischte sich unter die Banner der Tudors, die von allen Pfeilern herabwehten, das zudringliche Wappen des Kardinals und der priesterliche Hofstaat, darunter alter Adel des Landes, überstrahlte an Gold und Glanz, die Schranzen des königlichen Hofes. Der König sah's und ein Schatten zog über sein Antlitz; da verneigte sich der geschmeidige Kardinal und sprach: dies hab' ich gebaut, daß es deiner würdig sei; Hampton-Court ist *dein*. – Das war ein *königliches* Geschenk; noch im *Geben* tat es der Diener dem Herrn zuvor. Glänzendere Tage kamen, die Tage Anna Bulens und mit ihnen die Schicksalsstunde des Kardinals; zum ersten Male wagte er es, zwischen die königliche Leidenschaft und ihr Opfer zu treten und siehe da – er war das Opfer selbst. *Über ihn hinwegging der Hochzeitszug der Anna Bulen.*

Und wieder andere Tage folgten. Wolsey lag vergessen auf einem Kirchhof in Leicestershire, seine Siegerin aber, nun selbst besiegt, schrieb jene schönen Sterbeworte: "Sie machten mich zur Königin und da ich auf Erden nicht höher steigen kann, machen sie mich heut zu einer Heiligen."

Dann fiel ihr Haupt.

Und stiller ward's in Hampton-Court, bis die Braunschweiger kamen, die unberühmten George, die allen Ruhm dem Lande selber ließen. Die Widerspiegelung vergangener Zeit begann, und hier in eben dieser Wolsey-Halle dehnte sich der Hof der Königin Charlotte auf Plüsch- und Polstersitzen und klatschte Beifall, als von der Bühne herab Shakespeares Heinrich VIII. oder der *Sturz Wolseys* an ihrem lauschenden Ohr vorüberzog. Doch lassen wir jetzt die Halle, um uns dem neueren Teil des Schlosses und seiner Bildergalerie zuzuwenden. Wir ersteigen eine schöne breite Treppe, freuen uns an den schlanken Ulanen-Gestalten, die, mit angefaßtem Karabiner, steif und stramm dastehen wie die Treppenpfeiler selbst, daran sie lehnen, und treten jetzt in den ersten jener Bildersäle ein, die in scheinbar endloser Reihe sich durch zwei Flügel des Palastes hindurch erstrecken. Die Galerie von Hampton-Court hat keinen Weltruf wie die Dresdner, die Wiener und Versailler, der italienischen Schätze völlig zu geschweigen. Und in der Tat, wer lediglich von künstlerischem Interesse geleitet diese weiten Säle durchwandert, wird ziemlich unbefriedigt sie wieder verlassen und selbst der National-Galerie – deren drei Murillos sie ohnehin vor der Verurteilung retten – im stillen Abbitte tun. Aber ich mache kein Hehl daraus, daß ich Galerien gelegentlich auch in anderem Interesse durchwandere, als um den Schönheitslinien Raffaels nachzugehen, und welcher Hamptoncourt-Besucher gleich mir ein Gefühl für die englische Geschichte mitbringt, das an Lebhaftigkeit dem künstlerischen mindestens die Waage hält, der wird diese Zimmerreihen nicht ohne Erregung und Befriedigung durchschreiten können.

Es ist ein Revueabnehmen über die Träger der englischen Geschichte seit jener Zeit, die dieses Schloß entstehen sah. Die ersten Säle bieten wenig, bis plötzlich im dritten oder vierten das Auge durch eine Fülle von Porträt-Schönheiten wie geblendet wird. In oberster Reihe, zunächst der Decke, gewahrst du die schönen Buhlerinnen Karls II. und angesichts dieser lachenden Gesichter mit den koketten Ringellöckchen und den sinnlich aufgeworfenen Lippen, mildert sich dein Urteil über die Schwäche des liebenswürdigen Stuart. Je länger du verweilst, je mehr wirst du erschüttert in deinen festesten Grundsätzen, zumal wenn du zu Füßen jener verführerischen Weiber, in gleicher Höhe fast mit deinem Auge, die lachenden Porträts ihrer Söhne und Töchter gewahrst, zu deren angeborener Schönheit sich das durchgeistigende Bewußtsein gesellt: wir sind von königlichem Blut. Weiter ziehen wir an Hunderten von Bildern aller Schulen gleichgültig vorüber, bis endlich der Hauptsaal der Galerie, schon durch seine Größe auffällig, sich vor uns auftut und uns verweilen macht. Ich möchte ihn den Holbein-Saal nennen. Mindestens 20-30 Stücke des alten Meisters finden sich hier vereinigt und die ganze Tudorzeit – der er angehörte – tritt an eben dieser Stelle in ihren Hauptgestalten uns sprechend entgegen. Da ist Heinrich VIII. (drei- oder viermal) und neben ihm – sein Narr; da ist Maria Tudor, reizlos und wie es scheint mit widerstrebender Hand gemalt; da ist *Elisabeth,* in einer ganzen Reihe von Blättern: als Kind, als Mädchen, als Königin, als Greisin selbst und zwischen inne in einem persischen

Phantasie-Kostüm. Ich sah nie etwas Entsetzlicheres. Da grüßt uns mit hoher sprechender Stirn, über der eine turmhohe, abenteuerliche Frisur balanciert, die schöne Anna von Dänemark, die Gemahlin Jakobs I, jenes aufgeschwemmten Vielwissers, der eifersüchtig die Augen seiner Frau verfolgte, wenn sie, wie zur Erholung, ausruhten auf der Schönheit eines jungen Schotten-Lords. Ein rührendes Lied blieb uns aus jener Zeit, ein Lied vom hübschen Grafen Murray, der zur Unzeit seiner Königin gefiel und sterben mußte, weil er schöner war als König Jakob selbst. Das Lied ist alt und lautet so:

Ihr bunten Hochlands-Clane,
Was wäret ihr so fern?
Sie hätten nicht erschlagen
Lord Murray, euren Herrn!

Er kam von Spiel und Tanze,
Ritt singend durch die Schlucht, –
Sie haben ihn erschlagen
Aus Neid und Eifersucht. –

Im Lenze, ach, im Lenze –
Sie spielten Federball,
Lord Murrays stieg am höchsten
Und überflog sie all.

Im Sommer, ach, im Sommer –
Auszogen sie zum Strauß,
Da rief das Volk: Lord Murray
Sieht wie ein König aus.

Im Herbste, ach, im Herbste –
Zu Tanze ging es hin,
"Mit Murray will ich tanzen!"
Rief da die Königin.

Er kam von Spiel und Tanze,
Ritt singend durch die Schlucht, –
Sie haben ihn erschlagen
Aus Neid und Eifersucht. –

Ihr bunten Hochlands-Clane,
Was wäret ihr so fern?

Sie hätten nicht erschlagen
Lord Murray, euren Herrn!

Armer Lord Murray, arme Königin! Aber euer Leid erlischt vor einem größeren: dort aus schlichtem Rahmen heraus schaut, als weine sie im tiefsten Herzen, das blasse Antlitz Maria Stuarts. Und doch war sie noch halb ein Kind, als sie dem Maler zu diesem Bilde saß. Ein Klosterschleier umhüllt weiß und dicht das schmale, feine, geheimnisvolle Gesicht, das nichts hat von jugendlicher Heiterkeit, und es beschleicht uns der Gedanke, als fühle sie sich unheimlich unter diesen Elisabethköpfen, die von allen Seiten her auf sie herniederblicken.

Noch weitere Säle folgen, aber unser Interesse hat seinen Höhepunkt erreicht und selbst ein Pastellbild "des alten Fritz", der aus einer Gesellschaft reifröckiger Prinzessinnen heraus uns mit seinem klaren Königsauge grüßt und unser preußisches Gefühl erwachen macht, fesselt uns nur auf Augenblicke. Gleichgültig an mutmaßlichen Raffaels (wo gab' es deren nicht!) und noch mutmaßlicheren Michelangelos vorübereilend, erreichen wir aufs neue die breite Aufgangstreppe, deren Ulan noch immer wie in Stein gehauen dasteht und die teppichbedeckten Stufen schnell herniedergleitend, atmen wir auf, als nach der Schwüle, die uns von Saal zu Saal begleitete, jetzt plötzlich die frische Parkluft unsre Stirne kühlt und statt einer endlosen Reihe von Bildern jenes *eine* vor uns hintritt, das immer wieder mit seinem Zauber uns beschleicht.

Schnell durchflog ich die Gänge, von jenem Kraftgefühl beherrscht, das in der letzten Stunde eines Galeriebesuchs der Herr über alle anderen zu werden pflegt – vom Hunger.

Fünf Stunden waren seit jenem feierlichen Augenblick vergangen, wo Mr. Taylors erster Champagnerpfropf in die Luft paffte, und als ich so hin und her irrte, wandelte mich plötzlich wie ein Gespenst der Gedanke an: wenn du zu spät kämst, wenn alles vorüber wäre! Da weckten mich Stimmen und munteres Gelächter aus meiner finsteren Betrachtung und um mich blickend, gewahrt' ich unter einem Kastanienbaum meine gesamte Begleiterschaft: die beiden Gentlemen stehend und schwatzend, die Ladies ins Gras gelagert und Kränze flechtend. Miß Harper warf mir den ihren zu und lachend fing ich ihn, wie einen Reifen beim Reifenspiel, mit meinem vorgestreckten Arme auf. "Ich glaubte, Sie hätten uns vergessen", rief sie schelmisch unter ihrem Hut hervor, und sah mich an als wisse sie's doch am besten, daß keines Mannes Auge ihrer Lieblichkeit jemals vergessen könne. Dann erhob sich alles – gesunder Appetit umschlang uns mit einem Eintrachtsbande – und dem Boote zueilend, glitten wir in der nächsten Minute schon quer über den Strom hin an das jenseitige Ufer, wo eine prächtige, nach allen Seiten hin von Weidengebüsch umgrenzte Wiese wie geschaffen war für ein lustig verschwiegenes Diner. Eine Koppel Pferde, die im ersten Augenblick halb stutzig halb neugierig die ungeladenen Gäste empfing, machte bald den bescheidenen Wirt und überließ uns das Terrain. Wir aber hatten bereits den Stamm einer mächtigen alten Rüster zu unserm Lagerplatze ausersehen und eh eine Viertelstunde um war, breitete sich auf dem Rasen vor unsern bewundernden Augen eine wohlgedeckte Tafel aus. Reizend stach das weiße Linnen von dem saftigen Grün des Rasens ab, aber reizender noch schimmerte die gelbe Kruste einer kolossalen Hühnerpastete, die von den kunstgeübten Händen der alten Mistreß May gebacken, den gebührenden Platz in der Mitte der Tafel einnahm. An den vier Zipfeln des Tischtuchs schimmerten abwechselnd die Stanniolkuppen Mr. Taylors und die geschliffenen, portweingefüllten Karaffen, die Mr. Owen und ich selber als Picknick-Kontingent gestellt hatten; am linken und rechten Flügel der Riesenpastete aber lagen in schlichter Brotgestalt die Gaben der Miß Harper: zwei Königskuchen, deren kleine Rosinen zahllos wie die Sterne am Himmel lachten. So war das Mahl; drum herum aber, auf den umgestürzten Kisten und Körben, saßen sieben lachende Menschen und dankten in kindlicher Fröhlichkeit dem Geber aller Dinge. Der Portwein war längst hin und die Hühnerpastete nur noch eine Ruine, da ergriff ich ein volles Glas Champagner, und mich hoch aufrichtend, schloß ich die Mahlzeit mit jenem Toaste, der von Herzen kommend, in britischen Herzen noch immer sein Echo fand: Old-England for ever!

Der verengländerte Deutsche

Einer meiner Freunde erzählte mir: Gebrüder *Miller* sind eine wohlbekannte Firma in der City von London. Vor Zeiten hießen sie *Müller* und waren so loyale Berliner, wie sie das Spandauer Viertel nur je in seiner Mitte sah. Vor zehn Jahren vertauschten sie die Papenstraße mit Moorgate-Street und ersetzten den heimatlichen Klappkragen durch aufrechtstehende Vatermörder. An diese – fuhr mein Freund fort – hatt' ich einen Kreditbrief in der Tasche. Guten Mutes trat ich bei ihnen ein und mich gegen zwei blonde Männer verbeugend, die am Pult einander gegenüberstanden, fragt' ich auf deutsch: "ob ich die Ehre habe, Gebrüder Müller" ...? our name is Miller! unterbrach mich der

Angeredete und schrieb weiter. "Ich bringe Ihnen Grüße vom Bankier Meyerheim... very much obliged!... und wollte mir erlauben, Ihnen diese Zeilen persönlich zu übergehen." Müller II. nahm den Brief in Empfang, durchflog ihn und antwortete dann: tomorrow, Sir! ten o'clock if you please. Das war mir zuviel und beide Arme in die Seite stemmend, schnarrte ich im entschiedensten Jargon unserer Heimat: "Wat! zwee Berliner im keen Wort deitsch nich? Shame, indeed!"

Ob wahr oder erfunden (mein Freund exzelliert in Anekdoten), jedenfalls darf ich versichern, daß die Gebrüder *Miller*aus dem Leben gegriffene Typen sind. Unter hunderterlei Namen bin ich ihnen in allen Kreisen der Gesellschaft begegnet und dem Niederdrückenden dieser Erfahrung hab ich nur den einen Trost entgegenzuhalten, daß das Jahr 48 dieser nationalen Verkommenheit ein Ende gemacht zu haben scheint. Was von dieser Misere bisher mir in den Weg trat, war in vormärzlicher Zeit über den Kanal gegangen. Nicht als ob ich – wie man geneigt sein könnte aus diesem Lob zu schließen – den unbedingten Bewunderern jener Bewegungsepoche angehörte. Keineswegs. Aber die Untreue und die Maßlosigkeit, die Illoyalität und die Verkehrtheit jener Zeit, die so oft und so gebührend verurteilt worden sind, sollten uns die nationale Seite, diesen gesunden Kern jener Erhebung, nicht undankbar verkennen lassen und uns nicht blind gegen die Tatsache machen, daß ein *deutscher* Geist, wie ihn die Freiheitskriege sahen, erst unter den Gewehrschüssen des 18. März wieder erwachte, ähnlich wie der Frühling unter Donnerschlägen seinen Einzug zu halten liebt.

Selten nur trifft man im bunten Treiben der Weltstadt auf einzelne jener Flüchtlinge, die der Sturm der letzten Jahre an die englische Küste geworfen hat; sie lieben Zurückgezogenheit und verkehren (mit Ausnahme eines in Kneipenroheit verkommenen Abhubs) geräuschlos untereinander. Aber häufiger fast als einem lieb ist, begegnet man den "Landsleuten aus der alten Schule". Überall in der City – in den Lesezimmern des Lloyd wie an der Kornbörse in Mark-Lane, in den Docks-Kellern wie an den Eßtischen des Mr. Simpson – stößt man auf ihre unerquicklichen Gesichter; keiner aber lernt sie besser kennen als der Beneidenswerte, der in einer Kaufmannsstadt an der Nord- oder Ostsee zu Haus, ein Empfehlungsschreiben an diese oder jene deutsch-englische Firma in seinem Lederkoffer mit herüberbringt – und an die Erfahrungen solcher Bevorzugten richt' ich jetzt die Frage: ob es etwas Trostloseres gibt, als die Gestalt des "verengländerten Deutschen".

Der englische Kaufmann ist praktisch, ist auf Erwerb aus, ist Kaufmann durch und durch. Aber – vorausgesetzt, daß er jemals die Ader eines Gentleman in sich hatte – so bleibt ihm diese wie eine Schutz- und Grenzlinie gegen den Schacher durch alle Phasen seines Lebens hindurch, und wenn er begreiflicherweise auch in der Einseitigkeit und Ausschließlichkeit seines Strebens nach Erwerb, kein Gegenstand unserer besonderen Zuneigung werden kann, so können wir ihm doch um der Klugheit seiner Kombination und der Energie, Ruhe und Gradheit seiner Handelsweise willen, unsre Hochachtung nicht versagen. – Wie anders der deutsche Kaufmann, der herüberkommt! Ängstlich bemüht, an den englischen Kaufmann gleichsam hinan zu wachsen, hat er bei seinem Betreten britischen Bodens nichts Eilfertigeres zu tun, als unter der Aufschrift: "Sachen ohne Wert" das bißchen deutsche Liebenswürdigkeit, das er in Gestalt von Bonhomie, gemütlichem Spießbürgertum, Ungeniertheit und derbem Witze mit herüberbrachte, in die väterliche Wohnung zurückzuschicken, und ohne im geringsten das feine Auge für all die Vorzüge zu haben, die den englischen Kaufmann – und sei er der erwerbslustigste – noch immer charakterisieren, setzt er seinen ganzen Eifer daran, ihn in allerhand Manieren (natürlich immer die schlechtesten) zu erreichen, in Manipulationen und Kunstgriffen, die freilich am meisten in die Augen springen, aber den echten Engländer so wenig ausmachen, wie etwa das Dreinschlagen mit Kolben einen tüchtigen Offizier.

Dennoch ist der verengländerte Deutsche innerhalb der Geschäfts- und Handelssphäre nur *halb er selbst.* Bereicherung! steht auf der Fahne jedes Kaufmanns und die ungeschickteren Hände, mit denen die deutsche Kopie des englischen Kaufmanns im Golde wühlt, die gierigen Augen, mit denen er es verschlingt, wollen wir ihm nicht zu hoch in Rechnung stellen. Er ist eben nur eine Steigerung dessen, was jeder Kaufmann, auch der englische, mit ihm teilt und selbst das Obermaß seiner Erwerbslust ist immer noch gleichsam zu Haus innerhalb des kaufmännischen Berufs. Aber widerlich wird diese Gold-Jagd auf anderen Gebieten und um so widerwärtiger, je geistiger das Gebiet ist, das der verengländerte Deutsche nicht verschmäht, durch seinen Schacher (wofür er den Ausdruck "praktische Richtung" hat) zu verunglimpfen. Die Künstler, die Schriftsteller, die Gelehrten – sobald sie dieser englischen Krankheit verfallen, machen ihr ganzes Tun zum bloßen Gewerbe und von einer liebenden Hingabe an die Sache findet sich keine Spur mehr. Kunst und Wissenschaft werden sich in solchen Händen niemals Zweck; sie sind nur Mittel. Nicht Mittel in jenem hohen Sinne, wie innerhalb der christlichen Kunst des Mittelalters; auch Mittel nicht in jenem erlaubten Sinne, wo sich das Leben selbst als Zweck ergibt; nein, Mittel in jenem schlechtesten Sinne, Mittel zum Reichwerden, zur plötzlichen Erhebung und zum endlichen Nichtstun, als süßen Lohn kurzer, lügnerischer Arbeit. Das Trostloseste sind die deutschen Ärzte, über die das Engländertum hereingebrochen ist. Ich wohnte mit einem solchen zusammen; er forderte und erhielt für ein kuriertes Schnupfenfieber 20 £ St. (130 Rtlr.) und erzählte mir unter Lachen den Fischzug, den er gehalten habe. Ich kannte auch das Opfer dieser Prellerei und habe die betreffende Rechnung mit Augen gesehen. Man spricht in Deutschland von interessanten Fällen und unsere Patienten sträuben sich dagegen, ein solcher zu sein. Verarg' es ihnen, wer mag. Aber unter allen Umständen sind sie, um eben ihres Leidens willen, einer lebhaften und gleichsam nobeln Teilnahme von seiten ihres Arztes sicher. Solche interessanten Fälle kennt der deutsch-englische Arzt nicht; mit der Wissenschaft hat er abgeschlossen, lernen oder verdummen gilt ihm gleich, und nur *ein* interessanter Fall ist für ihn geblieben: die gefüllte Börse eines Westend-Lords oder eines City-Kaufmanns aus dem Ostindien-Viertel.

Ich habe mich bis hierher gemüht, ein Charakterbild des Deutsch-Engländers zu geben; wend ich mich jetzt seiner mehr äußeren Erscheinung zu. Er spricht alle Sprachen mit Ausnahme des Deutschen. In seiner Tracht und Haltung überengländert er den Engländer. Er hat beständig schwarzen Flor um den Hut, trägt Röcke, deren Taille mehr dem südlichen Wendekreis des Steinbocks, als dem mittellinigen Äquator entspricht, exzelliert in buntfarbigen Sommerkrawatten, scheitelt sein Haar in der Mitte des Kopfes und verwendet alle möglichen Pasten und Schönheitswässer zur Herstellung des (unübersetzbaren) "egalen Teints", dieses entscheidenden Kennzeichens des echten Gentleman. O ja, sie lernen ihm ab, wie er sich räuspert und wie er spuckt, und nur ein letztes Etwas entgeht entweder ihrem Auge oder liegt jenseits ihres Nachahmungstalents. Dies Etwas ist es dann, was schließlich doch einen Strich durch die Rechnung macht.

Ihre Taschen liegen sämtlich unterm Schutz eines Brama-Schlosses, zu dem der Schlüssel verlorengegangen ist. Für schlechtweg Bedürftige haben sie ein stereotypes Achselzucken und für die Flüchtlinge der letzten Jahre einen bequemen und billigen Hohn.

Begegnet man ihnen in der Gesellschaft, so suchen sie das Flachsenfingen, wo ihre Wiege gestanden, bis zum Äußersten hin zu verleugnen. Fallen sie der

Ehrlichkeit des vorstellenden Wirts aber dennoch zum Opfer und zieht Neugier oder Spottlust sie in eine vornehme Unterhaltung mit dem jungen Huronen, der keine glanzledernen Stiefel trägt und das Unglück hat, Deutschland sein Vaterland zu nennen, so beginnen sie (versteht sich englisch) "wie befindet sich Ihr König? Alles noch wohlauf bei Hofe? kein neuer Orden kreiert? kein Garde-Leutnant zum Kultus-Minister avanciert, oder kein Alt-Lutheraner General der Kavallerie geworden?"

So geht es fort. Wer möchte ihnen die Anerkennung versagen, daß die Pfeile ihres Spottes gelegentlich treffen; aber diese Renegaten und verkommenen Söhne eines auch in seinen Schwächen noch großen und herrlichen Vaterlandes haben nicht das Recht, diese Pfeile abzudrücken. Ihr Wesen geht auf in Lieblosigkeit und Undankbarkeit gegen den Boden, der sie gebar. Sie kennen nur Schattenseiten und vergessen, daß hier wie überall der Schatten das Licht voraussetzt. Sie verwechseln die eigene Verkommenheit mit der vorgeblichen des Volkes, dem sie angehörten und halten die Einflüsterungen eines bornierten und selbstgefälligen Egoismus für die Stimme der Freiheit und politischen Weisheit.

Der einsichtige Engländer (freilich wie überall ein kleiner Bruchteil) blickt bescheiden auf die Besonderheit seines durch Lage und Gang der Geschichte bevorzugten Landes und ist weitab sich persönlich das Verdienst von Dingen zuzumessen, die Gottes Ratschluß ungleich mehr als der englische Nationalcharakter, geschweige dessen modernste Erscheinung, hervorgerufen hat. Wilhelm III. konnte unterliegen, und England wäre unterm Szepter der katholischen Stuarts denselben Weg wie die Staaten des Kontinents gegangen. Das verhehlt sich kein gebildeter Brite.

England ist kein Polizeistaat; aber warum nicht? weil es keiner zu sein braucht. Disraeli selber sprach es aus: unser Land hat keine Ahnung von der Macht und Ausdehnung jener Umsturzpartei, die auf dem Kontinent ihr Wesen treibt. Hätten wir Ähnliches, wir würden zu ähnlichen Mitteln greifen müssen und der Londoner Philister, der seit 40 Jahren gewöhnt ist, seinen Morgenimbiß in Gesellschaft der Times oder Morning Post zu nehmen, würde sich daran gewöhnen müssen, seinen Frühstücksgefährten von Zeit zu Zeit *nicht* erscheinen zu sehen. So sprechen Engländer. Der verengländerte Deutsche aber schimpft über Polizei und Soldateska, spricht von der Teilung Deutschlands wie von einer abgemachten Sache, nennt Leibniz einen Schleppenträger des Newton und Goethe-Schiller die Aushökerer des Shakespeare. "Ihr habt nichts als den Hegel " – so schließt er – "und den lassen wir euch."

Ihn widerlegen, hieße ihn ehren; man läßt lächelnd einen Strom solcher Torheiten über sich ergehen und schreibt abends ins Tagebuch: bei Mr. N. einen Landsmann aus der alten Schule getroffen; einer wie alle: flach, eitel, undankbar!

Von Hydepark-Corner bis London-Bridge

Es ist Sonnabend nachmittag, die Sonne lacht so heiter nieder wie's die dunstigen Straßen nur irgendwie gestatten, aber mir selber nimmt die Sonnenheiterkeit nichts von meiner irdischen Verstimmung und ich greife zu meinem letzten Erhebungs- und Zerstreuungsmittel, zu – einer Omnibusfahrt von Westend bis in die City.

Da kommt er schon mein alter Freund der Royal Blue, der zwischen Hydepark-Corner und der Londonbrücke läuft, und seinen höchsten Platz mit der doppelten Raschheit eines deutschen Turners und Londoner Pflastertreters erkletternd, rollt der Wagen in demselben Augenblick weiter, in dem er anhielt mich aufzunehmen. Ein Blick nach links in den Hydepark und rechts auf den Triumphbogen des alten Siegesherzogs! nun aber die Augen gradaus und hinein in das Treiben Piccadillys, dessen Pflaster wir jetzt geräuschlos hinunterfahren.

Die erste Hälfte Piccadillys gleicht einem Quai: zur Linken nur erheben sich Paläste und Häuser, rechts aber dehnt sich, einer Wasserfläche gleich, der Green-Park aus und labt das Auge durch seinen Rasen und die freie Aussicht zwischen den Bäumen hindurch. Ein leiser Wind weht herüber und nimmt auf Augenblicke dem Tage seine Schwüle; mir aber wird freier um die Stirn und unter Lächeln gedenk' ich meines Heilmittels, das sich wieder zu bewähren scheint.

Weiter geht es, der Quai verengert sich zur Straße und verliert an Vornehmheit, schon aber biegt der coachman rechts in Regent-Street hinein, und die Zügel nachlassend geht es jetzt bergab und rascher denn bisher dem schönen Waterloo-Platze zu. Vor uns steigt die York-Säule auf; Carlton-House, der Sitz der preußischen Gesandtschaft, zeigt uns seine hohen Eckfenster; Palast neben Palast lagert sich vor unsern Blick, aber eh' wir noch die Minerva-Statue auf einem derselben mit Sicherheit erkannt haben, wendet sich der Omnibus, links einbiegend, dem östlichen Ausläufer der Pall-Mall-Straße zu, und an Hotels, Kunstläden und Clubhäusern vorbei geht es dem eigentlichen Mittelpunkte Londons, dem Trafalgar-Square entgegen.

Da sind wir: die Fontänen tun das Ihre (freilich nur ein bescheidner Teil); der Sieger von Trafalgar schaut von seiner Kolonne herab; die National-Galerie zieht sich, als fühle sie die Schwächen ihrer Schönheit, bescheiden in den Hintergrund zurück, und von Northumberland-House hernieder grüßt uns der Wappenlöwe des Hauses, der mit gehobenem Schweif dort oben frei in Lüften steht und von den Percys, dem Löw engeschlechte Alt-Englands erzählt.

Immer weiter! Der Square liegt dicht hinter uns; das ist der "Strand", der sein buntes Leben jetzt vor uns entfaltet. Er ist die Verbindungslinie zwischen Westend und der City, und der Charakter beider findet sich hier in raschem Wechsel nebeneinander. Neben den immer zahlreicher werdenden Läden und den Theatern zweiten Ranges erheben sich Paläste wie Kings-College und Somerset-House, und neben der Lady, die eben die Requiem-Probe oder das Oratorium in Exeter Hall verläßt, an dessen Aufführung sie sich mit gutem Willen und schwacher Stimme beteiligte, schreitet der Affichenträger, diese originelle Erfindung englischer Marktschreierei, wie ein wanderndes Schilderhäuschen einher, dessen papierne Wände nach allen vier Seiten hin ausschreien: "Feuerwerk in Cremorne-Gardens", oder "Rasiermesser, scharf und billig, Ecke von Strand und Cecil-Street". Mein Auge hält sich rechts; kurze Querstraßen laufen zur Themse hin, mitunter blitzt der Strom selbst blau und schimmernd hindurch. Wie lacht mir das Herz! aber die nächste Nähe fesselt aufs neu das Auge: Häßliches und Blendendes, Alltägliches und Niegeschautes drängen sich mit Blitzesschnelle an uns vorüber. Hier zur Rechten scheinen die Dentisten ihr Quartier zu haben. An den Fenstern und Haustüren begegnen wir künstlichen, zierlich aus Elfenbein gedrechselten Totenköpfen, die sich gespenstisch im Kreise drehn und mit ihren grinsenden Mausezähnchen, ländlich sittlich, die Annonce übernehmen: hier wohnt ein Zahnarzt.

Weiter! der "Strand" erweitert sich zu einem Kirchplatz, aber nur um sich plötzlich wieder zu verengen – und durch Temple Bar, das alte City-Tor hindurch, rollt jetzt unser Omnibus in Fleet-Street hinein. Was ist das? Tausende sperren an jener Ecke den Weg. "Weekly Dispatch" oder "Illustrated News", ich hab' es vergessen welches von beiden, steht mit riesigen Buchstaben an der Front des belagerten Hauses. Was will man? hat sich der Redakteur gegen die Souveränität des Volkes vergangen ? hat er eine Brot-Taxe beantragt? nichts von dem allen. In Chester ist heut Wettrennen, das ist alles. Unablässig spielt der Telegraph von dort herüber und jede neue Meldung wird zu Nutz und Frommen des teilnahmvollen Publikums in großen Buchstaben sofort ans Fenster geklebt. Unerklärliche Begeisterung! Annes Volk ist's, was sich da drängt, Tagelöhner die keine Geiß geschweige ein Pferd im Stalle haben, und doch will jeder wissen, was 50 Meilen nördlich in Chester geschieht und ob der "Lalla Rookh" oder der "Wilberforce" gewonnen hat.

Endlich sind wir hindurch; der Menschenknäuel schließt sich wieder, während wir Farringdon-Street durchschneiden und das ansteigende Ludgate-Hill in kürzerem Trab hinauffahren. Jetzt sind wir oben, unmittelbar vor uns steigt der Massenbau St. Pauls in die Luft. Seine Glocken beginnen eben zu tönen, um den Sonntag einzuläuten. Aber selbst die Stimme seiner Glocken wird überdröhnt und überrasselt, denn immer näher kommen wir der Handelswerkstatt der eigentlichen City und schon haben wir Cheapside rechts und links. Welche Läden das, welche Fülle, welcher Glanz! Alle Früchte des Südens, dazwischen die großen spanischen Trauben, liegen hochaufgeschichtet hinter den Spiegelscheiben der Schaufenster und ein Londoner Witzwort wird uns gegenwärtig, das da heißt: ein Franzose macht zwei Läden von dem, was ein Engländer ans Fenster stellt. Und nun Poultry, und nun die Börse und die Bank! Von allen Seiten münden hier die Straßen ein, schon wird die Masse unentwirrbar und noch immer hat die City nicht ihr Letztes getan. Südlich geht's, in King William-Street hinein und der Londonbrücke unter verdoppelten Peitschenschlägen zu. Da ist sie, oder doch da blinkt sie herüber, denn siehe, so nah am Ziel sind wir noch weitab von ihm. Es ist fünf Uhr und die City-Omnibusse haben sich eben angeschickt, alles was die Woche hindurch am Pulte stand und die Comtoir-Feder hinterm Ohre trug, nach den aberhundert Vorstädten und grünen Dörfern hinaus zu schaffen, die in einem weitem Kreise die Stadt umgeben und nach denen die City-Menschen sich sehnen, wie der Bergmann in seinem Schacht nach Gottes Sonne da oben. Hunderttausende wollen hinaus, in dieser Stunde, in dieser Minute noch, und selbst der London-Brücke und ihren Dimensionen versagen die Kräfte. Tausende von Fuhrwerken bilden einen Heerwurm; die lange Linie von King William-Street bis hinüber nach Southwark ist eine einzige Wagenburg und minutenlanger Stillstand tritt ein.

Ich spring herab, ich dränge mich durch; treppab komm ich an den Landungsplatz der Dampfschiffe, ich besteige das erste beste und wieder stromab fahrend, schau ich von der Mitte des Flusses her dem Drängen und Treiben zu, das auf der Brücke noch immer kein Ende nimmt. – Die Flut kommt und bringt eine luftige Brise mit, ich nehme den Hut ab und sauge die Kühlung ein. Mein Kopf brennt und fiebert, aber hin ist alle Verstimmung und mir selbst zum Trotz murmle ich vor mich hin: dies einzige London!

Miß Jane

Ich hatte Empfehlungsbriefe an Miß Jane. Als ich sie abgab war sie aufs Land. Wochen vergingen; ich hatte die Briefe vergessen. Eines Morgens beim Frühstück erhielt ich folgende Zeilen:

10 Angel Terrace, New-Road (Pentonville).

Miß W. empfiehlt sich Herrn F. und drückt ihm ihr lebhaftes Bedauern darüber aus, daß sie außerhalb der Stadt war, als Mr. F. die freundlichen Zeilen aus Deutschland ihr in Person zu überbringen gedachte. Miß W. würde sich Herrn F. sehr verpflichtet fühlen, wenn er ihr Gelegenheit zu mündlicher Äußerung ihres Dankes geben wollte und erlaubt sich ihm anzuzeigen, daß sie allabendlich nach 7 Uhr zu Hause ist. – Freitag nachmittag.

Andren Tages schickt' ich mich an, dieser freundlichen Aufforderung nachzukommen. Es war Sonnabend und einer jener schwülen, staubigen Tage, wo man die Luft Londons wie den Puls eines Fieberkranken fühlt. Von meiner Wohnung aus bis Angel-Terrace war nicht allzuweit. Ich passierte Euston-Square und bog in die nördliche Lebensader Londons ein, die unter dem Namen New-Road von Paddington und Bayswater bis Pentonville und Islington läuft. Mein Weg führte gradaus; ich konnte nicht fehlen. Von Zeit zu Zeit blieb ich stehen und ließ den Wirrwarr der Szene an mir vorüberziehen. Es war das erste Mal, daß ich in diese Gegend kam und so gewiß es London war, das nur ein neues Blatt seines Wunderbuches vor mir aufschlug, so gewiß doch war dies Blatt eben neu, und fast vergaß ich im Anschauen dieses wechselnden Treibens, daß mich andres hierher geführt hatte als die Lust an einer Straßen-Studie. Dieselbe Fülle von Leben lag hier vor mir wie in Piccadilly und Oxford-Street und doch hatte alles wieder einen andren, zum Teil völlig abweichenden Charakter. Die blitzenden Kaufläden fehlten ganz, Cabs und Gigs waren selten, kein modischer Frack in ganz New-Road, geschweige das Barèkleid einer Lady von Stande. Nur Omnibus auf Omnibus jagte vorüber, Arbeiter in Jacke und Mütze hockten oben auf; – ein Augenblick Halt! und wieder weiter trabend wirbelte eine neue Staubwolke in den Straßenstaub hinein. Trödelläden überall und Magazine für Auswandrer; an den Ecken aber das unvermeidliche Bierhaus. Freilich auch Reizendes bot sich dar. Die Breite der chaussierten Straße und ihre Bäume und Gärten taten dem Auge wohl; und der Goldregen, der bestaubt über die Eisengitter hing, dazu das Auf- und Nieder des Terrains, vor allem aber die dämmerblauen Hügel von Highgate, die von fern her in dies wüste Treiben niederblickten, gaben dem ganzen Weg, der sich vor mir hinzog, einen wunderlichen Misch-Charakter von Landstraße und Weltstadt.

Kings-Croß hatt' ich passiert; die Häuser zur Rechten wurden eleganter, Mädchen-Pensionate lagen hinter den Gittern und kündigten sich durch klösterliche Stille noch deutlicher an als durch Inschriften, oder das messingne Klingelschild ihrer Mistreß. So erreicht' ich Angel-Tcrrace. Als ich die Gittertür hinter mir zuwarf, war es als sei ich in eine neue Welt getreten. Das Gitter und das hohe Strauchwerk, das sich an ihm entlang zog, lagen wie eine Scheidewand zwischen hier und draußen. Der Staub drang nicht durch und gönnte mir wieder einen freien Atemzug; selbst der Lärm brach sich an dieser hohen grünen Wand und klang wie fernes Summen und Rauschen. Heiter schritt ich den Kiesgang entlang, der zwischen zwei blumenlosen und doch so erquicklichen Rasenplätzen hinlief und war eben im Begriff den Klopfer zu fassen, als die Tür sich wie von selber öffnete und ein alter Herr mit freundlicher Stimme mir zurief: "Kommen Sie nur, Jane wartet schon!" Es war ihr Vater. Wir traten in ein Zimmer zur Linken. Sein Anblick bot nichts Besondres dar; englische parlours gleichen sich wie ein Ei dem andren. Miß Jane trat mir entgegen und reichte mir, nach schöner englischer Sitte, ihre Hand. Es war eine weiße vornehme Hand. Die gewöhnlichen Begrüßungsworte wurden gewechselt; dann nahm ich Platz. Das Wasser im Kessel siedete, der Alte nahm die Tassen vom cup-board, Miß Jane löste die Schalen von den zierlichen kleinen Krebschen, die auf dem Tische standen, und sprach und fragte zu mir herüber. Sie war nicht schön, nur ihre Augen waren es. Es lag ein Etwas in ihnen als lachten sie gern, und zugleich doch sah man, sie hatten viel geweint, ich kannte die Geschichte Miß Janes; hätt' ich sie nicht gekannt, ich hätte sie aus diesen Augen lesen können.

Ihr Vater war nach Deutschland gegangen als sie noch ein Kind war. Damals war er reich gewesen, fast ein Millionär. Unter Glanz und Fülle war Miß Jane herangewachsen; sie sang, sie spielte, sie hatte berühmte Lehrer gehabt, sie hatte in Konzerten gesungen und den Ertrag ihres Spiels der Armut in den Schoß geschüttet. Nun sang sie auch und spielte und lehrte, aber nur für sich und ihren Vater. Sie waren selber arm geworden. Das verwöhnte Kind, die vornehme Dame erwarb ihr Brot jetzt als englische Governeß. Die Armut in Deutschland hatte sie leicht getragen: sie hatte Freunde gehabt, *deutsche* Freunde, die den Menschen nicht nach Guineen wägen – und in fremden Häusern weiter genießend, was sie einst im eignen geboten hatte, war sie arm geworden ohne zu fühlen, was Armut sei. Aber diese Tage halben Glücks hatten nicht angedauert. Der alte Kaufmannsgeist war wieder über den Vater gekommen, es hatte ihn zurückgezogen nach England, nach London, nach der City, nach der alma mater des Handels; – er wollte wieder reich werden wie er arm geworden war und Jane hatte ihn begleiten müssen. Sie hatten Wohnung genommen in der City, auf deren finsteren Comtoiren der Alte nun wieder saß und rechnete wie 30 Jahre früher; er hatte das Glück aufs neue versucht, und vergessen, daß die Göttin nur die Jugend liebt und vorbeigeht an jedem weißen, sorgenvollen Haupt. Alles schlug fehl; schwere Tage kamen; Miß Jane war entschlossen und suchte ihre Bücher und ihre Noten hervor. O, sie war klug und ihre Stimme glockenhell, sie brauchte sich nicht lange umzutun, und *die* Demütigung wenigstens blieb ihr erspart, ihre Dienste vergeblich angeboten zu haben. Die mühevollen Tage einer Governeß begannen für sie. Frühmorgens nach Kings-Croß, um den Omnibus abzuwarten, spät abends heim mit dem Notenbuch unterm Arm. Wie viele dieser blassen, abgehärmten Gesichter sah ich auf meinen Kreuz- und Querzügen, wenn ich von London-Bridge bis Chelsea fuhr – wie eilten sie die Treppe hinunter, um den Steamer nicht zu verpassen und wie schnell ging's wieder über die hölzerne Brücke und über den schwankenden Pier hinweg, wenn das Boot anhielt bei Lambeth-Palace, oder Vauxhall Bridge! Wie oft hatte ich teilnahmvoll in solche stillklagende Augen geblickt, nicht ahnend, daß ich ihnen einst so nahe gegenübersitzen sollte. Und saß ich solchen Augen denn gegenüber? War das noch dieselbe Miß Jane, waren das noch die umflorten Augen, die mich bei meinem Eintritt begrüßt hatten? Sie lachten jetzt, als hätten sie nie geweint. Ein Zauber war wirksam geworden und dieser Zauber hieß Deutschland und deutsches Wort. Der Alte selbst ging auf in den Jubel seiner Tochter und die Erinnerung an zwanzig glückliche Jahre, die er unter uns verbracht, ließ ihn sein Engländertum und die fixe Idee neu zu erwerbenden Reichtums vergessen. Sein Herz floß über von Liebe und Dankbarkeit gegen unser Land und mehr denn einmal rief er: "Bei Ihnen gibt es Menschen und Herzen, aber dies England hat nur Beine und Börsen." Vater und Tochter wetteiferten und der ganze Reichtum deutschen Lebens wurde mir an dieser Stätte gegenwärtig wie nie zuvor. Hundert kleine Züge unsres Lebens, übersehen sonst um ihrer

Alltäglichkeit willen, machte mir hier die dankbare Rückerinnerung dieser beiden wie zum Geschenk und ich erschien mir gleich dem reichen Hypochonder, der über Not und Elend klagt, weil er die Schätze seines Nachbars nicht mitbesitzt, bis ihm plötzlich die schwarze Binde vom Auge fällt und er sieht, was er lange hätte sehen können, daß er reich ist und immer war. Von dem Abend an war ich ein häufiger Gast in Angel-Terrace; jede Klage über das selbstische England und jede Sehnsucht nach Deutschland hin fand dort ein lautes Echo. Wollt' ich Herzen haben, die sich mit mir freuten über Empfang eines Briefes aus der Heimat, so richtete ich meine Schritte New-Road hinauf, und als ich zum letzten Male diesen Weg ging, war mir's, als sollt' ich eine zweite Heimat aufgeben, um die erste wieder zu gewinnen. Der Abschied war kürz; Miß Janes Augen lachten nicht mehr; der Alte war schweigsam. "Unsre Wünsche begleiten Sie; *könnten wir es selbst!"* Das waren ihre letzten Worte.

Alte Helden, neue Siege

Ich kam von Dulwich. Der Leser kann nicht bereitwilliger sein zu fragen: "Was ist Dulwich?" als ich geneigt bin, ihm darauf zu antworten. Dulwich ist eine Art Schönhausen, ein freundliches Dorf mit Park und Wiesen, mit hohen Ulmen am Weg und Spalierrosen an den Häusern, mit einem Schulgebäude im Königin-Elisabeth-Stil und einer Bildergalerie als Zugabe. Diese hatten wir besucht. Es ist bekannt, daß die englischen Galerien hinter denen des Kontinents zurückbleiben und in der Tat, es sollte einem schwer werden, hier den Rubens unbedingt lieben zu lernen, oder gar den Tizian als das zu begreifen, was er ist. Mit Ausnahme von einem halben Dutzend Murillos, worin sich die Galerien von London und Dulwich brüderlich teilen, fehlen überall die Gemälde ersten Ranges. Man begegnet Raffaels, Correggios, Tizians und selbst (ungenießbaren) Michelangelos, aber sie blicken zum Teil so trübselig drein, als hätte man sie nur aufgestellt um das Register berühmter Namen vollständig zu haben. Dennoch haben diese englischen Galerien ihren Reiz und ihr Verdienst. Wenn es ihnen versagt blieb, das Beste der großen italienischen Meister unsern Sinnen näher zu führen, so bieten sie doch stets ein Besonderes und Charakteristisches dar und man verläßt kaum eine derselben ohne das Gefühl: über diesen oder jenen Namen erst jetzt den rechten Aufschluß gewonnen zu haben. So hat die Vernon-Galerie (eine Sammlung ausschließlich *englischer* Meister) ihren Hogarth und David Wilkie; so hat die National-Galerie ihren Claude Lorrain; so haben die Säle in Hampton-Court ihre seltsamen halb lächerlichen, halb klassischen Holbeins und so hat die Dulwich-

Sammlung ihre braunen Poussins. Schade, daß sich einige von der Herde in die Räume der National-Galerie verirrt haben und dort, ohnehin an unrechter Stelle, neben den Madonnas, ihre bacchantisch-sinnlichen Tänze tanzen. Könnte man sich entschließen diese mit genialer Ockerverschwendung gemalten Satyrleiber, die, grinsend, schlafende Nymphen belauschen, oder lüsternd sie umschleichen – der Dulwich-Galerie einzuverleiben, man würde eine Poussin-Sammlung haben, wie sie nicht besser gewünscht werden könnte. Dies Anstreben einer wenigstens *einseitigen* Vollständigkeit – ein Zug, der überhaupt das englische Wesen charakterisiert – ist's, was der Mehrzahl dieser Galerien einen Wert verleiht, den sie anderweitig nicht beanspruchen könnten, und was einen praktischen Takt bekundet, der vielen unsrer kontinentalen Bildersammler als Richtschnur dienen sollte. Es ist alter Weisheitspruch: nur das Erreichbare zu wollen. Wessen Mittel nicht ausreichen die Weltgeschichte zu umfassen, der macht sich nützlicher, wenn er die Chroniken von Müncheberg oder Treuenbrietzen studiert, als wenn er die römischen Kaiser mechanisch auswendig lernt; und reiche Bankiers, die gewissenhaft mit einem Prozent ihres jährlichen Überschusses "der Kunst aufhelfen wollen", tun besser eine Sammlung von Meyerheims, Koekkoeks oder Jordaens an den Wänden zu haben, als das "Sümmchen" an einen zweifelhaften Tizian, wie z.B. "Venus und Adonis", zu setzen, wovon, wie ich glaube, sieben *echte* Exemplare existieren. Ich kam also von Dulwich; und in die Omnibus-Ecke gedrückt versuchte ich zu schlafen. Aber umsonst! Wer kennte nicht jenen unbehaglichen Zustand, wo der abgespannte Körper keine Freude am Wachen hat und der Geist zu aufgeregt ist, um uns das Schlafen zu erlauben. Die alten bewährten Mittel: bis hundert zählen, und Meilensteine Revue passieren lassen waren bereits erfolglos durchprobiert, so deklamierte ich denn in humoristischem Ärger:

"Schlaf, holder Schlaf,
Des Menschen zarte Amme, sag, was tat ich,
Daß du mein Auge nicht mehr schließen willst
Und meine Sinne in Vergessen tauchen."

Aber auch die rührende Bitte König Heinrichs fand kein Ohr und ließ den Knicker Morpheus kein Körnchen Mohn aus seiner Kapsel fallen. Ein Engländer neben mir las die "Times". Einen Augenblick war ich geneigt ihn zu beneiden und fest entschlossen mich an der nächsten Ecke nach ähnlicher Lektüre umzutun, aber noch rechtzeitig ward ich andern Sinnes. Zwei "Times" lesende Omnibus-Nachbarn sind gerade so ein Ding der Unmöglichkeit, wie zwei

Freunde, die Arm in Arm gehen und jeder einen Familien-Regenschirm aufspannen wollen. So sah ich denn über die nachbarliche Zeitung hinweg und begnügte mich damit, die ringsherum geklebten Omnibus-Annoncen: "letzte Woche von Albert Smiths Besteigung des Mont-Blanc"; "Websters wohlriechende Sparsamkeits-Nachtlichte"; "Surrey-Theater! Unerhörter Triumph! Balfes neue Oper: "Der Teufel sitzt drin!" (The devil is in it) mit Schlußfeuerwerk" – zum hundertsten Male durchzustudieren. Man male sich mein Erstaunen, als ich unter den alten Bekannten plötzlich einen Fremden gewahrte, der mir in rot und blauen Buchstaben zurief: "Kricket!! Wettspiel zwischen elf Greenwich-Pensionären mit einem Arm und elf Chelsea-Pensionären mit einem Bein. Eintrittspreis: Sixpence. Ort: Kennington-Oval." Das war was nach meinen Geschmack; von Müdigkeit keine Spur mehr: an Vauxhall-Bridge ließ ich halten und hatte die eine Sorge nur, vielleicht zu spät zu kommen; denn die Sonne stand bereits tief am Himmel.

Während ich rasch zuschritt, nahm meine Besorgnis freilich bald eine andere Gestalt an. Mir fiel ein Gedicht, halb Lied halb Ballade ein, das eine ähnliche Situation behandelt wie die, der ich zuschritt; und während das Mißbehagen wieder lebendig in mir wurde, mit dem ich das sonst zierlich und reizend gearbeitete Gedicht stets betrachtet hatte, stand ich einen Augenblick auf dem Punkte, das seltsame Schauspiel dran zu geben. Jene Ballade spricht von einem alten Stelzfuß, dereinst Schillscher Husar und mit unter den Kämpfern von Stralsund – nun im geflickten Kollett inmitten der Jahrmarktsbuden steht und vergnüglich dem Karussellspiel der Kinder zuschaut. Die türkische Musik wird wilder, die hölzernen Pferde drehen sich rascher, die Kinder jubeln lauter und siehe da, das alte Husarenherz wird wie von alter Zeit berührt, und Spiel und Wirklichkeit zusammenwürfelnd, schwingt er sich auf eines der fliegenden Pferde und "jagt hinein in vergangenes Glück". In glatten Versen macht sich so was recht gut, aber des Pudels Kern wollte mir nimmer behagen. Das Alter wird kindisch; gewiß! aber ich mag diese Wahrheit an keinem Schillschen Husaren demonstriert sehen. Nichts trostloser, als heruntergekommene Ehre oder gar kindisch gewordener Ruhm.

Das waren meine Gedanken als ich in das Kennington-Oval, eine ringsum eingezäunte, wunderschöne Parkwiese eintrat. Ein Blick auf das Spiel, und alle meine Bedenken waren dahin. Das war kein kindisches Wesen, keine verzerrte Lust, das war die Heiterkeit, die den Mann ziert, und ihn doppelt ziert, wenn er ein Held. Das ganze Schauspiel bot den Anblick eines Amphitheaters. Stühle und Bänke waren der erste Rang, der, von mehr als tausend geputzten

Menschen besetzt, sich in weitem Kreis um die Spielenden herumzog; der Bretterzaun bildete die zweite Galerie, darauf die abgeschworenen Feinde des Entreezahlens in bekannter Reiter-Attitüde saßen, jeden Augenblick zur Flucht bereit; und endlich über den ganzen Schauplatz hinweg, blickten ringsumher die Häuser und Balkone, auf denen die Ladies standen und bald auf das Spiel, bald in die untergehende Sonne schauten. Es war unendlich lieblich, und ein mäßiger Trompeten-Virtuos, der seine Stückchen in die Abendluft hineinblies, gab der ganzen Szene etwas von dem Zauber, den die Klänge unseres lieben, gestorbenen Posthorns über jede Landschaft auszugießen wußten.

So war die Szene; wie aber standen Spiel und Spieler? Die Entscheidung war nah, die nächsten Minuten mußten zeigen, wer Sieger sein sollte: Greenwich oder Chelsea. Die Chelseamänner, in ihren langen Röcken von englisch-rotem Tuch, standen um drei Nummern besser, aber die Männer von Greenwich mit ihren matrosenblauen Jacken und dem ehrwürdigen Dreimaster auf dem Kopf, waren am Spiel und ein guter Treffer konnte den Sieg wieder auf ihre Seite bringen. Viele hatten ihre Hüte zur Erde geworfen und das spärliche weiße Haar der Greise flatterte im Winde. Es waren fast lauter Siebziger: bemooste Häupter von Trafalgar und selbst von Abukir, und wer seinen Arm bei Navarino gelassen hatte, war nur ein Fuchs. Da standen nun die alten Schöpfer und Träger britischen Ruhms, kaum minder eifrig als an Bord der Dreidecker, wenn die berühmte Enterbrücke Nelsons fiel; und Matrose und Soldat, die so oft gemeinschaftlich ihre Hände nach dem Kranz des Ruhmes ausgestreckt hatten, hier standen sie sich blitzenden Auges einander gegenüber und forderten ihn jeder für sich. Wie gesagt, Greenwich war am Spiel, und ein Alter mit einem Arm und einem Bein (ein völliger Krüppel und doch ein ganzer Mann) stand, die Kelle fest in der Hand und kein Auge von seinem Gegner lassend, vor den drei Gitterstäbchen seines Spiels und parierte den anfliegenden Ball mit sichrem Blick und fester Hand. Dreimal hatte er ihn zurückgeschlagen, aber nicht weit genug, um mit seinem Stelzfuß den Hin- und Herlauf, den das Spiel vorschreibt, zu wagen; aber jetzt, beim vierten Schlage, war das Glück mit ihm und mit der Ehre von Greenwich. Weit über das Feld flog der Ball und schnell berechnend, daß er den vorgeschriebenen Weg werde dreimal zurücklegen können, setzte er sich jetzt, auf und ab, in Geschwindschritt. Aber an einem Haare hing der Sieg: ehe er zum dritten Male die Stäbe erreichen konnte, war sein Gegner (den er unterschätzt haben mochte) dem Ziele näher als er selbst. Was tun? Greenwich schien verloren; da sieh, mit schneller Geistesgegenwart warf sich der Alte zur Erde nieder und schon im

Fallen die Kelle vorstreckend, durchmaß er im Nu die acht Fuß Entfernung, die ihn noch von den Gitterstäben trennten. Nicht er, aber die äußerste Spitze seines Holzes war am Ziel. Ein Beifallssturm erhöh sich ringsum; auf den Baikonen winkten die Damen mit ihren weißen Tüchern und die unermüdliche Trompete schmetterte Tusch. – Das Spiel war aus und Greenwich Sieger.

Aber das wäre ein schlechtes englisches Fest, das nicht ein Festmahl hätte! Geschäftige Hände schleppten Eichentische herbei, Kellner und Mägde trugen Beef und Pudding in dampfenden Schüsseln auf, und ehe zehn Minuten vorüber waren, saßen die Gegner in bunter Reihe am Tisch, schwatzend wie am Wachtfeuer nach schwergetaner Kriegesarbeit, und schwenkten die Zinnkrüge, auf die das weiße Licht des Mondes fiel. "Die Königin hoch! Die Flotte hoch!" ging's im Kreise herum; weiter vernahm ich nichts, denn leichte Wolken hatten sich inzwischen über den Mond gelagert und aus dem nachbarlichen Garten von Vauxhall stiegen zischend drei Raketen in die Luft. Mein Auge hatte nicht Zeit, sich von seinem Staunen zu erholen, denn plötzlich flammte, unter Blitzen und Knattern, der ganze Garten auf; Schwärmer und Feuerräder, Sonnen- und Bienenkörbe; – es war als flöge der *"l'Orient"* zum zweiten Male in die Luft. An den Eichentischen aber saßen bei Porter und Ale die Helden *jenes* Tags und manches andren, unangefochten von der Erinnerung an sich selbst; denn der Mensch vergißt alles: seine Liebe, wie seinen Haß, und selbst auch – seinen Ruhm.

Der Fremde in London

Ich hörte einmal die Hypothese irgendwo, daß unsere Erdachse vor Zeiten anders gerichtet gewesen wäre, daß wir einen andern Nord- und Südpol gehabt hätten und daß ein mildes Italien in Kamtschatka vielleicht und ein eisiges Spitzbergen in Sumatra zu Hause gewesen sei. Ich laß es dahingestellt sein, wie viel und wie wenig es mit dieser Erdverdrehungstheorie auf sich haben mag, muß aber meine Ansicht dahin bekennen, daß innerhalb jener Geographie, die ihre Karten nicht nach Ländern und Völkern, sondern nach gewissen moralischen Eigenschaften entwirft, solche Revolutionen an der Tagesordnung zu sein scheinen. Die deutsche Treue z.B., wo ist sie hin? Und die biedren Schweizer, wo sind sie geblieben? Der Großtürke kultiviert die christliche Sittenlehre und China schneidet seinen Zopf ab. Das galante Frankreich geht in die Kirche und überläßt die Vertretung seiner Artigkeit den Zoll- und Maut-

Beamten; der Holzstoß des spanischen Inquisitors ist niedergebrannt und die englische Hospitalität liegt unterm Leichenstein.

Alt-Englands Gastfreundschaft ist nur eine Phrase noch, im günstigsten Fall eine Ausnahme. Sie lebt in alten Gesetzes-Paragraphen, aber sie ist erstorben in den Herzen; das Land steht offen, aber die Häuser sind zu. Ich erhalte Briefe von Zeit zu Zeit (aus Surrey und Essex), in denen die Wendung "our english hospitable house" in jeder dritten Zeile wiederkehrt; aber der ohnehin bedenklichen Versichrung dieser Gastfreundschaft folgt immer das Bedauern auf dem Fuße, "aus diesem oder jenem Grunde an Ausübung derselben verhindert zu sein", und nach einigen in höchster Artigkeit gewechselten Briefen nimmt man Abschied voneinander, ohne sich jemals mit Augen gesehen zu haben. Die Hospitalität Alt-Englands ist tot, und der mag es doppelt bedauern, dem es, gleich mir, in frühern Jahren vergönnt war, diesen liebenswürdigen Zug des englischen Volkscharakters in vollster Blüte kennenzulernen. Im Jahre 44 verbracht' ich einen schönen Mai in diesem Lande. Wie war da alles anders. Mein Fremdenpaß war eine Art passe par tout und jede in schlechtem Englisch geschriebene Zeile ein selbstausgestellter und doch vollgültiger Empfehlungsbrief. Auf der Straße fand ich freundliche Führer, an öffentlichen Orten willfährige Dolmetscher und an der table d'hôte meines Gasthauses Tischgenossen, die mich in ihre Familien einführten und einluden zu Sonntagsbesuchen auf ihre Villen und Landhäuser. Mir war es mitunter als durchlebt ich einen Traum, als sei ich an die Küste einer Zauberinsel geworfen, und wenn ich aus diesem Traum mich selbst erweckte, so beschlich mich ein Mißtrauen gegen solch Übermaß von Freundlichkeit. Es war zuviel, als daß ich nicht hätte nach Motiven voll Selbstsucht suchen sollen.

Acht Jahre sind seitdem vergangen und an die Stelle einer Liebenswürdigkeit, die den Argwohn rege machen konnte, ist nun selber der Argwohn getreten. Ein Fremder sein heißt verdächtig sein. Die Flüchtlinge, die das Jahr 49 an diese Küste warf, haben teils mit, teils ohne Schuld den Fremden diskreditiert. Im Gefolge von Patrioten und Ehrenmännern, die dankbar diese Zufluchtsstätte betraten, überflutete allerhand Gesindel die Straßen und Plätze Londons, und an die Stelle herzlichen Willkomms trat alsbald Abneigung und Ekel. Hundertfacher Mißbrauch des Asylrechts rechtfertigte die Kälte und Abgeschlossenheit nur allzu sehr, die englischerseits alsbald zum guten Ton zu gehören begann, und die Dürftigkeit der Erscheinung, die Not, Armut und Abgerissenheit vollendete, was der Undank gegen gebotene Gastfreundschaft zu tun noch übriggelassen hatte. Dieser Punkt ist wesentlich. Der Engländer begreift es entweder nicht, daß unter einem zerrissenen Rock das Herz eines Gentleman schlagen kann, oder das Absehn von Äußerlichkeiten ist ihm so völlig unmöglich geworden, daß er lieber mit einem Laster in Frack und Handschuh, als mit einer hemdsärmligen Tugend verkehrt. – Der Fremde bringt es zu keiner Gemütlichkeit mehr in diesem Lande. Im Gegensatz zum preußischen Landrecht, das jeden Menschen a priori für unbescholten hält, gilt hier jeder Fremde für bescholten, so lange er nicht das Gegenteil bewiesen hat. Der billig denkende Fremde erklärt sich das und entschuldigt's, aber unter allen Umständen nimmt es seinem Wohlbefinden die eigentliche Lebenslust und er erscheint sich überall wie ein vor Gericht Befindlicher, der sich unbehaglich umschaut, auch wenn er mit dem reinsten Herzen von der Welt an die Barre tritt. Unter einem Verdacht sein ist immer halb schuldig sein.

Es macht wenig Unterschied, ob man Empfehlungsbriefe hat oder nicht. Hat man keine, so sucht man natürlich sich selber zu empfehlen und Talente und Persönlichkeit nach Kräften wirken zu lassen. Im glücklichsten Falle mißglückt es nicht geradezu, man macht eine Bekanntschaft, sei's zu Haus sei's am öffentlichen Ort; aber es ist wenig gewonnen damit. Man erobert sich eine frostige Artigkeit, auch wohl – den Damen gegenüber – ein muntres, lachendes Geschwätz, aber so oft man sich auch sehn und scheinbar herzlich begrüßen mag, man kommt sich nicht näher, und der Verdacht, unter dem der Fremde als solcher steht, bleibt auch im besondersten Einzelfall immer derselbe. Dieser Verdacht *muß*bleiben, denn ein für allemal sei hier der Grundsatz aufgestellt: *der Engländer ist praktisch, aber ohne Menschenkenntnis.* Er ist betrogen worden und nun sind alle Betrüger. Diesen Grundsatz hält er aufrecht, nicht bloß weil er's für praktisch hält, sondern weil er faktisch der Fähigkeit entbehrt, den ehrlichen Mann vom Beutelschneider zu unterscheiden. Blind, wie er sonst in seinem Vertrauen war, ist er jetzt in seinem Argwohn, und der Fremde, der noch die alten Zeiten kannte, seufzt, wenn er an die schönen Tage zurückdenkt, wo vierundzwanzig Stunden ausreichten, ihn "zum Kind vom Hause" zu machen.

Und nun Empfehlungsbriefe! Sie füllten ein ganzes Fach in meinem Koffer und wogen schwer, aber ihr Segen wog federleicht. Was haben sie mir, mit Ausnahme von einem oder zweien, eingetragen, als einen glänzenden, langweiligen Abend. – Es ist Frühstückszeit. Der Briefträger schlägt dreimal mit dem Ring des Klopfers an den gusseisernen Löwenkopf, und die zierliche Mary, in weißer Schürze und getolltem Morgenhäubchen, überreicht mir in der nächsten Minute einen feingeränderten Stadtbrief. Welch elegantes Siegel, welch feiner Lack! Ich öffne; auf einer Visitenkarte finde ich die lakonischen Worte: "Mrs. Butler wird am Freitag abend zu Hause sein." Der Freitag kommt; es ist neun Uhr abends; ich spring in einen Cab: "Park-Lane" ruf ich dem Kutscher zu, und eh ich noch die engen Glacehandschuh meinen Fingern angepaßt habe, hält der im schnellsten Trabe fahrende Cab an Ort und Stelle, die Wagentür wird aufgerissen und unter einem zeltartigen Gange, über gelegte Decken hinweg, eil' ich dem in hundert Lichtern blitzenden Hause zu. Ein dicker Portier ruft meinen Namen, ein Bedienter auf dem ersten Treppenabsatz wiederholt ihn echohaft, ein dritter schreit ihn (natürlich falsch und unverständlich) in den Empfangssaal hinein, und im nächsten Augenblick hat mich der Herr des Hauses bereits an einer Handschuhspitze, um mich der im Parade-Anzug dasitzenden Lady und ihren Küchlein vorzustellen. Einige Salon-Redensarten werden gewechselt, bis ein zweiter, vorzustellender Schwarzfrack mich ablöst und meinem Rückzug in eine der Zimmerecken kein weitres Hindernis im Wege steht. Die Fenster sind hoch, die Gardinen sind blau; der Kronleuchter brennt wie überall und die Virtuosen bleiben nicht aus. Ein Sohn vom Hause beginnt mit einem Burnsschen Liede; man lobt die Komposition, um doch etwas zu loben. Dann nimmt ein Saison-Löwe, ein Violinist ersten Ranges, seine Geige zur Hand und spielt brillant, wie sich von selbst versteht. Es folgen Virtuosen auf allen Instrumenten. In einer der Pausen schüttelt mir der Wirt die Hand und fragt mich, ob ich dem Parlamentsmitgliede für Finsbury vorgestellt zu werden wünsche? Ich drücke ihm mein lebhaftestes Verlangen aus. In demselben Augenblick aber setzen sich die beiden ältesten Töchter an den Polysander-Flügel, um in einem quatremains dem anwesenden Virtuosentum ein Paroli zu bieten, und der halb aufgeregte halb besorgte Vater verabschiedet sich, ohne den Kreis meiner Bekanntschaften durch den Vertreter für Finsbury erweitert zu haben. Inzwischen findet eine starke Auswandrung nach einem der Nebensäle statt, und mich auf gut Glück dem allgemeinen Strome überlassend, werde ich endlich an ein Büffet geworfen, das mit seinen Sherry-Karaffen und Selterser-Flaschen zu den erfreulichsten Bekanntschaften des Abends zählt. Hier endlich entdeck' ich einen Freund, einen deutschen Professor. Er flüstert mir zu: "Wie finden Sie's?" schlürft, ohne meine Antwort abzuwarten, eine zweite Tasse Tee hinunter und nimmt mich unterm Arm, um zunächst in der Garderobe, dann über Flur und Treppe hinweg in einem herbeizitierten Cab mit mir zu verschwinden. "Wie langweilig!" seufz' ich in das Ohr des Landmanns. "Mitnichten!" antwortet er gähnend –"Sie werden es schlimmer kennenlernen." Und fort rollt der Wagen.

Nach zwei Tagen eine abgegebene Karte und das Lied ist aus. Der Empfehlungsbrief hat seine Schuldigkeit getan. Seine Kraft wirkt nur einmal wie Schießpulver. Der Leser spricht: das ist die große Stadt überhaupt. Gewiß! nur entschiedner, ausgeprägter, ausnahmsloser. Man gibt ein halbes Dutzend ähnlicher Briefe ab und überzeugt sich endlich von der Unabänderlichkeit seines Schicksals. Die Heimat, in nicht rastender Liebe, versorgt uns mit immer neuen rotgesiegelten Reservetruppen, aber der Mut ist hin, um sie ins Feld zu führen. Man empfängt sie lächelnd und fest entschlossen, hinfüro weder sich noch andre zu bemühn, besteigt man um die übliche Visitenstunde statt des Cabs den Steamer, und zwischen London-Bridge und Vaux-Hall auf und nieder fahrend, vergißt man – auf Augenblicke wenigstens – vor der Größe des sich entfaltenden Schauspiels, jenes eine das zum Glücke fehlt – das Menschenherz und seine Liebe.

The hospitable English Hause

Lieber kleiner Mr. Burford, wie gern gedenk' ich Deiner! Es sind nun volle acht Jahr, daß ich an Deinem Tische saß, aber Dein gastlich Haus ist unvergessen geblieben. Ich habe auch diesmal nach Dir gefragt; aber man kannte dich nicht mehr. Bist Du hinüber? Ach, mit Dir ist vieles andere noch gestorben – die ganze Hospitalität Deines Landes. Mag der Tag mir wieder lebendig werden, wo ich zum ersten Male durch die Gänge Deines Parkes schritt, und die Sonne so freundlich lachte und Deine Augen dazu.

Es war in einem Londoner Hotel; meine deutsche Reisegesellschaft hatte mich im Stich gelassen; unter lauter fremden Gesichtern saß ich an der Table d'hôte. Bald merkte ich, daß ich der Gegenstand allgemeiner Aufmerksamkeit war: es galt damals noch was, ein Fremder zu sein. Einige Worte wurden gewechselt; man fragte mich, wie lange ich in London sei, was ich gesehen habe, und da ich eben aus der Vernon-Galerie kam, waren wir bald in lebhaftem Gespräch über englische Maler und Malerei. Als ich, nicht ohne Absicht hinwarf, daß David Wilkie und neuerdings namentlich Landseer bei uns in Deutschland sehr wohl gekannt und gewürdigt seien, konnte ich deutlich wahrnehmen, welche Freude das auf allen Gesichtern hervorrief; sowie ich denn – damals wie jetzt – vielfach zu bemerken Gelegenheit fand, daß Selbstgefühl und Bewußtsein eigenen Wertes die Engländer gegen Anerkennung von außen her durchaus nicht unempfindlich gemacht hat. Es ist mit dem

Nationalgefühl wie mit dem Künstlerstolz: wie guten Grund sie haben mögen, über Schmeichelei sind beide nicht erhaben.

Mein Nachbar zur Rechten, ein kleiner hagerer Mann, dessen Gesicht unerschöpfliches Wohlwollen ausdrückte, schloß mich ganz besonders in sein Herz, und lange bevor es mit der Tafel zur Neige ging, erklang das bekannte, alle Freundschaft einleitende Wort: can I have the honour to drink a glass of wine with you? Ich war begreiflicherweise nicht abgeneigt, mich bei einem vortrefflichen Cherry nach bester Kraft zu beteiligen, und als wir nach einer lebhaft durchschwatzten Stunde uns erhoben, war die Freundschaft geschlossen. Beim Abschied lud mich der kleine Mann ein, ihn nächsten Sonntag auf seiner Villa zu besuchen, entwarf in aller Eile einen Reiseplan für mich, und schied dann, nachdem ich frohen Herzens zugesagt hatte. Das englische, schwer zugängliche Familienleben kennenzulernen, war mein lebhafter Wunsch gewesen; er sollte mir nun erfüllt werden.

Sonntag, mit dem Frühzuge, der damals (bis Croydon wenigstens) für Dover und Brighton noch ein gemeinschaftlicher war, brach ich auf; bald war Anerley-Station erreicht; hier stieg ich aus, um den Rest meiner kleinen Reise zu Fuß zu machen. Es mochte noch eine halbe deutsche Meile sein. Der Weg führte mich abwechselnd durch Saatfelder, Dörfer, Laubholz, Hecken, Bruch und Weideland; es war nur eine halbe Meile, aber die Grafschaft Kent, der Garten Englands, rollte alle hundert Schritt ein anderes Bild vor mir auf und ließ in einer Stunde mich mehr sehen, als manche Tagereise, die ich durch märkischen Sand gemacht habe. Wir haben in unsern Niederungen, z.B. im Oderbruch, etwas Ähnliches; aber hier ist der Kreis von Gegenständen schnell erschöpft; der rasche *Wechsel* der Dinge ist auch vorhanden, aber die *Zahl,* die *Mannigfaltigkeit* alles dessen, was da wechselt, ist ungleich geringer.

Ich werde jenen Sonntagvormittag nicht leicht vergessen. Kirchenstill lag es über der Landschaft; nur hier und da spielten sonntäglich geputzte Kinder vor den sauberen Häuschen, oder Fink und Amsel schlugen, wenn ich durch Laubholz schritt. Überall trat mir ein Geist der Ordnung, eine Zierlichkeit, eine Kulturstufe der ländlichen Bevölkerung entgegen, wie sie bei uns selbst in der Nähe großer Städte nicht zu finden ist. Es war unzweifelhaft eine Nebenstraße, auf der ich vorwärts schritt, und doch war der Weg chaussiert; zu beiden Seiten befanden sich breite Abzugsgräben, hier und da selbst Rasenbänke für den Fußgänger. Der Eindruck der ganzen Landschaft war der eines großen Parks.

Gegen elf war ich bei Mr. Burford. Seine zierliche Villa bildete den Mittelpunkt einer Parkanlage, die in nächster Nähe des Hauses ein üppiger Blumengarten, an der äußersten Grenze aber ein Stück Wald war. Fast herrschte zu viel Symmetrie in dem Ganzen; von den Blumenbeeten aus sah man es nach allen Richtungen hin sich staffelweis erheben: erst Weißdorn, dann Goldregen, dann spanischer Flieder und Haselstrauch, bis endlich über Akazie und Sykomore hinweg, Ahorn und Rüster hoch in die Lüfte stiegen. Mr. Burford stand vor der Tür seines Hauses und war eben beschäftigt, in Aquarell-Manier einen besonders hübschen Teil seines Gartens aufzunehmen und auszuführen, als ich eintrat. Er ließ sich nicht stören, bat im Interesse seines Bildes um Entschuldigung und überwies mich vorläufig seinen beiden Söhnen, von denen der eine achtzehn, der andere ein paar Jahre weniger zählen mochte. Wir schlenderten durch die Gänge des Parks: zu beiden Seiten dichtes Buschwerk, das sich oft zur Laube über uns wölbte, dann wieder ein blauer, lachender Himmelsstreif; im Gehölz der pickende Specht; auf der Hanfstaude der sich schaukelnde Hänfling; von Zeit zu Zeit ein prächtiger Silberfasan, der kreischend vor uns aufflog.

Als wir von unserm Spaziergang zurückkehrten, war das Aquarell-Bild fertig. Mr. Burford führte mich in eine Art Vorhalle, wo ich seinen Damen und einigen inzwischen angelangten Gästen vorgestellt wurde. Die Unterhaltung war anfangs dürftig, wie das in deutschen Landen wohl auch zu sein pflegt; auch das Hilfs- und Auskunftsmittel war dasselbe: Bücher und Kupferstiche, die auf verschiedenen Tischen vor uns ausgebreitet lagen.

Es ging zu Tisch, früher als es in England gemeinhin Brauch ist. Wir wollten noch ein paar Nachmittagsstunden zu Ausflügen in die Umgegend gewinnen. Die Mahlzeit war nach englischen Begriffen glänzend. In Champagner wurde tapfer angestoßen oder richtiger getoastet, da unser deutsches Anklingen mit den Gläsern gegen die Landessitte verstößt. Dort sieht man einander bloß an, läßt die Augen einige Zärtlichkeiten sagen, macht dabei mit Glas und Hand eine halbkreisförmige Bewegung und trinkt. Auch Reden wurden gehalten. Mr. Burford, dessen Unterhaltungsgabe sich unter dem Einflüsse von fünf Sorten Wein bis zur Schwatzhaftigkeit gesteigert hatte, platzte zunächst mit einem "Germany forever!" heraus; doch damit war's ihm nicht genug. Auf die ewige Freundschaft beider stammverwandten Länder wurde Glas auf Glas geleert, und als es schließlich in Mr. Burfords Kopfe selbst sehr kriegerisch geworden war, trank er auf ein zweites Waterloo, wenn's wieder einmal gelte, gleichviel gegen alte oder neue Feinde. Alles stimmte ein und in der mutigsten

Stimmung von der Welt standen wir auf, um uns von Tisch in den Garten zu begehen. "Nun zu den Gipsies, Vater!" rief das jüngste Kind, ein reizender Junge von sechs Jahren; und groß und klein lärmte lachend mit: "Zu den Gipsies!" Gipsies sind Zigeuner. Man hält sie in England für Söhne Ägyptens, woraus sich im Laufe der Zeit die Benennung "Gipsies" (Ägypter) gebildet hat. Wir waren noch nicht allzuweit gegangen, als wir auf freiem Felde ein Gipsy-Nest entdeckten. Tief in einer Lehmgrube, um Schutz gegen den Wind zu finden, lagen drei zerlumpte Gestalten eng zusammengekauert; sie mochten frieren. Kaum daß sie uns gewahrten, so sprangen sie auf und gingen ihrem Geschäft nach, d.h. bettelten uns mit einer Beharrlichkeit an, der der endliche Erfolg nicht fehlen konnte. Wir erfuhren von ihnen, daß Großmutter zu Hause sei, und gingen nun, um Ihrer Majestät der Zigeunerkönigin unsern schuldigen Besuch zu machen. Ich hatte mich auf ein poetisches Zigeunerschloß: dichte Hecken als Wände, Moos und Flechten als Teppich, Baumstümpfe als Sessel, gefaßt gemacht – statt dessen ward ich in ein freundliches, grün abgeputztes Haus geführt, worin soeben ein lustiges Kaminfeuer hoch aufprasselte. Die Zigeunerkönigin war eifrig beschäftigt, sich und ihrem Mitregenten, einem steinalten Männchen, Kartoffeln zu kochen.

Unser Erscheinen indes war ganz ersichtlich keine unwillkommene Störung; sie trat uns entgegen und die kohlschwarzen, trotz hohen Alters noch immer funkelnden Augen lachten freundlich, fast herzgewinnend, aus dem braunen, pockennarbigen Gesicht heraus. Es schien mir aus allem hervorzugehen, daß Mr. Burford ihr und dem alten Manne dies Häuschen für den Rest ihrer Tage geschenkt und sie überhaupt unterstützt habe; wenigstens trug ihr ganzes Tun, trotz mancher derben Keckheit, den unverkennbaren Stempel der Dankbarkeit. Ich erregte ihre Neugier, und sie drang darauf, daß sie mir wahrsagen müsse. Erst sträubte ich mich in einer Art abergläubischer Furcht; die freundlichen Augen aber machten mir Mut, und ich gab ihr lachend meine Hand. Bald war ich erlöst: "Drei Frauen und...", aber ehe sie enden konnte, rief ich ein lautes "Stop!" dazwischen; – schon diese Aussicht auf die Lebensreise schien mir des Guten zuviel. Unter dem Jubel und Spott der ganzen Gesellschaft trat ich wieder ins Freie.

Es mochte gegen Abend sein, als wir in die Villa zurückkehrten. Der allgemeine Wunsch war jetzt – Musik. Man drang in mich, ich möchte spielen; ich sei ja ein Deutscher und jeder Deutsche spiele Klavier. Nur allzu wahr! Nach meinen Beteuerungen indes vom Gegenteil, nahm Mrs. Burford als erste Virtuosin der Familie am Fortepiano Platz, und spielte auf einem hackbrettartigen Instrumente Walzer und Polonaisen noch um etwas schlechter, als man denselben diesseits und jenseits des Kanals zu begegnen pflegt. Die Familie war entzückt und klatschte Bravo. Das natürliche Gefühl für den Wohlklang scheint dem Engländer zu fehlen. Und doch war dies Klavierkonzert nur ein schwacher Anfang: Mr. Burford zeigte alsbald der Gesellschaft an, daß er Volkslieder singen werde. "The black-eyed Susan" und "The girl I left behind me" klingen mir noch im Ohr; ich habe Ähnliches zum Glück nie wieder gehört.

Endlich schwieg er. Es schien der eigenen Familie doch fast zu viel gewesen zu sein; man war wie verlegen und drang aufs neue in mich, meine Gesangskunst zu zeigen. "A german song!" scholl es von allen Seiten. Deutschland gilt nun mal als das liederreiche Land. Ich singe nie, am wenigsten öffentlich; aber nach *solchem* Vorgänger glaubt' ich alles wagen zu dürfen und mit dem süßen Gefühl künstlerischer Überlegenheit hob ich das Hauffsche Lied an: "Steh' ich in finstrer Mitternacht." Am Schluß der ersten Strophe fühlt' ich zwar, daß mir der Text keineswegs geläufig sei, doch mit schneller Geistesgegenwart riß ich mich aus meiner üblen Lage, und sang (niemand verstand eine Silbe deutsch) fünfmal hintereinander denselben Vers. Der Beifall wollte nicht enden, ich aber verbeugte mich mit der verlegnen Bescheidenheit eines echten Künstlers.

Der Musik folgte die Dichtkunst; Shakespeare wurde geholt. Man war nicht wenig erstaunt, daß ich die bekanntesten Monologe aus Macbeth, Heinrich IV. und Hamlet auswendig wußte. Um so lebhafter war der Wunsch, mich irgendeine Stelle vortragen zu hören; man wollte gern erfahren, welchen Ton und Akzent wir für die poetische Sprache hätten, die, wie überall so auch in England, von der alltäglichen Redeweise abweicht. Ich wählte den Monolog Macbeths: "Is this a dagger which I see before me?" Jetzt war ich der Ausgelachte; ich konnte deutlich sehen, wie man, obwohl vergeblich, das Gekicher zu verbergen suchte. Gewiß hatte ich komische Fehler gemacht; außerdem aber, wie ich bald merken sollte, mußte ihnen die Art und Weise meines Vortrags saft- und kraftlos erschienen sein. Der älteste Sohn, der, seitdem man den Shakespeare vom Bücherbrett geholt hatte, mit heiligem Eifer bei der Sache war, gab mir zu verstehen, daß er mir jetzt zeigen wolle, was es mit diesem Macbeth-Monolog eigentlich auf sich habe. Er las laut, mit beinahe ängstlicher Lebendigkeit und unter begleitenden Gestikulationen. Der Vortrag hatte ihn wie erschöpft. Die Familie schien überaus befriedigt und als ich leise Zweifel über die Zulässigkeit dieses Kraftmaßes äußerte und gegen den begleitenden Veitstanz geradezu protestierte, sagte man mir: so pflege der berühmte Macready (seitdem ins Privatleben zurückgetreten), der erste Schauspieler Englands, diese Stelle vorzutragen. Ich mußte mich um so eher bescheiden, als ich zufällig an die in Deutschland Mode gewordene Vortragsweise des Mephisto, nach der Seydelmannschen Schablone, dachte und mir sagen mußte, daß diese, bei uns so gefeierte Gesichterschneiderei und pausbackige Sprechweise, vor der Kritik eines unbefangenen Fremden vermutlich ebensowenig bestehen würde.

Es war spät geworden; zum Schluss hatt' ich mich in ein halbes Dutzend Alben mit Stellen aus Byron, Young und Shakespeare einzuschreiben, wobei der zweite Sohn mir ein Gegengeschenk machte und zwar mein Porträt – eine allerliebste Bleistiftzeichnung, die er, während ich las, aufs Papier geworfen hatte. Ich stieg zwei Treppen hoch in das mit englischem Komfort eingerichtete Schlafzimmer, und nahm den frohverlebten Tag mit in meinen Traum. Das war vor Jahren. – Nun sitz' ich wiederum tagtäglich an offener Wirtstafel und schwatze mit meinen Nachbarn rechts und links; aber kein Mr. Burford ist unter ihnen, und "The hospitable english house" ist eine jener verbrauchten Redewendungen geworden, die wie schlechtes Papiergeld dann am meisten kursieren, wenn die Sache zu fehlen beginnt, drauf sie sich stützen.

Very, le Pays und die "Tönernen Füße" Englands

"Der größte Segen alles Reisens ist der, daß man sein Vaterland wieder lieben lernt", sagte mal ein Franzos in der guten alten Zeit und ich glaube – er wußte was er sprach. Über wie vieles wetterte ich nicht, als ich noch das schmale Trottoir unserer Straßen trat (z.B. über eben die Schmalheit dieses Trottoirs) und was hab' ich seitdem nicht alles lieben gelernt: Hofjäger und Frühkonzerte, Zeltenbier und Vossische Zeitung, Murmelspiel und Drachensteigen; aber eines mehr als alles. *Dich* warme Zufluchtsstätte erfrorner Chambregarnisten, Dich freundlichen Mann wenn alles scheel sieht, Dich barmherzigen Samariter, der, wenn wir "weiß" befehlen, die warme Milch des Lebens in unsre Tassen gießt – *Dich Spargnapani!* Ach, ein süßer Heimwehschauer überläuft mich, so oft ich Deinen Namen spreche und wenn *Dir* nicht die Ohren geklungen, so klingen sie keinem mehr. Verschwenderischer fast als König Richard bot ich manchmal in verzweifelten Momenten: "Ganz London für

Deine kleinste Tasse Kaffee!" und wer das Übertreibung schilt, der komm und seh' und seufze, und schüttle mir dann in schweigendem Einverständnis die Hand.

Es gibt auch hier Konditoreien, aber sie verdienen kaum den Namen. Weder die "Kuchenläden", in denen der Engländer stehenden Fußes seine Stachelbeertorte verzehrt, noch die "Kaffeehäuser", in denen er hinter seiner Zeitung wie hinter einem Bettschirm sitzt, haben irgend etwas von dem Zauber unsrer Konditoreien an sich, deren Reiz, nebst vielem andren, gewiß in der gleichmäßigen Pflege besteht, deren sich Körper und Geist in ihnen erfreun. Um der hunderttausend Fremden willen, die tagtäglich Londons Straßen durchfluten, haben sich natürlich wie "um einem tiefgekühlten Bedürfnis abzuhelfen", auch hier Lokale aufgetan, die abweichen von der langweiligsteifen Kaffeehaussitte Alt-Englands; aber dem Deutschen ist wenig damit geholfen. Die Cafetiers in Regent-Street und Pall-Mall, in gründlicher und echtbritischer Verachtung alles Deutschen, haben es verschmäht, sich auch jenseits des Rheines nach Vorbildern umzutun und sind lediglich nach Paris gegangen, um mit einer vagen Vorstellung vom Palais-Royal und einem usurpierten Namen zurückzukehren. Sie nennen sich sämtlich *"Very"* und haben auf diesen Ehrentitel ungefähr so viel Anspruch, wie jene Farinas, die sich zu Köln am Rheine so pfiffig, klug und weise um den alten echten Jean Maria herum gelagert haben.

Der absolute Wert dieser Prätendenten ist nur gering, ihr relativer desto größer. In London mögen sie immerhin als Rettungsinstitute betrachtet werden, ohne deren belebenden Sauerstoff der Fremde im Nebel der Langenweile ersticken müßte. Im Gegensatz zu der Stille und Einförmigkeit englischer Kaffeehäuser bieten sie wenigstens Leben, Auswahl und Mannigfaltigkeit, an Erfrischungen sowohl wie an Zeitungen und – Gesichtern. Zweimal des Tages wechseln diese Etablissements ihre Physiognomie total, und der Vormittag-Very sieht dem Very am Abend so unähnlich, wie eine Dame mit aufgewickelten Locken der blendenden Schönheit, die abends in den Ballsaal tritt. Wer mittags bei Very vorspricht, findet es leer. Am Büffet sitzt eine dicke Dame in schwarzem Camelotkleid und schwitzt unter der Last beständigen Nichtstuns; an verschiedenen Marmortischen aber gewahrt man bärtige Fremde: Polen, Franzosen und Italiener. Sie spielen Domino und – gähnen. Das ist mittags. Abends aber um die zehnte Stunde blitzt Very wie ein Feentempel. Dreißig Gasflammen machen die Nacht zum Tag; im Schaufenster plätschern die kleinen Kaskaden; Goldfischchen glitzern im Bassin; und aus und ein wie Göttinnen auf Wolken, schweben in ihren luftigen Baregekleidern die – vielgefeierten Schönheiten der Regentstraße. Ihre Tugend ist eine Klippe. Immer bang vor Verfolgung blicken sie um sich wie die gescheuchten Rehe und suchen Schutz unter deinem Arm. Ihr Anhänglichkeit ist rührend und ihre Macht ist groß. Sie sind Frau Venus und ich hörte von manchem Tannhäuser.

Mag sein, daß ich aus Furcht vor ihnen den Morgen-Very zu meinem Freunde erkoren habe; jedenfalls kann man mich dort, alltäglich um die zwölfte Stunde und so sicher wie die Uhr schlägt, die Worte sprechen hören: "Garcon, la Gazette de Cologne!" Der Kellner, ein freundlicher Mensch, reicht sie mir vom nächsten Tisch. Heut aber fehlen der Kellner und die Kölnische Zeitung: und mich umschauend nach ausnahmsweiser Lektüre erblick ich das Pays, das neue kaiserliche Journal, und zieh' es mit einem "Pardon!" unter dem Ellenbogen eines knebelbärtigen, sein rechtes Bein in der linken Hand haltenden Dominospielers hervor.

Ich habe Glück; ein seltsamer Artikel fällt mir sofort ins Auge, dessen Inhalt ein Kratzfuß gegen Rußland, ein Achselzucken über Österreich und Preußen und schließlich ein vornehmes Lächeln über England ist. "England sei ein Koloß auf tönernen Füßen." Der Leser darf mich nicht verantwortlich machen für die Gemeinplätzigkeit dieser Wendung – sie ist eben Zitat. Auch wird die Form zur Nebensache bei der Wichtigkeit der Anklage selbst. Steht England wirklich auf tönernen Füßen? Ich glaube "ja!" aber es sind nicht *die,* von denen der Verfasser jenes Artikels spricht. Es ist weder der Katholizismus (der in der protestantischen Kraft eben dieses und vielleicht *nur dieses*Landes sein Gegengewicht findet), noch auch der Radikalismus (dessen Unbedeutendheit 1848 in geradezu lächerlicher Weise zutage trat), von woher dem Riesen England irgendwelche Gefahr droht, sondern – ums kurz machen – es ist das gelbe Fieber des Goldes, es ist das Verkauftsein aller Seelen an den Mammonsteufel, was nach meinem innigsten Dafürhalten die Axt an diesen stolzen Baum gelegt hat. Die Krankheit ist da und wühlt zerstörend wie ein Gift im Körper, aber unberechenbar ist es, *wann* die Verfaultheit sichtbarlich an die Oberfläche treten wird. England in äußere selbst unglückliche Kriege verwickelt, mag die roten Backen der Gesundheit noch ein Jahrhundert und drüber zur Schau tragen, *aber das Lager von Boulogne in einer Nebelnacht zehn Meilen nördlich verpflanzt,* und – der Goliath liegt am Boden. England gleicht den alten Teutonen mit ihren langen weitreichenden Lanzen: Sie beschrieben einen Kreis damit und wer an den Kreis kam, der war des Todes. Aber einmal keck in den Kreis hineingesprungen, so war die Lanze kein Schrecken mehr, sondern eine Last und das kurze römische Schwert fuhr tödlich zwischen die Rippen des Riesen. England ist ein Simson, aber erfaßt am eignen Herde sind ihm die Locken seiner Kraft genommen und einmal gedemütigt, würd' es sich schwer zu neuem Mut erheben, jener starken Dogge ähnlich, die den Kampf selbst gegen den Schwächeren nicht wieder wagt, der sie einmal besiegt. Der Engländer flieht schwer; wenn er flieht, flieht er gründlich, und der Schrecken würde panisch sein wie zu den Zeiten der Jeanne d'Arc. Auf eignem Boden angegriffen war diese Insel immer schwach. Die Römer, die Sachsen, die Dänen, die Normannen, allen kostete es nur eine Schlacht, um sich zu Herren und Meistern des Landes zu machen, und um ein Beispiel auch aus neuerer Zeit zu geben: der letzte Stuart drang mit wenig mehr als zweitausend Hochländern bis in die Nähe des bereits zitternden und total verwirrten Londons vor. Hiesige Spießbürger (die immer noch die Waterloo-Schlacht *allein* gewonnen haben und von den Preußen weiter nichts wissen als deren Niederlage bei Ligny) schwatzen natürlich, als würden sie vorkommendenfalls jeder ein Palafox sein und die Tage von Saragossa vergleichsweise zu einem bloßen Puppenspiele machen, aber wir wissen's besser und wissen recht gut, auf welchem Boden das Urbild zum Falstaff gewachsen ist. Ich habe in einem frühern Briefe von der Macht des englischen Nationalgefühls gesprochen und *diese* Macht *ist da,* aber die Klinge, die eine Eisenstange durchhaut, zerbricht umgekehrt wie Glas, und unter dem Schweiß dieses gelderjagenden Volkes rostet jene Klinge von Tag zu Tag und verliert ihren Zauber und ihre Kraft, unbemerkt aber sicher. Weder Volk noch Parlament, weder Adel noch Geistlichkeit beherrschen England, sondern die Herren in Liverpool und in der City von London. Der Handel hat zu allen Zeiten groß gemacht, aber auch klein: groß nach außen hin, aber klein im Herzen. *Er kauft den Mut; er hat ihn nicht selbst* – und hier liegt die Gefahr. Lübeck konnte Kriege führen mit Königreichen, aber selbst zu den Zeiten seiner höchsten Macht würden ein paar hundert dänische Söldner – mit Hilfe einer Überrumpelung mitten in die Stadt geführt – völlig ausgereicht haben, den ganzen stolzen Bau zu Fall zu bringen. Wenn keines Journalisten Blut jemals das Pflaster färbte, so sicherlich auch keines Kaufherrn. Der Handel hat nie größte Zwecke als sich selbst, und seine erste Bedingnis ist – die Ruhe. Ein Gewinn in Aussicht gestellt und die City von London geht mit jeder Dynastie.

Wende man mir nicht ein, daß ich mich um Dinge erhitze, die jenseits aller Möglichkeit lägen und daß es sei, als wollt' ich die Welt mit Timur oder Dschingis-Khan ängstigen, die längst alles Zeitliche gesegnet haben. Die Welt hat die Tragödie gestürzter Hoheit zu allen Zeiten gesehn. Wer, als der königliche Weise von Sanssouci der bewunderte Stern Europas war und ganz Preußen dastand, stolz und aufrecht in dem Gefühl erfochtener Siege, wer hätte es damals möglich geglaubt, daß kaum ein Menschenalter später sieben lange Jahre hindurch die Eisenfaust eines fremden Eroberers auf eben diesem Lande ruhen werde? Die Rettungsstunde schlug, aufraffte sich die alte Kraft des Landes; und Bewunderung vor jenen Taten, die damals geschahn! Aber verhehlen wir uns nicht, daß auch andre Elemente vorhanden waren: Berliner Vollblut drängte sich danach, unter der Leibgarde Marschall Victors zu sein, und viele der Guten und Besten selbst träumten von einer Weltmonarchie. Die Rettungsstunde schlug, aber, Hand aufs Herz, der sie schlagen ließ war *Gott selbst,* und das Gegenteil lag nicht außer der Natur der Dinge. Was *uns* geschehen mochte, kann überall geschehn; denn ich bin weit ab davon, unser Volk niedriger zu stellen als irgendeins, das englische nicht ausgenommen.

Out of Town

August und September sind die "toten Monate" (dead months) Londons. Der Fremde gerät dann in Verlegenheit mit seiner Zeit: Die National-Galerie wird geschlossen, die Vernon-Sammlung folgt dem Beispiel ihrer älteren Schwester, die Bibliothek staubt ihre 400000 Bände aus (welche Wolke!) und wo du vorsprichst, bei Freunden und Bekannten, schallt dir auf deine stete Frage "master at home?" die stereotype Antwort entgegen "out of town!" Alte Praktiker unter den Fremden in London ersparen sich drum auch während dieser Monate die Mühe alles Klopfens und Klingelns, und schon auf fünfzig Schritte die Fenster der Bel-Etage musternd, entziffern sie aus jedem herabgelassenen Rouleau die September-Losung "out of town!" Am geratensten freilich ist es, um diese Zeit sich alles Besuchemachens überhaupt zu enthalten, denn es gilt halb und halb als Beleidigung, während des Spätsommers irgendeinen Gentleman in seiner eigenen Wohnung vorauszusetzen. Ich kannte Familien, die den ganzen September über in ihren Hinterstuben saßen und die Front-Fenster des Hauses hermetisch verschlossen hielten, nur um die Nachbarschaft glauben zu machen, sie seien out of town.

War es herzliche Langeweile, oder war es das unklare Verlangen, "mit in der Mode zu sein", was mich dem allgemeinen Zuge folgen ließ – gleichviel, ich sehnte mich plötzlich nach Seeluft, und der nächste Morgen schon sah mich in Brighton. Denn die Mode beherrscht uns mehr, als wir glauben. Selbst Professoren kennen etwas von jenem wunderbar erhebenden Gefühl, mit dem der gewöhnliche Mensch (auch ich) in den Ärmel eines neues Rockes fährt, und mancher langhaarige Dichter zog seine modischen Hackenstiefel mit Empfindungen an, als sei nun der Kothurn selber unter seinen Füßen. Ich wage die Behauptung: wer keine Glacéhandschuh trägt, hat entweder keine, oder *versteht* sie nicht zu tragen, und dem breiten Behagen der Unfeinheit gehen unwandelbar viele hundert gescheiterte Versuche voraus, sich auf dem Parkett des Lebens zu bewegen. Brighton ist noch immer seit den Tagen der Regentschaft der fashionable Badeplatz der Aristokratie und die Konkurrenz von einem halben Dutzend nachbarlicher Parvenüs (Ramsgate, Margate usw.) hat seinen anererbten Ruhm wenig zu erschüttern gewußt. Noch immer wächst während der Saison die Einwohnerzahl um volle 30000 und jene Leute zweiten und dritten Ranges, die erst anfangen die Mode mitzumachen, wenn sie längst aufgehört hat Mode zu sein, sichern diesem Platz, allen Launen der Fashion zum Trotz, noch eine Zukunft von fünfzig Jahren. Brighton ist schön. In einer Ausdehnung von nah einer deutschen Meile zieht sich der neuere Teil der Stadt, Palast neben Palast, halbkreisförmig an der Meeresküste entlang. Auf einem Hügel, im Rücken dieser Häuserreihe, erhebt sich das alte Brighton mit seinen krummen und schmalen Straßen, bis endlich das Auge auf einem grauroten, halb kastellartigen Normannenturm ausruht, der unwirsch in die fremde Welt hineinblickt. Nur eins wie immer – das Meer.

Um die Schönheit Brightons ganz zu genießen, muß man ins Meer hinausfahren, oder wenn man die Wellenwiege und deren Folgen scheut, sich wenigstens an das äußerste Geländer jener berühmten Hängebrücke lehnen, die unter dem Namen "Brighton-Pier" viele hundert Schritte in die grünblaue See hinausläuft. Folge mir der Leser dorthin. Es ist Nachmittag, und auf dem letzten, aus vielen hundert Balken zusammengezimmerten Brückenpfeiler versammelte sich schon die schöne Welt, um dort den Liedern und Tänzen einer deutschen Kapelle mit Andacht zu lauschen. Ich sage "mit Andacht", denn der gute Ruf deutscher Musik ist unausrottbar, und Befriedigung spiegelt sich bereits auf allen Gesichtern. Unser Ohr freilich hörte schon Beßres, aber landsmannschaftliche Rücksicht läßt uns die falschen Noten auf Rechnung des Windes setzen, der eben jetzt frisch und erquickend über Menschen und Klänge dahinfährt. Plätze sind nicht mehr frei, so ist uns denn die Signalkanone willkommen, die unbeachtet an der äußersten Spitze des Pfeilers steht, und auf ihr Platz nehmend, blicken wir jetzt, den Rücken fest ans Geländer gelehnt, über Menschen, Brücke und Brandung hinweg, bis hin auf den prächtigen Brighton-Quai, dessen durch Entfernung verkleinertes Treiben nun wie ein reizendes still bewegtes Camera-obscura-Bild vor uns liegt. Damen zu Pferde in schwarzem, wallendem Reithabit galoppieren vorüber, reizend gekleidete Kinder, in ihrer Ziegenbock-Equipage, fahren auf und ab, breitschultrige Fischergestalten mit Teerjacke und Krempenhut winden das heimkehrende Boot aus der Brandung ans sichre Ufer – Leben überall, aber das stille Leben eines Bildes: kein Mißklang unterbricht den Zauber, dem Aug' und Seele hingegeben sind. Es geht dir durch den Kopf, als sei das Ohr der böse Sinn des Menschen, als wandelten Freude und Schmerz auf verschiedenen Wegen zum Herzen: durchs Auge die Freude, aber durchs Ohr der Schmerz.

Doch ach wie falsch! Horch auf, welche Klänge treffen nicht eben jetzt dein Ohr, und rütteln dich leise-freundlich wie liebe Hände aus deinem Traum!

"Übers Jahr, übers Jahr, wenn ich wiederkomm',
Wiederkomm',
Kehr' ich ein, mein Schatz, bei dir."

Dein Auge gleitet nicht länger mehr am fernen Ufer auf und ab; dicht vor dir, mit einem Anflug von Heimweh, betrachtest du die lieben deutschen Sommersproß-Gesichter und freust dich, daß der Wind jetzt leiser weht und die Wellen höher ihren weißen Schaum spritzen, als tanzten sie lustiger da unten denn zuvor.

Brighton ist schön, aber was ich soeben geschildert, ist auch sein Alles. Paläste wachsen auf dieser Kalksteinklippe, aber kein einziger Baum; das Meer schäumt donnernd an diese weißen, senkrechten Wände, aber kein Bach windet sich durchs Tal oder plätschert vom Hügel, und unterm Seewind sterben die spärlichen Blumen.

Brighton gleicht einem Hause voll lauter Prunkgemächern: wohin du blickst, Trumeaus und Draperien, parkettierter Boden und verzierte Kamine; dein bürgerliches Herz wird müde der Pracht und Herrlichkeit und sehnt sich wieder nach Ofen und Sorgenstuhl, die Sorgen selbst nicht ausgeschlossen.

Was einzig und allein dauernd dem Menschen genügt, ist nur immer wieder der Mensch. Nichts ermüdet schneller als die sogenannte "schöne Natur"; wie Guckkastenbilder müssen ihre Zauber wechseln, wenn man sie überhaupt ertragen soll. Acht Tage waren um, und schon stimmt' ich aus voller Seele mit ein in das Lied meiner Landsleute:

"Führt denn gar kein Weg, führt denn gar kein Steg,
Hier aus diesem, diesem Tal hinaus."

Rasch war ich entschlossen und der nächste Morgen sah mich auf dem Wege nach Hastings.

Hastings ist halber Weg zwischen Brighton und Dover. Die Eisenbahn, die beide Städte verbindet, führt erst ins Land hinein und zwar nach dem Burgflecken Lewes, der alten Grafschafts-Hauptstadt von *Sussex*. Das Städtchen ist nur interessant durch seine altertümliche Physiognomie, ein malerischer Reiz, dem man nirgends seltner begegnet als in England, wo die Städte alle hundert Jahre ihr Kleid wechseln und ihre Geschichte in Büchern und Balladen haben, aber nicht in Stein.

In Lewes den nächsten Zug abwarten zu müssen, wäre hart gewesen, wenn nicht der nahgelegene Flecken Ashburnham sich des Reisenden erbarmt und ihn zu einer Pilgerfahrt eingeladen hätte. Auch das Königtum hat seine Reliquien und die alte Kirche zu Ashburnham bewahrt deren, wie nur irgendein Fleck der Welt. Neugierig und zaudernd zugleich tritt der Fremde dort an ein mit rotem Sammet ausgelegtes Glaskästchen und sieht das blutbefleckte Grabtuch Karl Stuarts und jenes Hemd, das der Henker zurückstreifte, um Platz zu schaffen für die Schärfe seines Beils. Vor meine Seele trat wieder der kiesbestreute Hof von Whitehall, wo noch heute die Bildsäule König Jakobs mit ausgestrecktem Finger auf jene Stelle weist, an der das Haupt seines Vaters fiel, und es durchschauerte mich angesichts dieses Kästchens wie damals, wo ich zum ersten Male rasch und klopfenden Herzens, wie unter einem sausenden Windmühlflügel, unter dieser stillen Fingerspitze hindurchhuschte. Noch eine dritte Reliquie umschließt das Kästchen: jene mit Mosaik-Blumen ausgelegte Taschenuhr, auf der König Karl die Stunde seines Todes las und die er lächelnd dann jenem Lord Ashburnham reichte, der treu wie seine Ahnen alle mit aufs Schafott gestiegen war. Denn sie waren alle treu seit jenem Bertram, der Schloß Dover noch hielt, als Hastingsfeld längst eine abgespeiste Tafel war und dessen Haupt dem Normann erst huldigte, als es abgeschlagen zu den Füßen des Erobrers lag.

Von Lewes aus läuft die Eisenbahn wieder südlich der Küste zu und berührt sie unterhalb Schloß Pevensey, genau an jener Stelle, wo Wilhelm der Erobrer aus seinem Boot ans Ufer sprang und mit der Hand in den Sand fallend, voll Geistesgegenwart jene berühmten Worte sprach: "So faß' und ergreif ich dich, Engeland." Hier in unmittelbarer Nähe der Küste sieht man auch die ersten

Exemplare jener Armee von Wachttürmen, die sich wie eine steinerne Tirailleur-Linie und in einer Ausdehnung von mehr als fünfzig Meilen, an der Südküste entlang ziehn. Die Form dieser englischen Wachttürme ist genau die eines Puddings, nur sind sie nicht mit Rosinen gespickt. An der See hin, mit Lärm und Gerassel den Donner der Brandung begleitend, braust jetzt der Zug und endlich zwei mächtige Tunnel durchfliegend, hält er auf dem geräumigen doppelarmigen Bahnhof von Hastings. Brighton ist schön, aber Hastings ist schöner. In alten Zeiten war es der größte und reichste unter den sogenannten "Fünf-Häfen". Diese Tage des Glanzes sind für immer dahin. Die Natur tat für Portsmouth und Southampton zu viel, als daß Hastings wieder werden könnte was es war. Dennoch hat es eine Zukunft, aber nicht als Hafen, sondern als Badeplatz. Seine Lage ist entzückend, und das kalte vornehme Brighton blickt mit einer Art Unruhe auf den heitren, rührigen Nachbar, wie der bange Hüter eines mühsam errungenen Ruhms auf die lachende Stirn des Jüngeren blickt, die ihm zuruft: "Dein Kranz ist mein." Hastings wächst von Jahr zu Jahr und mit Recht, denn die englische Südküste hat keinen schöneren Punkt. Ein mächtiger in die See vorspringender Fels teilt es in zwei Hälften: rechts, am Strande entlang, läuft der fashionable Teil der Stadt mit seinen Hotels und Palästen, am besten geschildert, wenn ich ihn Klein-Brighton nenne; linkshin zieht sich, ungleich malerischer denn jenes, das alte Hastings mit seinen Badekarren und Fischerhütten, die sich zum Teil unter die überhängenden Felsen kauern, deren groteske Häupter nun wie steinerne Wetterwolken über den Dächern dröhn.

Die Sonne ging unter, als ich auf knirschendem Kiessand und rechts vom Schaume des Meeres bespritzt an den letzten Ausläufern dieser Fischerstadt vorüberschritt. In ihren schwarzgeteerten Werkstätten, zweistöckigen Jahrmarktsbuden nicht unähnlich, saß hier das wetterbraune fleißige Volk, dessen Tagewerk die Gefahr ist und flickte die Netze und rüstete sich zum Fang. Aus der letzten Hütte scholl es wie ein frommes Lied, aber der Wind zerriß die Klänge und jetzt um einen Felsblock biegend, lagen Lied und Stadt weit hinter mir. Immer wilder wurde die Szene. Auf schmalem Streifen zwischen Fels und Meer kletterte ich jetzt über herabgestürzte Blöcke hinweg, die mir den Weg zu verbieten schienen; aber der Reiz wuchs mit dem Widerstand. Lustig im Winde flatterte mein Haar, in meine Seele setzte sich der Wind wie in ein schlaffes Segel, und mir ward wieder als könnt' ich fliegen, und als wäre der Tag meiner Kindersehnsucht da: hinzufahren über die Welt. Plötzlich blendete mich ein Schein, ein Lichtstreif, der weit ins Meer hineinfiel. Ich blickte auf; in halber Höhe des senkrechten Felsens waren menschliche Wohnungen, wie Möwennester, in den Stein gehauen. Vergebens sucht' ich eine Treppen Straße, die hinaufgeführt hätte, und nur ein mannsbreiter Gang lief, in Wahrheit eine Verbindungslinie, von Tür zu Tür. Aus einzelnen Fenstern, die mit Hilfe von Seetang in die Felsenlöcher gepaßt waren, schimmerte Licht; die letzte Höhle zur Linken aber schien das Clubhaus dieser seltsamen Kolonie zu sein. Dort schlug ein Reisigfeuer bis hoch an die Decke und um die flackernden Bündel hockten dunkle, wunderliche Gestalten, wie ein Indianer-Kriegsrat, oder wie die Geister dieses Berges.

Noch einmal ließ ich mein Auge hingleiten über den ganzen Zauber dieser Szene, dann aber bückte ich mich nach einer Muschel, die eben jetzt die Brandung vor meine Füße warf und nahm sie mit mir als Erinnerungszeichen an diesen Tag und an die weiße Klippe von Hastings.

Parallelen

Es gibt Leute, die alles Raisonnement über den Charakter eines Volkes, geschweige ein Parallelenziehen zwischen dem einen und andern, eine müßige Beschäftigung nennen, und einem versichern, daß man von Glück sagen könne, in Darlegung solcher Ansichten nicht jedesmal die Kehrseite der Wahrheit zu seinem Glaubensbekenntnis gemacht zu haben. Ich gebe das teilweis zu; aber es hat mir jederzeit auch ferngelegen, dem Leser Weisheit predigen oder ihm tiefste Anschauungen und Aufschlüsse geben zu wollen. Die immer nur beziehungs- und bedingungsweise Richtigkeit alles dessen, womit ich meine Briefe vielleicht mehr erweitert als bereichert habe, ist von Anfang an niemandem einleuchtender gewesen als mir selbst, und dem eigentlichsten Zweck dieser Zeilen: zu *unterhalten* und *anzuregen,* hat immer nur das Verlangen eines unumwundenen, mir selber Bedürfnis gewordenen *Bekenntnisses* zur Seite gestanden, aus dem – teils im Zusammenklang, teils im Widerstreit mit andern Meinungen – sich eine Wahrheit entwickeln möchte.

So schreit' ich denn heut zu Parallelen zwischen deutschem und englischem Wesen, unbekümmert um die Müßigkeit oder Gewagtheit des Vorhabens, und benutze diese meine letzten Tage auf Londoner Grund und Boden, zum Niederschreiben von Vergleichungen, wie sie sich meinem Aug' und Urteil im Laufe eines halbjährigen Aufenthaltes aufgedrängt haben.

England und Deutschland verhalten sich zueinander wie Form und Inhalt, wie Schein und Sein. Im Gegensatz, zu den *Dingen,* die – von der Tuhularbrücke an bis nieder zur winzigsten Stecknadel – in keinem Lande der Welt eine ähnliche, auf den Kern gerichtete Gediegenheit aufweisen wie in England, entscheidet unter den *Menschen* die Form, die alleräußerlichste Verpackung. Du brauchst kein Gentleman zu sein, du mußt nur die Mittel haben, als solcher zu erscheinen und du bist es. Du brauchst nicht Recht zu haben; du mußt nur innerhalb der Formen des Rechtes dich befinden und du hast Recht. Du brauchst kein Gelehrter zu sein, du mußt nur Lust und Talent haben durch Mäzenatentum oder Mitgliedschaft wissenschaftlicher Vereine, durch Aufstöberung und Edierung alter, längstvergessener Schwarten, vielleicht auch durch Benutzung vertraulicher Mitteilungen die Rolle des Gelehrten zu spielen und du bist ein Gelehrter. Überall Schein. Nirgends ist dem Scharlatan-Unwesen so Tür und Tor geöffnet, wie auf dieser britischen Insel, nirgends verfährt man kritikloser, und nirgends ist man geneigter, dem bloßen Glanz und Schimmer eines Namens sich blindlings zu überliefern.

Der Deutsche lebt um zu leben, der Engländer lebt um zu repräsentieren. In Deutschland lebt man glücklich, wenn man behaglich lebt, in England, wenn man beneidet wird. Der Deutsche lebt um seinetwegen, der Engländer – versteht sich in egoistischem Sinne – um anderer willen. Er will ihnen nichts geben, aber er will empfangen: Lob, Ehre, Bewunderung. Der Engländer repräsentiert immer, ich glaube auch wenn er allein ist. Er weiß: Übung macht den Meister, und man hat in der Öffentlichkeit nur das, was man im geheimen übt. Man spricht von englischem *Komfort,* und mit Recht; aber man darf das Wort nicht falsch übersetzen. Der Engländer hat tausend Bequemlichkeiten, aber er hat keine Bequemlichkeit. Er hat die weichsten Teppiche, die besten Polster, die schärfsten Rasiermesser; sein Toilettentisch ist ein Bazar, eine Ausstellung im kleinen; er hat Regenschirme, die man in die Tasche stecken kann, und Sackpaletots, die dem Komfort auf Kosten der Schönheit huldigen, er hat das alles, und dennoch – keine Bequemlichkeit. Woher das? Der Engländer lebt wie ein Fürst, zum mindesten wie ein Minister: an die Stelle der Bequemlichkeit tritt der Ehrgeiz. Er ist immer bereit zu empfangen, Audienz zu erteilen, den Wirt des Hauses, den Vertreter einer Firma, eines Amtes, eines Namens zu machen; er wechselt dreimal des Tages seinen Anzug; er beobachtet bei Tisch – im sitting- und im drawing-room – bestimmt vorgeschriebene Anstandsgesetze, er ist ein feiner Mann, eine Erscheinung die uns imponiert, ein Lehrer, bei dem wir nolens volens in die Schule gehen, er ist alles mögliche Gute und Große, aber er ist langweilig, und mitten in unser Staunen hinein mischt sich eine unendliche Sehnsucht zurück nach unserem kleinbürgerlichen Deutschland, wo man so gar nicht zu repräsentieren, aber so prächtig, so bequem und gemütlich zu leben versteht.

Ich deutete wohl schon anderenorts darauf hin, wie das Repräsentationsgelüst den Engländer mit der Macht einer fixen Idee beherrscht. Dies Gelüst erzeugt natürlich auch eine besondere Begabung, und der allerunbedeutendste Engländer hat mehr Form, Haltung und Rednertalent, als ein ganzes Kollegium deutscher Stadträte zusammengenommen. Ich wohnte mit einem jungen Walliser zusammen, einem Menschen von gewöhnlicher Bildung und mäßigen Naturanlagen. Als aber sein Geburtstag herankam und wir ihn mit einer lustigen Festlichkeit überraschten, verbeugte er sich gegen uns ohne einen Anflug von Verlegenheit und hielt eine Ansprache, die mich durch die Feinheit und Abrundung in Erstaunen setzte. In Deutschland hätten wir unter einer gewissen gemütlichen Gesichterschneiderei jedem einzelnen die Hand gedrückt und hinterher erklärt, vor Rührung nicht sprechen zu können. Oh diese repräsentativen Gaben der englischen Nation die Ursache oder die Folge jener *großen* Repräsentation sind, die an der Spitze des Landes steht, dürfte schwer zu entscheiden sein. Ich glaube, daß eine Wechselwirkung stattfindet, und daß in demselben Maße wie jenes Repräsentationsbedürfnis einst die Parlamente schuf, diese hinwiederum das Bedürfnis und die Begabung zu jener Höhe gesteigert haben, auf der wir sie jetzt erblicken.

Das deutsche Leben hat etwas von einem Gymnasium, das englische von einem Kadettenhaus. Wie Mannigfaltigkeit und Uniformität stehen sie sich einander gegenüber. Man trete in eine Gymnasialklasse – welche Buntheit! Neben dem Sohn des Edelmannes, der beim Direktor eine hohe Pension bezahlt und mit Sporen in die Klasse kommt, sitzt der Sohn des Dorfschulzen, der eine Bodenkammer bewohnt und allsonnabendlich eine Kiste voll Viktualien als Nahrung für sich und als Miete für seine Wirtin erhält. Er trägt einen langen blauen Rock und einen Einsegnungshut. Er hat kein Silber in der Tasche, geschweige einen Goldstreifen um die Mütze, wie sein adliger Nachbar, der Râpé schnupft und den Lehrer verachtet, der noch bei Nessing und Karotten steht. Aber das Bauernkind darf seine Armut leichten Sinnes tragen, denn er ist klug und fleißig und gescheit, und überholt den noblen Pensionär, der auf einer der letzten Bänke Dambrett und Sechsundsechzig spielt. Die Fadenscheinigkeit des Rocks gilt bei uns noch als Nebensache, und wer was kann und weiß, der ist der erste. Die Gaben des Geistes rangieren vor den Gaben der Geburt.

In dem Kadettenhaus England ist es anders. Eine aristokratische Haltung zieht sich durch das Ganze. Das *Äußere* tritt sofort in sein Recht, um nicht zu sagen in den Vordergrund. Die Gleichheit in Erscheinung und Lebensweise ist frappant. Die Taillen sind gleich lang, die Krawatten gleich steif; der Scheitel sitzt auf jedem Kopf an derselben Stelle und die Gleichartigkeit des Anstands macht es schwer, zwischen Hoch und Niedrig zu unterscheiden. Die Eßzimmer, die Speisen selbst bieten eine überraschende Ähnlichkeit, und die erste und letzte Klasse, gleich steif bei Tische sitzend, handhaben Messer und Gabel in derselben vorschriftsmäßig-gentilen Weise. Die Wissenschaften werden gepflegt und die Auszeichnung innerhalb ihrer wird belobt, aber die *adlige* Haltung der Schule bringt es mit sich, daß ein Howard, ein Mowbray, ein Sutherland die ersten Plätze einnehmen, auch wenn sie nichts haben, als ihren Namen und Titel – und der *Glanz* hinwiederum, nach dem das Ganze strebt, macht den Reichtum zum Nebenbuhler des Geburtsadels, und beide – wie verfeindet untereinander – zu Siegern über den Geist.

Mit kurzen Worten: England ist aristokratisch, Deutschland demokratisch. Wir sprechen tagaus tagein von englischer Freiheit und sehnen uns nach einer Habeas-corpus-Akte und einem Parlamente, das mehr hat als das bloße Recht zu reden. Aber unsere Demokraten, zumal solche die England je mit Augen gesehen, wissen sehr wohl was sie tun, wenn sie den ganzen englischen "Plunder" (wie sie sich auszudrücken lieben) bekämpfen oder bespötteln. Es gibt kein Land, das – seiner bürgerlichen Freiheiten ungeachtet – der Demokratie so fernstünde, wie England, und begieriger wäre, teils um die Gunst des Adels zu buhlen, teils den Glanz und Schimmer desselben zu kopieren. Daher die stereotypen Formen des englischen Lebens: der Kleine wetteifert mit dem Großen, der Arme mit dem Reichen, und innerhalb dieses Wettkampfs zieht der Niedrigstehende doch wiederum den Hut vor dem Lord, dessen Gig an dem seinen vorüberjagt, und betrachtet das Kindeskind eines Baronets oder Members of Parliament als einen Gegenstand seiner besonderen Rücksicht und Devotion. Es ist charakteristisch, was *Thackeray* – ein Schriftsteller, von dem man mit gutem Gewissen behaupten kann: "jeder Zoll ein Engländer" – über dies bis zur Widerwärtigkeit sich steigernde Gebaren sagt. In seinem berühmten Romane Vanity Fair, der wie kein zweiter (am wenigsten Boz-Dickens) das Londoner Leben vor dem Auge des Lesers erschließt, äußert er sich wie folgt: "Es war am 15. Juni 1815; die Engländer in Brüssel, Napoleon vor den Toren; drei Tage später fielen die Würfel bei Waterloo. Die Herzogin von Richmond gab einen Ball. Der Zudrang nach Billets, das Intriguieren und das Betteln darum erreichte eine Höhe, wie sie nur der begreifen kann, der die Sucht des Engländers, Zutritt in die Kreise der Großen und Vornehmen seines Volks zu gewinnen, jemals mit Augen gesehen hat, und ich wage die Behauptung, daß die Frage 'ob eingeladen oder nicht' ganze Kreise unserer Landsleute damals lebhafter beschäftigte, als die Möglichkeit von Sieg oder Niederlage."

So weit Thackeray. Und Deutschland? Wir haben Bevormundung und Polizei, und der "beschränkte Untertanenverstand" bildet immer noch die Basis von allerhand Gut- und Schlechtgemeintem; wir werden klein genommen und sind's in unsrer Jagd nach Titeln und Orden, wir sind zu Hunderttausenden noch die Philister und Krähwinkler der Weltgeschichte und stehen *doch* da als die Träger und Apostel einer *echten* Demokratie. Das Wort von der Freiheit und Gleichheit ist nirgends weniger eine Phrase, als bei uns. Wir haben keine politische Demokratie, aber eine soziale. Wir haben Klassen, aber keinen englisch-chinesischen Kastengeist; wir haben Schranken aber keine Kluft. Wir haben – Ausnahmen bestätigen die Regel – ein Nebeneinandergehen der verschiedenen Stände, von dem man in England keine Ahnung hat, und wenn es dort dem Reichtum, dem Amt und der Berühmtheit, also wiederum einer Art von Adel, gelingt, sich neben dem Vorzug der Geburt zur Geltung zu bringen, so ist es bei uns das Allgemeingut der Bildung, das ein unsichtbares Band zwischen den Ständen webt, und uns die Zutrittskarten schreibt, die niemand zurückzuweisen wagt.

Und um fortzufahren: Englands Kraft besteht in der anspruchsvollen Schätzung seiner selbst, Deutschlands Größe in der bescheidenen Würdigung alles Fremden. England ist selbstsüchtig bis zur Begriffsverwirrung, Deutschland gerecht bis zur eigenen Preisgebung.

Und nun zum Schluß: England ist praktisch, Deutschland ideal. Wunderbarer Widerspruch! Dasselbe Volk, das den Schein über die Wahrheit setzt, das Millionen im Götzendienst der Eitelkeit und hohler Repräsentation verprunkt, das Himmel und Hölle in Bewegung setzt, um beim Herzog von Wellington vorfahren und dem alten Herrn einen Kratzfuß machen zu können – dasselbe Volk ist praktisch vom Wirbel bis zur Zeh, von der magna charta an bis zur neupatentierten Häcksellade, und erobert die Welt, nicht – wie sonst wohl Eroberer – aus Ruhm – und Tatendurst, sondern um unterm Zusammenströmen aller Schätze daheim einen praktischen Nutzen und einen komfortablen Platz am Kamin zu haben. Und wir?! Dasselbe Volk, das die Wahrheit liebt und dem Wesen der Dinge nachforscht, es verliert im Suchen nach dem Wirklichsten die Wirklichkeit unter den Händen und wird zum Träumer, dem das Leben in seiner Welt über die Welt da draußen geht.

Sei's drum! und spotten wir seiner nicht; sprechen wir vielmehr mit jenem liebenswürdigen Landsmann, dessen Haus mir allabendlich offensteht und dessen Seele ferngeblieben ist dem Engländertum so vieler seiner Freunde und Bekannten: yes, England, that's the first country of the World, but – Germany still a little before it.

Hastingsfeld

Es war mein letzter Tag in England! Das Dover-Boot sollte mich um Mitternacht nach Ostende führen; mir blieben noch zwölf Stunden zu einem Ausflug und ich entschied mich für – *Hastingsfeld.* Wie oft, in den Träumen meiner Kindheit, hatt' ich die Kreideklippe gesehen, dran sich, laut Liedern und Sagen, das Rolandslied des Taillefer brach; wie oft hatt' ich den Hügel erklommen, darauf das reiche, Juwel engestickte Banner König Haralds hoch in Lüften flatterte und wie oft war ich den Schritten jener gespenstisch-schönen Frau über das Leichenfeld gefolgt, von der's im Liede heißt:

Es watete Edith Schwanenhals
Im Blute mit nackten Füßen;
Wie Pfeile aus ihrem stieren Aug'
Die forschenden Blicke schießen.

Mir schlug das Herz. Das romantische Land, wohin mich Sehnsucht und Phantasie so oft getragen hatten – es sollte jetzt wahr und wirklich vor meine Sinne treten. Der Zug hielt. Zu meiner Überraschung blitzte weder Kreideklippe noch brandendes Meer vor mir auf; nur grünes Hügelland dehnte sich nach rechts und links, so weit das Auge reichte. Es war das Städtchen "Battle", wo wir hielten, sieben englische Meilen landeinwärts. Hier ward die Schlacht geschlagen, die ihren *Hastings*-Namen gewissermaßen mit Unrecht trägt. Der Kampf (battle), der hier tobte, gab dem Städtchen seinen Namen, ganz in derselben Weise, wie wir einen Flecken "Wahlstatt" haben. Das Städtchen selbst bietet nichts Besonderes dar, außer seiner Abtei – "Battle-Abbey" geheißen; dieser schritten wir zu. Als die Waage der Schlacht hin und her schwankte und an dem Trotz des Sachsenkönigs bereits der dritte Angriff gescheitert war, warf sich Herzog Wilhelm aufs Knie und mit lauter Stimme gelobend, "eine Abtei zu bauen, *drin Wein wie Wasser fließen solle,* falls Gott ihm Sieg verleihe", führte er seine Truppen zum vierten Mal gegen das feindliche Verhau. Der Sieger hielt Wort. Battle-Abbey wurde die reichste Abtei des Landes, bis fünf Jahrhunderte später dem Geize Heinrichs VIII. auch diese Stiftung zum

Opfer fiel. Nur Andeutungen sind noch geblieben von dem Glanz und der Herrlichkeit, die königliche Munifizenz hier ins Leben rief, und dies wenige selbst würde zu Staub zerfallen sein, wenn nicht der Flugsand, der von der Küste herüberweht, die Überreste ehemaliger Kraft unter seinen Mantel genommen hätte, wie der Aschenregen des Vesuv die zum Märchen gewordene Welt Pompejis. Zwei Jahrhunderte vergingen seit jener Versandung. Was das Werk der Zerstörung zu vollenden schien, das gebot ihr Stillstand. Unsre Zeit, in ihrem Forschertrieb, hat das Begrabene neu ans Licht gezogen, zur Bewunderung zunächst, aber auch zu schnellerem Untergang.

Nur eines hat den Kampf mit den Jahrhunderten siegreich überdauert: das mächtige, sandsteingebaute Eingangstor. Mit breiten Flügeln und hohen Türmen steigt es vor dem Auge auf, selbst wieder ein Schloß, und läßt uns schließen auf die Größe und den Reichtum dessen, zu dem es nur die Pforte war. Sein Stil ist der normannische in seiner Blüte, als dieser sich bis zur Gotik zu erheben begann. Mächtige Bogenpfeiler bilden das Portal; aus ihren Rippen starren zwei steingehauene Fratzen hervor, wie die Sage geht: die Köpfe Wilhelms und König Haralds. Das Tor schließt sich hinter uns und wir befinden uns jetzt auf einem geräumigen, grasbewachsenen Platz. Zur Rechten ragt ein schlanker Turm in die Luft, starr, einsam, ein Finger aus dem Grabe vergangener Herrlichkeit. Zur Linken zieht sich ein stattliches Gebäude hin, im Stil der Königin Elisabeth; es ist das Herrenhaus, und zur Zeit Besitztum Sir Henry Websters. Hierhin richten wir unsre Schritte. Sir Henry ist außer Landes und der Zutritt für jedermann gestattet. Meine Gefährten, echte Londoner Spießbürger, wenden sich neugierig sofort nach links, in die Privatgemächer Sir Henrys, um mit jener dem englischen Philister eigentümlichen Neugier Parallelen zu ziehen zwischen dem Kanapee oder dem türkischen Teppich der Lady Webster und seinem eignen Hausrat daheim. Ich halte mich rechts und trete in die große Halle, die eigentliche Sehenswürdigkeit des Hauses. Hoch und geräumig, das Dach ein prächtiges Holzwerk, gleicht sie der schönen Bankethalle Heinrichs VIII. im Schlosse zu Hampton-Court, und wenn dort verblaßte Gobelins von rechts und links auf uns herniederschauen und unsre Aufmerksamkeit in Anspruch nehmen, so ist es hier ein kolossales, die ganze Giebelwand der Halle bekleidendes Gemälde, das uns mächtig wie ein Altarbild entgegentritt und uns plötzlich wieder vergegenwärtigt *wo wir sind.*

Das ist die letzte Stunde des Hastings-Tages! Die Sachsenfahne liegt blutig und zerrissen im Staube; halb verdeckt von ihr haucht König Harald seinen letzten Seufzer aus. Zwei Reiter, gefolgt von der Blüte französischen Adels, sprengen auf den Sterbenden zu. Der eine auf langmähnigem Scheckentier, das weiße, vom Papste selbst geweihte Banner in Händen schwingend, ist Otto, Bischof von Baycux, der Halbbruder des Eroberers; der andre aber auf schwarzem, jetzt eben zurückprallendem Normannenhengst ist Herzog Wilhelm selbst. Die silberne Rüstung sticht wunderbar ab von dem blinkenden Schwarz seines Rosses, weithin wallt die weiße Feder von seinem hohen, konisch geformten Helm und um den Hals des Siegers schlingt sich eine dreifach umwundene Kette, daran eine goldne Kapsel blitzt. Was ist's mit ihr? Ein Splitter vom Kreuze Christi liegt wohlverwahrt zwischen ihren Wänden; ein *Splitter* nur und doch die lebendige Wurzel, aus der dieser Kampf emporwuchs. Zu Rouen war's, zehn Jahre zuvor, im kerzenerleuchteten Dom. Der Adel der Normandie stand halbkreisförmig um den festlich geschmückten Altar, aber der Halbkreis wurde zum Spalier, als jetzt zwei Männer das Schiff der Kirche entlang und die Stufen des Altars hinanschritten. Der eine, kurzgeschoren das schwarze Haar, war Herzog Wilhelm; der andre mit langem Sachsenbart, war König Harald, damals noch Graf von Kent. Ihr Herz umschloß *einen* Wunsch: die Krone des kinderlosen Edward; – aber ein tückischer Schiffbruch hatte den Sachsengrafen in die Hand seines Nebenbuhlers gegeben und Herzog Wilhelm stand eben auf dem Punkt, die Gunst des Zufalls zu nützen. *Harald sollte abschwören.* Zögernd legte dieser die Linke auf die Decke des Altars und die Rechte zum Eid erhebend, rief er mit bebender Stimme: "So entsage ich denn allem Verlangen nach Herrschaft; Herzog Wilhelm sei König über England; noch einmal, ich schwör's!" Da zog der Normann die brokatne Decke vom Altar hinweg und dem Grafen einen Splitter zeigend, darauf seine Hand unwissentlich während des Schwurs geruht hatte, rief er: "Harald, du schwurst es bei diesem Span vom Kreuze Christi!" Und seitdem? Der Tag kam, da König Edward in selbsterbauter Kapelle seinen letzten Schlummer hielt, Harald war König und hinüber nach Frankreich rief er: "Edward ist tot; England ist mein; nimm's, so du kannst!" Da wurde die Normandie zum Heerlager. Um seinen Nacken schlang Herzog Wilhelm die Kette samt der Kapsel, Papst Alexander weihte die Fahnen, König Harfager von Norwegen brach auf, als Bundesgenosse in England einzufallen und halb Frankreich wurde flott vor Lust nach Krieg und Abenteuern. Weiße Segel, zahllos wie die Wellen darauf sie tanzten, steuerten nordwärts und vor ihnen her flog, wie tödlicher Blitz, der Bannstrahl des Papstes. König Harfager landete erst; sein Eifer war sein Tod. Harald umklammerte ihn bei Stamford-Bridge und zerdrückte ihn und sein Heer. Die Nacht brach ein. Auf dampfendem Schlachtfeld lagen die Sieger, berauscht von Wein und Gesang; im Zelt des

Königs aber gingen Becher und Rede von Mund zu Mund und der Erzbischof von York erhob sich jetzt und rief: "Harald, so sei das Ende aller deiner Feinde!" Da hielt ein Bote am Zelt und trat ein. Sein Haar war wirr und struppig vom langen Ritt, sein Kleid zerrissen und die Worte klangen:

Die Klippe von Hastings, wohl war sie steil,
Und das Meer, wohl hat es gebrandet,
Vergebens die Brandung, vergebens der Stein –
Herzog Wilhelm ist gelandet!

Auf sprang der König, sein Auge blitzte, sein Herz voll Sieg hatte nicht Raum für die Furcht. Gen London ging's, sein Heer ihm nach; Zuversicht auf allen Gesichtern. Am fünften Tage war's: aufblitzte die Themse – hinüber! und jetzt vor ihrem Aug die Ginsterheiden von Surrey – hindurch! am siebenten Tage aber hielt König Harald auf dem Hügellande von Sussex und sein Schwert in die Erde stoßend, rief er: "Hier sei's!" Herzog Wilhelm kam von Hastings heran. Auf zwei Hügeln, einander gegenüber, lagerten sich die Heere; zwischen ihnen ein breites, nicht allzu tiefes Tal. Hier sollte sich's entscheiden. Es war Nacht, die Wachfeuer der Normannen lohten herüber. König Harald ging von Zelt zu Zelt und ordnete an und befeuerte den Mut. Wo er sein Schwert in die Erde gestoßen hatte, da stand jetzt sein Zelt und neben demselben flatterte das große Banner von England. Es trug die alte Schlachten-Inschrift: "Siegen oder sterben!" Dreitausend Freiwillige aus der Hauptstadt hatten sich drum geschart und feierlich geschworen, des Spruches über ihren Häuptern wohl eingedenk zu sein. Kundschafter kehrten zurück,

Die hatten den Herzog Wilhelm gesehn
Und täten ihn mannlich preisen:
Seine Rüstung sei wie Silber und Gold
Und sein Antlitz sei wie Eisen.

Seine Ritter aber die sähen darein,
Als wären sie schon verloren,
Sie hätten nicht Schnurr- nicht Backenbart,
Sei'n alle geschabt und geschoren.

Im ganzen Normannenlager sei
Nur Beten und Messesingen;
Das ganze Heer sei ein Priesterheer
Und man werd' es leichtlich bezwingen.

König Harald aber hörte sie an
In finstres Sinnen verloren,
Er sprach: Ich weiß, sie fechten wie wir,
Obwohl sie geschabt und geschoren.

Gegen Morgen kam ein Herold von Herzog Wilhelm, der bot dem König einen Zweikampf. Sie wollten den Streit in ihre beiden Schwerter legen und der Ausgang solle ein Gottesurteil sein. Da entfärbte sich der Sachsenkönig und Furcht und Scham liefen blaß und rot über sein Antlitz. Er kannte den Talisman seines Gegners, den sein Meineid ihm in die Hand gegeben hatte und murmelte vor sich hin: "Ich kann nicht!" Laut aber rief er: "Nicht wir – die Schlacht!"

Aufblitzte die Sonne und zugleich mit ihren Strahlen flogen dreißigtausend Pfeile übers Feld. Die Sonne stieg und sank. Als sie scheidend noch einmal auf des Tages Arbeit blickte, da lag König Harald unterm Linnen seines Banners wie unterm Leichentuche und über das Blutfeld sprengte der Sieger. Sein Auge blitzte und die goldne Kapsel glühte blutrot im letzten Abendstrahl. Ich sah auf; da hatt' ich's wieder vor mir, frisch, lebendig – das Scheckentier Bischof Ottos sprang wie aus dem Bilde heraus. Meine Betrachtungen wurden unterbrochen; ein alter Cicerone der Abtei trat an mich heran und erbot sich, mir das Schlachtfeld zu zeigen. Ich folgte ihm. Er führte mich zu einer der ausgegrabenen Ruinen, dem ehemaligen Refektorium der Mönche. Drei Seiten des Gebäudes stehen noch ziemlich wohlerhalten, die vierte aber ist völlig verfallen. Keine Spur von Dach. Man tritt in den mit Quaderstein gepflasterten Saal wie in einen Hofraum; – der blaue Himmel hing über uns. Keines Königs Munifizenz läßt hier noch fürder Wein wie Wasser fließen; der Regen wäscht den Mörtel aus dem Gestein und versucht die Kraft seiner Tropfen an der weißen Quadertenne des Saals. Der Alte führte mich schweigend an das mittlere Giebelfenster. Ich sah hinaus; aber ehe sich die bunte Landschaft vor mir zu einem klaren Bild gestalten konnte, richtete er die Spitze seines Fingers auf eben die Stelle wo ich stand und rief mir mit echtem Führer-Gleichmut zu: There fell the Saxonking! – Mich überlief es; er aber, völlig unbewußt des Eindrucks, den sein Wort auf mich gemacht hatte, streckte seine magere Hand durch die Fensterhöhle, und nach rechts und links eine Linie beschreibend, setzte er mit derselben Ruhe hinzu: And that's the battle-field!

Da lag es vor mir mit dem ganzen Zauber einer englischen Landschaft. Drüben auf der höchsten Spitze jenes Hügels hielt Herzog Wilhelm während der

Schlacht; jetzt schimmerte statt seiner Rüstung die weiße, sonnige Wand eines Bauernhofes herüber. Unmittelbar vor mir zogen sich schmale Teiche nach beiden Seiten hin das Tal hinunter; von Zeit zu Zeit sprang ein Fisch, gelockt von der Sonne, in den lachenden Tag hinein; nichts erinnerte mehr an *jenen* Tag, wo hier das Blut in tieferen Lachen als das Wasser in jenen Gräben stand. Tiefer Friede ringsum; nur das Glockenklingen weidender Kühe unterbrach die Stille. Kaum eine Saatkrähe ließ sich nieder auf dies Feld, wo einst das Krähen- und Rabenvolk von ganz England offne Tafel gehalten hatte. Noch einmal überflog mein Blick die Flur; dicht vor mir stieg ein Schwarm weißer Tauben in die Luft und wiegte sich im Sonnenschein, blitzend, als wären ihre Flügel von Licht. Lange sah ich hinauf: ein Friedens-Sinnbild über diesem Tal, so fand ich Hastingsfeld und so schied ich von ihm. Wenige Stunden später trug mich der rasselnde Zug nach Dover. Es schlug Mitternacht als der Dampfer vom Ufer stieß. Ich stand am Steuerruder und sah rückwärts. Klippen rechts und links; Dover selbst, von tausend Lichtern funkelnd, wuchs amphitheatralisch in die Nacht hinein; der weiße Kalkstein schimmerte dahinter wie verschleiertes Mondlicht. Rascher schaufelten jetzt die Räder, höher spritzte der Schaum, eisiger ging der Wind – das letzte Licht erlosch. Nacht und Meer ringsum; hinter mir lagen Alt-England und – dieser Tag.